L'ABSENTE

DU MÊME AUTEUR

Romans

Priez pour nous, Bernard Barrault, 1990 ;
J'ai lu, 2011
Je voudrais descendre, Le Seuil, 1993
Comme des héros, Libres-Fayard, 1996
Mon premier jour de bonheur, Julliard, 1996
Des hommes éblouissants, Julliard, 1997
Un jour, je te tuerai, Julliard, 1999 ; J'ai lu, 2002
Trois couples en quête d'orages, Julliard, 2000 ;
J'ai lu, 2003
Méfiez-vous des écrivains, Julliard, 2002 ; J'ai lu, 2004
Le Cahier de Turin, Julliard, 2003 ; J'ai lu, 2012
Écrire, Julliard, 2005
Le Chagrin, Julliard, 2010 ; J'ai lu, 2011
Colères, Julliard, 2011
L'Hiver des hommes, Julliard, 2012 ; J'ai lu, 2013
Vertiges, Julliard, 2013 ; J'ai lu, 2015
Échapper, Julliard, 2015 ; J'ai lu, 2016

Récits

*Il ne m'est rien arrivé (Récit d'un voyage
dans les pays en guerre de l'ex-Yougoslavie)*,
Mercure de France, 1994

Documents

Paroles de patrons (avec Stéphane Moles),
Alain Moreau, 1980
L'Affaire de Poitiers, Bernard Barrault, 1988
Hienghène, le désespoir calédonien,
Bernard Barrault, 1988
*Survivre avec les loups, la véritable histoire de Misha
Defonseca*, XO éditions, 2011

LIONEL DUROY

L'ABSENTE

roman

Julliard

ISBN : 978-2-260-02922-9

Anne

1.

Le seul endroit sur la terre
dont ils pouvaient être sûrs

Il ne souffre plus, soudain. Il est bien. Il contemple les sombres vallonnements de la Meuse sous le ciel orageux de cette fin d'été et peut-être même sourit-il. Pour un peu, il s'arrêterait au bord de la nationale, il chercherait sa *Traviata* dans l'amoncellement de ses affaires et il glisserait le CD dans le lecteur. Il allumerait une cigarette. Où pouvait-elle être, sa *Traviata*? Pendant que les déménageurs vidaient la maison, lui avait entassé ses affaires les plus précieuses dans le coffre de la Peugeot, puis sur la banquette arrière. Aussi bien elle était au fond du coffre, avec le contenu de ses tiroirs de bureau et mieux valait racheter le CD qu'espérer remettre la main dessus. Tiens, voilà, en entrant dans Verdun, c'est la première chose qu'il ferait : se racheter *La Traviata*. Quelle idée stupide il avait eue de partir pour la Bretagne le premier jour... Il avait dormi sur une aire de repos pour camionneurs, du côté de Fougères, plutôt bien dormi d'ailleurs, tandis qu'un autre dans la même situation n'aurait fait qu'arpenter nerveusement le bitume, c'était certain. Oui, mais c'est qu'il avait l'espoir qu'en Bretagne il allait retrouver quelque chose de son enfance qui l'attacherait, qui ferait qu'à cet endroit il aurait du plaisir à se tenir, nourri de ce souvenir. C'était venu au moment de quitter la maison, comme il se demandait vers où se diriger – une image fugace et douce qui l'avait engagé à prendre la direction de la Bretagne. Pendant deux longues journées, après sa nuit à Fougères, il avait roulé sous la pluie, au fond de chemins creux, entre des haies touffues dont les rameaux trempés fouettaient les flancs de la Peugeot, le cou tendu, cherchant fébrilement cet endroit. Dans son souvenir, c'était une auberge de plain-pied sur laquelle on pouvait lire en lettres marron écaillées : *Ici, on peut apporter son manger*. Des tables étaient disposées devant la maison, sur le gravier. Eh bien il s'arrêterait là, il expliquerait aux gens, il prendrait une chambre à l'année. Au besoin, il paierait six mois d'avance, on ne pourrait pas lui refuser une chambre. Il demanderait celle qu'on leur avait donnée à l'époque, la grande, sous le toit mansardé, celle dont les fenêtres donnaient sur la route. Les parents avaient pris le lit double, bien sûr, et eux, les enfants, avaient dormi sur des lits de camp. « Les lits de camp, c'est pas ça qui manque », avait dit la dame en s'essuyant les mains dans son tablier – les Américains lui en avaient laissé tout un stock. Toto était heureux comme un chef scout ce soir-là, et la mère également, pour une fois, ravie. Elle croyait vraiment qu'à la rentrée ils habiteraient boulevard Suchet, dans le XVIe arrondissement, et les enfants aussi le croyaient. Enfin lui, Augustin, l'avait cru qu'on ne retournerait plus dans cette cité ouvrière infecte, qu'on habiterait un grand appartement lumineux dans le XVIe – Toto était un menteur si convaincant. Ils avaient dîné de crêpes au bord de la nationale, sur deux tables qu'on avait rapprochées. À un moment, ses frères et lui avaient joué à compter les voitures : combien de Frégate, combien de 403, de DS 19, d'Aronde, de vieilles Traction, d'Ariane, de 4CV... jusqu'à ce que la mère annonce que ça suffisait, qu'elle en avait assez de les entendre brailler. Et la sœur aînée avait abondé, d'accord avec la mère. C'était juillet, le jour n'en finissait plus. Une joyeuse excitation les avait portés toute la soirée et, plus tard, quand les enfants avaient été couchés et que les parents s'étaient accoudés à la fenêtre, la mère avait laissé Toto lui caresser les fesses. Augustin s'était endormi sur cette image. Bon, mais nulle part il n'avait retrouvé cette auberge, et tandis qu'il reculait pour ne pas être précipité sur une autoroute, quelque part dans les faubourgs industriels de Quimper, il s'était soudain rappelé la somptueuse route de Verdun. Seigneur, quelle idée stupide il avait eue de partir pour la Bretagne ! La somptueuse route de Verdun, oui, voilà où il voulait être. Il avait fait le plein d'essence, parcouru la Bretagne dans l'autre sens et, contournant Paris par Compiègne, mis le cap sur Reims et Sainte-Menehould. Sainte-Menehould ! À l'époque, déjà, il en avait ri – se pouvait-il que Menehould soit un prénom, vraiment ? « Menehould, finis tes cornflakes s'il te plaît, tu vas être en retard à l'école. »

C'était avec Esther, ce voyage dans l'est de la France, dans leur première Peugeot, une antique 505, mais où allaient-ils ? Ils avaient dépassé Verdun, ils roulaient en direction d'Abaucourt et de Metz, gravissant les coteaux de la Meuse sous un ciel d'orage tout à fait semblable à celui-ci, tiens, pense-t-il, tout à fait semblable à celui-ci, quand il avait aperçu la station-service. Vue du bas de la grande côte, défiant les lourds convois de nuages de son étonnante blancheur, son enseigne Caltex tendue vers les cieux, elle semblait enchâssée dans le plomb du ciel.

— Regarde là-haut, Esther, avait-il dit en se penchant sous le pare-brise... la station-service.

— Oui, tu as besoin d'essence ?

— Non, non, comme elle est située, je veux dire...

En approchant, Augustin s'était rendu compte qu'elle était à l'abandon, et c'est pourquoi il avait ralenti avant de s'engager sur la piste. Les pompes avaient été vandalisées et une partie de l'auvent de tôle s'était affaissée, mais sinon l'ensemble semblait encore soigné. Il était allé se garer devant la maison d'habitation.

— Qu'est-ce que tu fais, mon chéri ? Tu vois bien qu'il n'y a personne...

— Attends, juste une minute.

Il était descendu de voiture et s'était éloigné de quelques pas, happé par un vent chaud qui s'engouffrait sous sa chemise. D'ici, la forêt de Sommedieue, qu'ils venaient de traverser, semblait être une mer tempétueuse aux reflets cuivrés. On apercevait au fond les toits vernissés de Verdun sur lesquels flamboyait une lueur orangée mouchetée de noir, comme s'il tombait de la cendre avec la venue du soir. Par instants, de brefs éclairs illuminaient les clochers de la cathédrale. L'orage n'allait plus tarder.

— Viens vite voir, avait-il crié à Esther, c'est magnifique !

Elle l'avait rejoint et ils étaient restés un moment silencieux à scruter la ville, fouettés par le vent chaud. La station avait été construite sur la ligne de crête d'une colline, de sorte que rien n'entravait la vue.

— Tu n'aimerais pas habiter cet endroit? Je suis sûr que c'est à vendre...

Elle avait éclaté de rire, à la fois féminine et moqueuse.

— Remarque, il vaut mieux entendre ça que d'être sourd.

— On vivrait de la vente de l'essence, plus de soucis d'argent et j'aurais tout le temps pour écrire.

— C'est ça, et moi je nettoierais les pare-brise?

— Tu ouvrirais un cabinet à Verdun, Esther, les enfants seraient ravis de quitter Paris.

— Bon, viens, maintenant, s'était-elle agacée en lui prenant la main, si ça se trouve, il y a quelqu'un dans la maison qui nous regarde... Viens, ne restons pas là.

Ça remontait à quand, ce voyage? Quinze ans au moins. Il avait songé à être chauffeur de taxi, gardien de nuit dans un hôtel, et cette fois-là pompiste... Comme si pompiste lui aurait laissé le temps d'écrire... Quel imbécile ! Il sourit, et dans le même temps il songe qu'il est décidément bien sur cette route de Verdun, au volant de sa grosse Peugeot, sous ce ciel d'orage. Il songe qu'il ne souffre plus, comme par miracle. S'il tenait sa *Traviata*, il glisserait le CD dans l'appareil. Il allumerait une cigarette. Par la suite, ses romans lui avaient rapporté suffisamment d'argent et il n'avait plus eu le souci de chercher un travail alimentaire. Oh oui, quinze ans au moins, puisque au temps de la vieille 505 les filles étaient encore à la petite école – il revoit Coline assise à l'arrière avec son lapin nain... Et après le lapin nain, qui n'avait pas vécu longtemps malheureusement, ils étaient allés chercher un chaton chez une dame, dans le quartier de la Butte-aux-Cailles, toujours avec la 505. Une fois dans la voiture, et tandis qu'ils s'éloignaient de la station-service, Esther lui avait expliqué que jamais elle ne vivrait dans un endroit comme celui-ci, qu'elle aurait bien trop peur, et c'est d'ailleurs pourquoi, trois ou quatre ans plus tard, ils avaient choisi d'acheter une maison de village au Mont-Pertus plutôt qu'une des fermes isolées qu'on leur avait présentées. Oui, absolument. Mais tiens, voilà que ses réflexions viennent de le ramener au Mont-Pertus et qu'il sent aussitôt resurgir l'agitation en lui. Son cœur qui se remet à cogner et l'impression de manquer d'air. Un instant plus tôt, ça allait très bien, il souriait, il se voyait déjà entrant chez un disquaire de Verdun, *La Traviata* avec Maria Callas dans le rôle de Violetta, n'est-ce pas, et il avait fallu qu'il y repense. Il cherche confusément à reconstituer par quel cheminement de son esprit il se retrouve au Mont-Pertus, mais il est trop bouleversé pour détricoter le curieux enchaînement qui l'a conduit de la station-service de Verdun au Mont-Pertus, dans le Cantal, en passant par la 505 et le lapin nain de Coline. En même temps, maintenant qu'il y est, il se sent tenu par la nécessité d'y rester. La perte de cette maison du Pertus, c'est une souffrance si dense, si intense, aux conséquences si dévastatrices, il le devine, qu'une partie de lui-même est satisfaite d'y être revenue. Il faut bien, se dit-il, je ne peux pas faire comme si rien n'était arrivé. Il est conscient, cependant, qu'à trop fouiller, qu'à se repasser le film des événements, il pourrait tomber malade, et peut-être bien mourir. Il n'a qu'à compter les battements de son cœur, les coups résonnent maintenant jusque dans ses tempes, or il vient un moment où l'aorte se rompt, il le sait, Toto est mort de cela dans des circonstances parfaitement similaires, peu après qu'on lui eut saisi leur dernière maison, et lui, Augustin, pourrait suivre le même chemin. Il avait commencé à perdre la tête quand les déménageurs avaient entrepris de vider les chambres des enfants, quand il les avait *vus* dans les chambres des enfants. Jusque-là, il s'était parfaitement tenu, il avait même trouvé la force de leur offrir le café dans la cuisine et d'écouter silencieusement leurs grivoiseries sur une fille dont il n'avait pas retenu le prénom, une jeune comptable fraîchement embauchée dans leur entreprise. Mais voir les déménageurs dans les chambres des enfants, décrochant leurs photos, s'emparant de jouets qu'ils ne touchaient plus depuis longtemps mais conservaient comme des trésors, il n'avait pas pu le supporter. C'était à ce moment-là, précisément, qu'il s'était mis à courir d'une pièce à l'autre comme un feu follet et à remplir la Peugeot de tout ce auquel il tenait le plus. Ses manuscrits, des vêtements, sa lampe de bureau, le contenu de ses tiroirs, des photos, des livres, son oreiller et sa couette, mais surtout des choses appartenant aux enfants qu'il soustrayait nerveusement aux déménageurs – « Non, non, pas ça, laissez-moi ça, s'il vous plaît » – « s'il vous plaît » !, comme s'ils avaient été des voleurs et qu'il dût les supplier, alors qu'il les avait payés quelques jours plus tôt pour remiser le contenu de la maison dans un garde-meuble. Plus les chambres se vidaient, plus il avait perdu les pédales, le regard brouillé par les larmes, essoufflé, attrapant les derniers objets qui traînaient pour les balancer dans sa voiture : un collage de Jonas, son fils aîné, un chapeau de Laetitia bon à jeter, une vieille peluche de Coline, les deux morceaux d'une assiette peinte qu'Alice lui avait offerte pour la fête des Pères et qu'un déménageur avait dû laisser tomber.

Tous leurs souvenirs, les enfants les avaient apportés dans cette maison du Mont-Pertus au fil des vacances, c'était le seul endroit sur la terre dont ils pouvaient être sûrs, leur affirmait Augustin, le seul endroit qui leur appartenait, qu'on ne vendrait jamais. Il avait un plaisir incroyable à le leur répéter parce que cela faisait de lui un père protecteur, un homme sur lequel on pouvait compter, tout le contraire du père qu'avait été Toto. Esther se moquait gentiment : « Je crois qu'ils ont compris depuis le temps, mon chéri. » Et il avait dû vendre ! Il s'entend lâcher une sorte de gémissement qu'il ne se connaissait pas et comme ses yeux se noient, de nouveau, il s'accroche au volant pour se rapprocher du pare-brise. Il n'y voit plus rien, l'idée le traverse qu'il faudrait mettre les essuie-glaces, mais il oublie aussitôt car il a soudain la sensation pénible que sa chemise lui colle à la peau. Depuis quand n'a-t-il pas pris une douche ? S'il y a une chose qu'il déteste, c'est bien de sentir mauvais. Et ça y est, des aisselles, une infection. Le sentiment l'étreint qu'il ne maîtrise décidément plus rien de sa vie, que tout lui échappe, même son propre corps. Un type crasseux au volant d'une poubelle, voilà ce qu'il est devenu. Et là, s'il continue, il va finir contre un arbre, il n'y voit pas à dix mètres. C'est pourquoi il repense subitement aux essuie-glaces. Il cherche la commande à tâtons, c'est tout de même dingue qu'il ne se souvienne même plus de son emplacement, cette voiture qu'il connaît par cœur, et comme sa main tombe par hasard sur le levier de vitesse, il rétrograde machinalement croyant actionner les essuie-glaces. La Peugeot plonge brutalement du nez, le moteur se met à hurler dans l'habitacle, et comme si ça n'était pas suffisant, le crétin qui lui collait au derrière depuis un moment écrase son klaxon. Ça va, ça va, tout le monde peut se tromper, merde ! Le gars le dépasse sans cesser de klaxonner. C'est bon, il va s'arrêter, s'allonger sur l'herbe, laisser son cœur s'apaiser.

Il s'engage sur une aire de repos, dépasse l'infect chalet des pissotières, évite de justesse une voiture en stationnement qu'il n'avait pas vue, une blanche, bien entendu, ce n'est pas la première fois qu'il passe à deux doigts d'emboutir une blanche – les rouges, les jaunes, les vertes, d'accord, autant qu'on veut, mais les blanches ne se voient pas, elles devraient être interdites. Il maugrée dans son habitacle, épuisé, furibond, en colère contre le monde entier tandis qu'il ralentit et vient s'immobiliser au niveau de la dernière table de pique-nique.

— Vous nous avez fichu une sacrée trouille ! entend-il un peu plus tard.

Quoi encore ? Est-ce qu'on ne peut pas lui foutre la paix ? Il met un instant à faire le lien entre ce type et la voiture blanche qu'il a failli démolir, tout juste descendu et encore planté devant sa portière ouverte à renifler ses aisselles.

L'homme se tient à quelques pas de la Peugeot. Petit de taille, le visage couperosé, polo rayé, pantalon de survêtement, sûrement retraité depuis pas mal d'années déjà. Augustin croise son regard, il n'a pas l'air méchant.

— Ah oui, pardon, dit-il, je suis désolé.

— Quand je vous ai vu arriver à cette allure, j'ai pensé ça y est, je suis bon, c'est pour moi... et au dernier moment vous avez donné un coup de volant.

— Excusez-moi, j'ai eu un problème d'essuie-glaces, et puis les voitures blanches devraient être interdites, on ne les voit pas, elles se confondent avec le ciel.

L'homme semble déconcerté soudain.

— Mais la vôtre..., remarque-t-il prudemment, la vôtre est également blanche, non ?

Sur le moment, Augustin en reste sans voix. Puis il se détend, sourit.

— C'est vrai. Ça ne tourne pas très rond, décidément, fait-il en moulinant de l'index sur sa tempe.

— Comme j'ai dit à ma femme : « Ce gars-là, ou il a un sérieux coup dans le nez, ou il a de gros ennuis. C'est l'un ou l'autre. »

— Je vais m'allonger un peu, j'ai besoin de dormir.

Le bonhomme ne bouge pas, Augustin est tenté de s'excuser encore une fois. Ce qu'il aimerait, là, tout de suite, c'est se passer un coton humide sous les bras et changer de chemise. Après ça, se coucher dans l'herbe, près de la table de pique-nique, et ne plus penser à rien. Essayer du moins. Il a repéré sa trousse de toilette sur la plage arrière et maintenant il s'interroge sur l'emplacement de ses chemises. Peut-être dans le coffre, sous la couette.

— Je suis vraiment désolé, répète-t-il.

Puis il n'attend pas et plonge entre les sièges pour attraper sa trousse de toilette.

— Vous ne seriez pas cycliste que je ne serais pas venu vous embêter, entend-il. Mais vous m'avez fait peur et j'aime bien les cyclistes, c'est ma famille.

Augustin se rappelle alors qu'il a ses deux meilleurs vélos sur le toit. Il est si habitué à leur présence, depuis cinq ou six jours qu'il roule, qu'il n'y pensait plus, ne les voyait plus.

— Ces deux-là, fait-il en émergeant avec sa trousse de toilette, ce sont mes préférés. Le noir est un Dangre, construit sur mesure, le jaune un Singer, sur mesure également.

— Oh, j'ai bien vu, rétorque l'homme, je suis de la partie. Je n'ai pas connu Alex Singer, j'étais trop jeune, mais j'ai bien connu son successeur à Levallois, Csuka. Ernest Csuka.

— C'est lui qui m'a construit le jaune ! bondit Augustin, soudain ragaillardi. J'adorais le vieux Csuka, traîner dans son atelier. Je suis même allé à son enterrement.

— Robert Seyvos, se présente alors le petit homme en lui tendant la main. J'ai couru un temps avec Poulidor si ça vous dit quelque chose.

— Poulidor, bien sûr que ça me dit quelque chose !

Ils se congratulent un instant, le vieux ne lâchant pas la main d'Augustin.

— On s'est arrêtés avec ma femme pour manger un peu de gâteau, venez donc en prendre un morceau avec nous.

— Pourquoi pas ? J'aimerais juste changer de chemise...

— Faites donc, on vous attend tranquillement là-bas.

Bon, maintenant, retrouver ses chemises. S'il n'avait pas accepté cette invitation, il aurait eu tout son temps, tandis que là il va devoir se presser. Pourquoi se met-il toujours dans des situations qui l'enferment, qui le contraignent ? Toutes les années avec Esther, ç'avait été cela : ne rien lui refuser, aller au-devant de ses désirs. Oui, bon, Esther est sortie de sa vie désormais, et ce n'est pas en repensant à elle qu'il va remettre la main sur ses chemises. Et puis il n'est pas mécontent de pouvoir manger du gâteau en reparlant du vieux Csuka. Si ça se trouve, ce type a également connu Dangre, songe-t-il. Yvon Dangre. Celui-ci, c'était autre chose, à peine bonjour, comme s'il ne vous reconnaissait pas d'une fois sur l'autre... Il ouvre son coffre, soulève la couette, ses chemises sont bien là : empilées, boutonnées et pliées comme Mathilde les lui a préparées. La veille de l'arrivée des déménageurs, elle était passée l'embrasser, ils avaient fait l'amour, et puis elle avait entrepris de lui préparer ses vêtements – « Tu veux bien ? Ça me donne l'illusion que je suis ta femme et que tu vas revenir bientôt ». Si Mathilde n'avait pas été la femme du maire de la commune, il lui aurait sans doute proposé de partir avec lui. Chaque moment avec elle avait été un enchantement. Tandis que sur la fin de sa longue histoire avec Esther il ne parvenait plus du tout à la pénétrer, devenu complètement impuissant, il s'était senti renaître en déshabillant Mathilde, en l'écoutant lui murmurer à l'oreille combien elle l'aimait, combien elle aimait tout de lui, son visage, ses livres, son corps, son sexe. Mathilde disait qu'elle n'aurait jamais pensé, à quarante ans, connaître un tel bonheur.

Il s'efforce de sourire en marchant vers ses hôtes. Il a choisi une chemise blanche en fil de lin dont il aime le contact rêche sur sa peau.

— Ma femme, Colette, dit en se levant l'ancien coureur cycliste.

Ils ont déplié un troisième fauteuil autour de la table de camping.

— Augustin. Enchanté.

Colette l'observe avec une certaine méfiance, il voit ça.

— Asseyez-vous donc, l'invite le vieux. Tenez, ma femme vous a coupé une part de gâteau.

Il pousse l'assiette vers Augustin.

— C'est très gentil, merci. D'autant plus que je n'ai pas déjeuné.

— On se demandait d'où vous arriviez comme ça ? Si ce n'est pas indiscret...

— De Quimper. J'ai passé deux jours à chercher un endroit où j'aurais aimé m'installer, là-bas, en Bretagne, et puis j'ai changé d'avis. Il est délicieux votre gâteau, merci Colette.

Il l'a appelée Colette, plutôt que madame, en lui adressant un sourire. Elle le lui rend discrètement.

— Vous avez de la famille dans l'Est ? s'enquiert-elle.

— Ah non, non, mais j'aime beaucoup cette route de Verdun.

Il mange son gâteau, Colette lui sert d'autorité un verre de jus de pomme qu'il boit d'un trait.

Maintenant les deux le considèrent silencieusement. Augustin perçoit leur embarras.

— Et vous ? demande-t-il alors la bouche pleine.

— Nous, nous rentrons des Sables-d'Olonne, dit l'homme. Les vacances. Ça fait une bonne trotte aussi.

— Et vous habitez Verdun ?

— Abaucourt. Ma femme a hérité d'une petite exploitation forestière quand on était encore jeunes, ma foi, nous n'avons plus bougé d'Abaucourt.

— Je vous envie, j'aurais adoré avoir une exploitation forestière, ça doit laisser beaucoup de temps.

Il a été tout près d'ajouter : « pour écrire », mais il a préféré se taire. Et soudain il s'entend poursuivre, comme si les mots surgissaient malgré lui.

— Moi, je viens de perdre ma maison et en fait je vais très mal.

Qu'est-ce qui lui a pris de leur balancer ça ? Il pose sa petite cuillère, il ne veut pas qu'ils voient combien ses mains tremblent subitement.

— Comment ça ? questionne l'homme.

— Nous avons divorcé et j'ai dû vendre la maison.

— Ah, je comprends. Notre fille aussi a divorcé récemment, ce sont des moments très pénibles.

Tous les trois se taisent.

— Est-ce que ça vous dérange si je prends une cigarette ? lance soudain Augustin en se levant.

— Ne bougez pas, dit l'homme, j'en ai là. Rasseyez-vous donc, je vais en fumer une avec vous.

Colette l'observe de ses yeux pâles. Comme il croise à nouveau son regard, agréablement anesthésié par la cigarette, il songe qu'elle a dû être jolie dans sa jeunesse, les traits délicats, le front haut.

— Je crois que je vous envie aussi d'avoir passé toute votre vie ensemble, reprend-il doucement.

— C'est une chance, oui.

C'est lui qui a répondu, et Colette acquiesce.

— Moi, poursuit l'homme, j'ai tout de suite su que c'était elle.

Il sourit à sa femme.

— Comment vous êtes-vous rencontrés ? s'enquiert Augustin. Vous voulez bien me le raconter ?

— Oh, ce n'est pas un secret, commence Robert, c'était à l'arrivée d'une des premières courses que j'ai remportées, pas loin d'ici, du côté de Hagondange. L'épreuve était soutenue par les chips Flodor, qui n'existent plus aujourd'hui, et Colette m'a remis la médaille au nom de Flodor. La photo est même parue dans le journal.

— Habillée en chips ! s'exclame Colette en secouant la tête comme si elle ne pouvait pas croire une chose pareille.

— « Blonde à croquer », c'était leur réclame, explique l'ancien coureur. À chaque arrivée, il y avait une fille revêtue de chips synthétiques.

— Et Colette a bien voulu se laisser croquer ?

— Oh, pas tout de suite, répond-elle, pas tout de suite. Robert était très entreprenant mais il n'avait aucune situation, je crois qu'à part la bicyclette il ne savait pas faire grand-chose.

— Et ça n'était pas suffisant, la bicyclette ?

Elle hausse les sourcils, l'air de ne pas vouloir en dire plus.

— Son père avait cette exploitation forestière, reprend alors Robert, il m'a proposé de venir travailler six mois avec les gars, sans abandonner la course le week-end. « Si ça se passe bien, tu auras ma fille. Sinon je ne veux plus te voir traîner par ici. »

Il se tait, sourit.

— Ça s'est bien passé, conclut-il.

Colette sourit également, mais en le regardant un peu de haut.

Puis, brusquement, elle se tourne vers Augustin.

— On reste toute la vie ensemble, c'est bien, c'est confortable, mais qui nous assure que nous ne sommes pas passés à côté d'une grande aventure ? Ça peut être aussi une chance de pouvoir tout recommencer, non ? C'est d'ailleurs ce que j'ai dit à notre fille.

Il repense furtivement à Mathilde, son mari architecte de montagne, maire de Pertus, leur maison, leurs enfants, leurs deux voitures – quelle « grande aventure » aurait-il pu proposer à Mathilde ? Abandonner tout ça pour partir avec lui sur les routes dans sa vieille 605 bourrée jusqu'au plafond, avec ses yeux malades, son cœur en papier mâché et, du fait de ce double handicap, une forte probabilité de terminer au fond d'un ravin ou contre un arbre...

— Oui, vous avez raison, convient-il pour couper court, ça peut être une chance de pouvoir tout recommencer.

— Savez-vous où vous allez dormir ce soir? lui lance abruptement Robert.

— Où je vais dormir? À Verdun sans doute.

— En tout cas, si vous ne trouvez rien, vous aurez toujours une chambre chez nous. Abaucourt n'est pas bien loin de Verdun par la nationale et la maison est grande.

— C'est très gentil mais je ne me vois pas débarquant chez vous, je suis plutôt timide, vous savez.

— Vous avez tort, vous ne seriez pas le premier cycliste que nous hébergerions.

Augustin sourit, et tout en sachant qu'il n'ira pas :

— Bon, peut-être.

Colette se met alors à parler des travaux qu'ils ont entrepris sur la toiture, juste avant les vacances. Elle espère que le chantier sera fini, prenant soin d'associer Augustin à son souci – « Je préférerais que vous découvriez la maison avec ses nouvelles tuiles, plutôt que bâchée, dans l'état où nous l'avons laissée ». Puis elle semble oublier Augustin et poursuit la conversation avec son seul mari. Il est question d'une véranda qu'ils envisagent de faire construire en prolongement de la cuisine, ou de la salle de séjour, Augustin n'écoute plus que d'une oreille. Il pense qu'il devrait se lever, retourner à sa voiture plutôt que rester là, dans son fauteuil de camping, maintenant qu'ils ont fini le gâteau et que l'heure tourne, mais en même temps il se sent étonnamment bien entre ces deux vieux qui pourraient être ses parents, il aimerait pouvoir s'endormir un moment, bercé par leur conversation, et que pour la suite ils décident à sa place.

2.

C'est un sentiment abominable
que celui de ne plus se contenir soi-même

Tout de suite, en se réveillant au milieu de la nuit, il pense à ses filles. Il se dit qu'aujourd'hui il faut absolument qu'il les appelle et, dans le même temps, il sent que tout son corps se raidit, que son cœur se remet à cogner. Elles lui ont laissé plusieurs messages ces derniers jours pour savoir comment ça s'était passé avec les déménageurs, s'il n'était pas trop abattu et s'il avait pris une décision. Une décision à propos de l'endroit où il comptait vivre désormais. Quand elles avaient appris qu'il allait devoir vendre la maison du Pertus, trois mois plus tôt peut-être, seule Alice avait tenté de faire bonne figure, lui expliquant qu'avec la part qui lui reviendrait de la vente il trouverait certainement autre chose, dans la Creuse, par exemple, où les prix de l'immobilier étaient encore abordables, paraît-il. Elle avait même proposé de l'aider à chercher. Laetitia, elle, n'avait fait que sangloter au téléphone, répétant qu'elle en était sûre, que dans cette famille on ne savait que détruire, rien construire, rien garder, qu'on ne pouvait compter sur personne.

« Tu m'avais promis que jamais on ne la vendrait, et regarde, regarde... — Je ne peux pas faire autrement, ma chérie, je n'ai pas de quoi racheter sa part à Esther. — Alors il ne fallait pas promettre. » Augustin avait raccroché précipitamment en se rendant compte qu'il pleurait, lui aussi. Quant à Coline, qui venait d'avoir dix-huit ans, la plus jeune des trois, elle s'était mise aux abonnés absents, répondant finalement par un unique SMS aux longs messages d'Augustin : « Je sais mon papou, moi aussi je suis tellement triste, mais ce n'est pas de ta faute et maman aussi est malheureuse. » Et puis elles avaient dû se concerter car du jour au lendemain elles avaient semblé ne plus se soucier que de lui, Augustin, comme si la perte de cette maison n'était qu'une affaire de logement et que tout serait oublié dès qu'il aurait de nouveau un toit sur la tête.

Il se redresse, s'adosse contre le mur froid, découvre à tâtons le commutateur de la lampe de chevet. Sa chambre est immense, tapissée d'un papier rose défraîchi, meublée Napoléon III – un bureau, une commode, une coiffeuse, un guéridon flanqué de deux fauteuils au velours râpé du même rouge fané que les rideaux. Tournant dans Verdun, il avait fini par découvrir ce qu'il cherchait : un ancien palace au bord de la faillite, quelques semaines sans doute avant que les prédateurs du groupe ACCOR mettent la main dessus pour le massacrer. Deux belles fenêtres cintrées donnant sur une place qui s'était vidée peu avant la tombée de la nuit.

Il se masse le cœur, essaie de réguler sa respiration. Il songe qu'il appellera d'abord Laetitia – Tout va bien ma chérie, tout va bien. Pour le moment, je me promène un peu, j'en ai besoin. Là, tu vois, je t'appelle de Verdun. Pourquoi Verdun ? Écoute, je ne sais pas... La route est vraiment magnifique pour y aller. Oui, oui, ne te fais pas de souci, ensuite je vais sérieusement me préoccuper de chercher quelque chose. Plutôt dans la Creuse, oui, c'est aussi l'avis d'Alice. Voilà, et on essaiera de refaire là-bas la même chose qu'au Mont-Pertus, hein, une maison qui soit la vôtre, où vous retrouverez chaque été tous vos souvenirs d'enfance... Pourvu que Laetitia ne se remette pas à pleurer. Laetitia qu'il a toujours voulu protéger, qui lui faisait une confiance aveugle... Bon, ensuite il appellera Coline. Et en dernier Alice qui feint d'être plus solide que ses sœurs, qui veut être diplomate quand Laetitia est sage-femme et que Coline commence les Beaux-Arts.

Il est nu, il transpire, et pourtant il a pris soin de laisser une fenêtre ouverte. Il ne va jamais pouvoir se rendormir dans cet état. Parler à ses filles est devenu une épreuve depuis cette histoire, comme si chacun était désormais tenu de jouer un rôle, comme si plus rien n'allait de soi. Il se demande ce qu'a bien pu penser leur frère quand il a su pour la maison, cette maison qu'il n'aimait pas, prétendait-il. Jonas s'est arrangé pour qu'ils ne se voient plus depuis trois ou quatre ans maintenant, et Augustin continue d'en éprouver un mélange de soulagement et de tristesse. Leur relation était devenue impossible, le fils rêvant naturellement de supplanter le père, et chaque nouveau roman du père l'exaspérant un peu plus. « J'ai brûlé ton dernier livre », lui avait-il écrit, et Augustin avait pensé que c'était en effet le plus sûr moyen de le faire taire, de lui brûler la cervelle en quelque sorte. Est-ce que petit à petit ses filles allaient, de la même façon, s'éloigner de lui ? Ou plutôt moi d'elles, se dit-il, à en juger par la panique dans laquelle me précipite la seule perspective de devoir leur téléphoner. Plutôt moi d'elles. Depuis la perte de la maison, moins il pense à elles, mieux il se porte, et se le formuler est si douloureux, soudain, qu'il bondit du lit et se met à marcher à travers la pièce. Marcher a sur lui un effet apaisant, moins que le vélo, bien entendu, mais il ne va pas partir pédaler dans la campagne au milieu de la nuit.

Il a perdu Jonas, il a perdu Esther, il a perdu la maison du Mont-Pertus, et maintenant il va peut-être perdre ses filles. Il va du lit à la salle de bains, nu, ne cessant de malaxer son cœur, et brusquement il est terriblement tenté d'appeler Laetitia, là, sur-le-champ, pour lui dire combien il l'aime. Il pense que s'il pouvait le lui dire, il se sentirait aussitôt mieux, or il a un besoin urgent de se sentir mieux parce qu'il est en nage, le cœur complètement affolé, tout le corps parcouru de soubresauts. Il sent revenir la peur de mourir, de partir du cœur comme Toto, la coïncidence est si troublante, n'est-ce pas, son père hébergé dans un couvent de religieuses après la perte de leur maison et retrouvé mort un matin sur le sol de sa chambre et lui aujourd'hui dans cette chambre d'hôtel après la perte de sa maison, le cœur au bord de la rupture au milieu de la nuit. La peur de mourir le fait trembler. Il faut qu'il dise à Laetitia combien il l'aime et il se sentira moins mal, c'est certain. Ce sera comme de reprendre pied dans la vie. Il faut qu'il parle à Laetitia, c'est pourquoi il entreprend aussitôt de chercher son téléphone, retourne fébrilement les poches de son pantalon, passe une main aveugle sur le marbre de la cheminée, puis sur la table de nuit, le découvre finalement dans le porte-savon de la douche : deux heures dix. Il ne peut pas appeler Laetitia à deux heures dix. Alors il se remet à marcher, pensant que dans quatre heures seulement il le pourra. À condition de marcher, de ne pas laisser l'angoisse le submerger, il doit pouvoir tenir quatre heures. Toto retrouvé mort sur le sol de sa chambre dans ce couvent de bonnes sœurs qui les avait déjà recueillis après la première expulsion. Lui, Augustin, avait neuf ans l'année de la première expulsion. La mère avait été placée toute seule dans une chambre parce qu'elle voulait mourir, qu'elle menaçait de se tuer. Les enfants l'avaient entendue le dire à la religieuse dans ses sanglots, se mettant subitement à hurler : « Je ne veux pas, je ne veux pas, laissez-moi mourir. » Par la suite, à chaque catastrophe, la famille avait atterri dans ce couvent. Mais où était donc la mère la nuit où Toto était tombé mort ? Probablement sous surveillance dans une chambre voisine, menaçant de nouveau de s'ouvrir les veines ou de sauter par la fenêtre. Et pendant qu'on veillait à ce que la mère survive, Toto s'était enfui pour toujours dans la plus grande des solitudes. Est-il écrit quelque part que cette nuit, dans cette chambre d'hôtel de Verdun, Augustin va suivre le même chemin ? La peur lui provoque une suée qui le fait frissonner. Il ne veut pas mourir, oh non, par pitié. Et soudain il songe que si c'est écrit quelque part il a peut-être un moyen de le savoir. La perte de sa maison du Pertus, c'était il y a six jours. Il refait rapidement le calcul sur ses doigts, s'assure qu'il ne se trompe pas, oui, six jours exactement. Il se trouve donc là, dans la nuit du sixième au septième jour. Maintenant, il faut qu'il se souvienne pour Toto. Supposons qu'il soit mort dans la nuit du sixième au septième jour après la perte de leur maison, alors lui, Augustin, a toutes les chances d'y passer également. Si Toto, en revanche, est mort dix ou quinze jours plus tard, eh bien il n'a aucun souci à se faire. La fatalité répond forcément à des critères arithmétiques, se convainc-t-il, sinon ce n'est pas la fatalité, c'est n'importe quoi, et autant dire que la date de sa mort n'est écrite nulle part. Il fouille dans sa mémoire, se rappelle être venu voir la mère dans ce couvent, mais il est incapable de se souvenir si Toto était encore en vie ou déjà mort. D'ailleurs, ça ne l'avancerait à rien car il n'a aucun repère pour dater cette visite à la mère. Comment savoir ? Soudain, il prend conscience qu'il a cela quelque part, mais oui, absolument, puisqu'il était le tuteur de Toto au moment de cette ultime catastrophe. Il a donc ces informations dans un gros classeur qui contient les derniers ennuis de son père, le jugement le plaçant sous tutelle, ainsi que celui lui signifiant la saisie de la maison familiale et leur expulsion à telle date. Or il se peut qu'il ait embarqué ce classeur dans la Peugeot. Ça tiendrait du miracle, certes, mais ce n'est pas impossible. Il se revoit empilant des dossiers dans le coffre, celui des impôts, celui de ses yeux malades, celui du studio de Coline, ses manuscrits bien sûr... A-t-il pu emporter dans le même mouvement le classeur de Toto ? Si c'est le cas, toutes les dates y figurent, il va savoir. Savoir si lui, Augustin, est en train de vivre sa dernière nuit.

Il se rhabille, lace fébrilement ses chaussures, glisse les clés de la Peugeot dans sa poche et descend à la réception. Il est immédiatement déçu de ne pas retomber sur l'homme qui l'a accueilli la veille en fin d'après-midi, très aimable, presque obséquieux, envoyant aussitôt un garçon d'étage ouvrir un local pour qu'il puisse y enfermer ses deux vélos. Celui-ci est avachi dans le salon devant un écran de télévision et il voit arriver Augustin d'un œil mauvais.

— Excusez-moi, mais j'ai besoin d'aller chercher quelque chose dans ma voiture.

— Elle est où, votre voiture ?

— Dessous, au parking de l'hôtel. On m'a prévenu...

— Que le parking est fermé entre minuit et six heures, oui. Ça ne peut pas attendre ?

— Non, sinon je serais tranquillement dans mon lit en train de dormir.

Au regard que lui lance l'homme, Augustin devine qu'il n'a pas bonne mine.

— Bon, je vais vous passer la clé, mais vous n'oubliez pas de me la rendre, hein ?

Il a le pas mal assuré en cherchant sa Peugeot sous la lumière crue des néons, et quand enfin il l'a trouvée, il peine à ouvrir le coffre tant l'agitation de son cœur le secoue de la tête aux pieds. Seigneur, quel entassement ! La dalle de ciment ne semble pas trop sale, il y étale sa couette, puis dépose dessus toute une série de cadres – des photos des enfants et même d'Esther. Comment a-t-il pu se charger de photos d'Esther, alors qu'il n'a qu'un désir, c'est de l'oublier ? Il hésite à faire un tas sur le côté de choses dont il pourrait se débarrasser immédiatement, mais non, jamais il ne jettera une photo, il n'écrirait pas sans les photos. Il les scrute à la loupe, elles lui révèlent bien souvent ce qu'il n'a pas su voir sur le moment. Un jour, il écrira sur Esther, et il sera bien content d'étudier son visage à la lumière de ce qu'il a compris d'elle durant les mois terrifiants de leur divorce. Toutes les photos de la mère qu'il a pu récupérer, par exemple, il les conserve précieusement, et certaines nuits il se penche à nouveau sur chacune d'elles avec sa loupe. Il a l'espoir de percer le mystère de la mère, « à moins qu'elle ne soit véritablement qu'une idiote, a-t-il déclaré un jour à Curtis, et en ce cas je ne pourrai jamais rien écrire sur elle ». Mais tiens, les voilà justement, les photos de la mère, dans leur boîte métallique de Bêtises de Cambrai. Curtis avait souri quand il lui avait apporté la boîte : « Je reconnais bien là votre humour, Augustin. Vous n'êtes pas un peu injuste avec cette femme ? » Sauf qu'Augustin de l'avait pas fait exprès, aussi bien il aurait mis les photos de la mère dans une boîte de Petits Beurres Lu. Ses albums sont également là, la naissance de Coline, celle d'Alice, les voyages en Italie avec Esther et les enfants... Il a donc eu la présence d'esprit d'emporter ses photos. Il n'a pas le souvenir d'y avoir pensé sur le moment, et cependant il l'a fait, il en éprouve insidieusement du réconfort, songeant que, dans la folie de ce départ, l'obsessionnel en lui a donc continué de veiller au grain. Les dossiers sont dessous, en vrac parmi des ustensiles de cuisine qu'il avait ramassés au passage : sa cafetière italienne, une cocotte en fonte, une râpe à fromage qu'il avait achetée dans une brocante parce qu'elle lui rappelait sa chère grand-mère, la mère de Toto, trois ou quatre bols, une boîte de thé, un sucrier, un tire-bouchon... Le premier dossier qu'il exhume de ce fatras le laisse interdit : « Mon prochain roman », lit-il, tracé à l'encre bleu pâle sur le rabat cartonné jaune. Il reconnaît son écriture, bien entendu, mais il l'avait complètement oublié, celui-ci. Après le départ d'Esther et quelques semaines à se demander s'il n'allait pas sauter par la fenêtre – comme la mère, avait-il songé avec effroi, voilà que je m'entends parler comme la mère –, il avait pris la décision de quitter Paris pour s'installer dans leur maison du Mont-Pertus. Il n'avait pas imaginé une seconde devoir un jour la vendre, et maintenant, debout devant son coffre béant, il se rappelle de tout : il avait expliqué à Curtis qu'il allait écrire un livre sur cette maison, sur le miracle qu'avait été sa rencontre avec cette maison si semblable à celle où il était né, à Bizerte, en Tunisie. Une villa Art déco élégante et raffinée comme en possédaient les colons et qui tranchait résolument avec les lourdes fermes du Pertus, ce pourquoi l'agence immobilière n'avait trouvé aucun acheteur avant l'arrivée d'Augustin. Esther elle-même aurait préféré une ferme rustique à ces plafonds hauts, ces lustres, ces cheminées de marbre...

— Vous ne craignez pas de vous emmerder, là-bas, tout seul ? l'avait interrompu Curtis.

— Là-bas, je ne m'ennuie jamais, j'écris bien mieux qu'à Paris, je grimpe les cols à vélo, je soigne mes arbres, les journées me paraissent toujours trop courtes. Et puis ça fait longtemps que je rêve de voir les lumières des quatre saisons sur le Pertus.

Il ouvre la chemise jaune et y découvre les notes prises pendant ses conversations avec Curtis, ainsi que plusieurs feuilles manuscrites dont les premières lignes le précipitent dans une profonde mélancolie :

> La beauté de Mathilde.
>
> — Oh non, ne te rhabille pas tout de suite, s'il te plaît. Tu veux bien juste remettre tes talons hauts et marcher dans la pièce, que je puisse te regarder ?
>
> Elle va vers la fenêtre, c'est bientôt avril, le soleil donne sur les carreaux de ciment. Quand elle est en plein dans le rayon qui tombe à l'oblique sur ses petits

seins, je dis : « Attends, ne bouge pas, je vais te prendre en photo. » Je la saisis tandis qu'elle attache ses cheveux, les bras en l'air, son visage de profil au-dessus de sa silhouette dorée dans le contre-jour. On devine la pointe d'un sein sous la cavité de l'aisselle, le creux des reins, l'ombre du pubis, le galbe des fesses.

— J'adore ton profil, j'adore tout.

Elle rit. Elle veut bien que je la photographie encore. Elle prétend qu'elle ne savait pas qu'elle était jolie.

— Mon mari ne me l'a jamais dit.

Outre le souvenir de Mathilde qui lui serre le cœur, c'est de considérer l'homme qu'il fut qui le dévaste. Il a donc pu demander à Mathilde de marcher toute nue sur ses talons hauts avant de s'écrier : « J'adore ton profil, j'adore tout. » C'est à peine s'il se reconnaît. Aujourd'hui, il ne pourrait plus exulter de la sorte, ni même manifester la moindre allégresse. Il ne pourrait plus. Il mesure combien il a changé, à quelle allure il s'est éteint. Quand il avait rencontré Mathilde, il était dans le plaisir de réaménager sa maison, de se réapproprier le jardin. Il s'était découvert entreprenant en dépit du chagrin d'avoir perdu Esther, s'était vu parti pour une vie qu'il n'aurait certainement pas envisagée un an plus tôt, mais qui finalement l'avait attiré. À condition d'être dans cette maison, bien sûr, cette maison qui lui donnait sa place, dont il tirait chaque jour un bonheur subtil qu'il allait tenter de rendre dans un roman. Il n'avait pas vu venir la catastrophe, jusqu'au jour où il avait fallu faire expertiser la propriété – la procédure de divorce l'exigeait. Quand le chiffre était tombé,

Augustin avait su qu'il allait perdre sa maison et il n'avait plus pu écrire une ligne.

« La beauté de Mathilde... » Il relit le passage, se souvient de lui la photographiant, et soudain il veut revoir ces photos. Il était allé jusqu'à Brive pour les faire tirer de peur qu'un employé du laboratoire reconnaisse la femme du maire, puis il les avait glissées dans une chemise grise héritée de Toto, « Contentieux URSSAF », pensant que personne n'irait l'ouvrir. Il veut revoir ces photos et comme il craint soudain d'avoir laissé cette chemise aux déménageurs, il se rue sur le contenu du coffre. Pourvu qu'elle y soit ! Tandis que d'une main il se débarrasse des ustensiles de cuisine qu'il balance nerveusement sur la couette, de l'autre il soulève les dossiers un à un avant de les éjecter à leur tour. Pas de chemise grise ! Et comme il n'arrive pas à le croire, il s'agenouille finalement sur sa couette pour vérifier si elle ne se serait pas glissée dans un des dossiers.

Elle n'y est pas. Il se sent au bord des sanglots, et sous l'immense détresse qui le gagne il entend sourdre la peur de ne plus trouver la force de continuer. Jusqu'ici, il a pu repousser la tentation de mourir, s'en distraire en songeant, par exemple, à cette auberge en Bretagne où il a voulu s'installer, puis à cette inoubliable route de Verdun sous un ciel d'orage qui lui a donné du désir, mais là, soudain, agenouillé dans le parking au milieu de son bric-à-brac, il prend conscience qu'il est en morceaux, qu'il a cessé d'être, même s'il est encore apparemment présent, haletant, suant, et la morve au nez parce qu'il est allergique à la poussière des sous-sols. C'est un sentiment abominable que celui de ne plus se contenir soi-même, comme si tout ce qui nous constituait avait volé en morceaux et que nous n'étions plus que la mémoire de nos débris. Il songe qu'une partie de lui est désormais remisée dans un garde-meuble à Aurillac, une autre partie ici, autour de la Peugeot, dans ce bordel inextricable, une autre encore là-bas, dans la maison du Mont-Pertus, sous la forme de souvenirs déchirants, et tant d'autres, impalpables mais bien réelles dans ce qui le relie à ses enfants, à ses parents morts, à ses frères et sœurs, à Esther, à Mathilde...

Il se revoit dans son bureau du Mont-Pertus, entouré de tous ses manuscrits, de ses auteurs préférés, des photos de ses enfants, songeant avec ravissement que son nouveau livre prend forme, qu'en dépit des guerres et des deuils il écrit, résiste, ne se perd pas, continuant avec entêtement de faire de sa vie une œuvre, et alors en un éclair il touche à la profondeur de son effondrement. À cet instant, il est vaincu, il a perdu. « Je n'en peux plus, s'entend-il énoncer tout bas, maintenant, j'aimerais mourir. » Ce sont ces mots-là qui le ramènent à sa mère : « Je ne veux pas, je ne veux pas, laissez-moi mourir. » Presque les mêmes, songe-t-il. À neuf ans, il avait cru que c'était de la comédie parce que ses frères aînés le lui avaient assuré, que jamais elle ne sauterait par la fenêtre ni ne s'ouvrirait les veines, cette conne, disaient-ils, et par la suite, même s'il la découvrait parfois exsangue, il avait continué de penser qu'il y avait une part de comédie dans ses prétendues crises de désespoir. Il est pris de doutes à présent, là, dans le parking souterrain de l'hôtel, parce que repensant aux hurlements de la mère après la première expulsion il les entend pour la première fois différemment. Comme s'ils faisaient écho à ses propres sanglots. Il a soudain une conscience aiguë du désespoir de sa mère après que le commissaire de police lui a signifié leur expulsion, que les déménageurs ont saccagé le somptueux salon Louis XVI et que de la gloire de la mère il ne reste plus que des flocons de poussière. Peu importe, songe-t-il, qu'il ne partage rien des valeurs de cette femme, de son goût pour le luxe et les apparences, cette première expulsion avait brisé ce qui la constituait et elle avait dû souffrir mortellement de sa délitescence, de n'être plus que la mémoire de sa grandeur.

Jamais il ne s'est senti si proche de la mère qu'en cet instant où il aimerait mourir. Alors, c'est comme si l'écrivain en lui se ranimait : à la lumière de cette proximité nouvelle, pourquoi ne tenterait-il pas de nouveau d'écrire sur elle ? L'idée l'illumine, faiblement au début car il lui faut dissiper les sombres perspectives qui l'accablent, mais bientôt il s'assoit au milieu de son fatras plutôt que de tenir cette position agenouillée qui lui brise les rotules. Il s'assoit, respire plus régulièrement, se sent moins oppressé. Oui, pourquoi ne tenterait-il pas de nouveau... Les photos de la mère ! Où sont passées les photos de la mère ? Il pivote sur lui-même, repousse fébrilement les dossiers, les ustensiles de cuisine... Là ! Un peu plus et ces salauds de déménageurs les embarquaient. Mais il avait eu la présence d'esprit de les prendre. Quelle chance ! Quelle incroyable chance ! Il se cale sur ses fesses, dégage un large coin de couette et se décide à ouvrir la boîte de Bêtises. Il va disposer devant lui les clichés les plus intéressants, comme il a l'habitude de le faire, et il est possible qu'il voie tout autre chose soudain. Ah, mais il lui faut sa loupe. Certainement au fond du coffre avec le contenu de ses tiroirs de bureau. Il se relève, extrait encore toute une cargaison de livres qu'il pose à même le ciment, puis des poupées, des peluches, des souliers d'enfant et, tiens, son imprimante, dont le capot est cassé, merde, tant pis, il en rachètera une autre. Voilà enfin ses loupes ! Il aime bien la grosse ronde, un cadeau d'Esther.

À présent, il peut se rasseoir. L'allergie le fait renifler et il se mouche rapidement dans un pan de sa chemise. Il est prêt. Il examine les premières photos de la mère à la loupe et dépose entre ses jambes écartées celles qui retiennent son attention. En voilà trois qu'il connaît bien, prises lors du premier Noël dans la cité ouvrière où ils ont été relogés. Les plafonds sont si bas qu'ils paraissent tous comme enfermés dans une boîte à chaussures. La mère s'efforce de sourire, mais elle ne devrait pas, songe Augustin, car on devine à la fixité de son regard qu'elle tremble intérieurement, de sorte que, avec son grand nez et ses cheveux qui lui tombent sur les joues comme des algues, elle a l'air d'une fée Carabosse. D'habitude, il passe rapidement sur ces trois photos car c'est un mauvais souvenir, mais pour une fois, au lieu de ne s'intéresser qu'à lui, il pense à la mère. Il la regarde intensément derrière sa loupe, puis il doit s'essuyer les yeux car il s'aperçoit qu'il pleure. La mère est véritablement effrayante et il se demande comment il a eu le cœur de la traiter de conne. Enfin, il dépose ces trois photos sur la couette, entre ses jambes, avec l'intention d'y revenir plus tard. Il est en train de remettre le nez dans la boîte quand il entend un bruit de pas. Qui peut bien venir, alors que le parking est fermé ?

— Ben qu'est-ce que vous fabriquez? s'étonne le gars de la réception.

— Vous m'avez fait peur !

— C'est vous ! Je ne vous voyais pas remonter, j'ai pensé que vous aviez eu un malaise... Non mais attendez, vous ne pouvez pas laisser tout ça par terre, c'est un parking public, ici.

— Je vais tout remettre dans la voiture, ne vous inquiétez pas.

— Je préférerais que vous le fassiez tout de suite. Il est cinq heures passées, dans moins d'une heure, des clients vont descendre.

— Ah... Eh bien je vais monter dans ma chambre ce dont j'ai besoin pour travailler.

— Jamais vu ça! Vous me demandez la clé pour cinq minutes et je vous retrouve trois heures plus tard au milieu de ce... de ce... Vous déménagez ou quoi ?

— Je n'ai pas vu le temps passer.

Il songe qu'il ne devrait pas laisser ce type lui parler sur ce ton, mais dans le même instant il se rappelle la raison pour laquelle il est descendu : retrouver le classeur de Toto, savoir s'il était écrit quelque part qu'il devait mourir cette nuit. Or non seulement il n'est pas mort, mais il va écrire un livre sur sa mère. Le livre auquel il avait cessé de croire. Il peut dire qu'il n'a pas perdu son temps, cette nuit, dans ce sous-sol, et qu'en fait de mort la vie lui a réservé une sacrée surprise. C'est pourquoi le ton désobligeant du gars ne l'atteint pas, finalement.

— Je monte ce qu'il me faut dans ma chambre pour travailler, répète-t-il calmement en se levant, et je redescendrai ranger ensuite. Si vous permettez, je garde encore la clé dix minutes.

L'autre est sur le point de protester mais, à présent qu'il est debout, Augustin le domine d'une bonne tête.

— Jamais vu ça, soupire-t-il en s'éloignant.

3.

Le frère aîné, ce sale con

Le garage était au frère aîné, c'est lui qui décidait lequel, de Nicolas ou d'Augustin, allait avoir le droit de jouer avec lui. Tous les dimanches matin avant la messe, tandis que les parents traînaient au lit, le frère aîné entretenait le suspense, le temps de sortir son garage du placard, de vérifier que le monte-charge intérieur fonctionnait bien, d'installer ses bonhommes dans les étages et devant les pompes à essence, puis de disposer ses Dinky Toys un peu partout. Augustin observait le frère aîné avec un mélange d'envie et de haine, continuant d'espérer être choisi, alors qu'il ne l'avait jamais été. « C'est Nicolas, tranchait finalement le frère aîné, toi, Augustin, tu ne joues pas. »

Ce sale con, songe Augustin, en chien de fusil sous sa couverture dans le vaste lit de sa chambre d'hôtel. Ce sale con. Puis : N'empêche que sans lui je ne serais jamais devenu l'homme que je suis, entêté à vivre, libre, indestructible. Sans lui, je serais devenu comme lui, tiens, un petit fonctionnaire bien propre sur lui, un petit pétochard de merde. Il disait que plus tard il serait écrivain, ça n'était pas tombé dans l'oreille d'un sourd et c'est moi qui le suis devenu. Ah ah ah, quand j'y pense, c'est trop drôle ! Lui aura passé sa vie à cirer les pompes des puissants, écrasé par la trouille de finir comme Toto, tandis que moi, grâce à lui, j'ai appris à me défendre, j'ai pu sortir de notre asservissement, insulter les curés qui nous ont virés du collège, la Caisse des dépôts et consignations qui nous a virés de Neuilly, les magistrats, les flics et les huissiers qui ont harcelé notre père jusqu'à sa mort et j'en passe et j'en passe.

La mère surgissait en chemise de nuit rose et Augustin, qui regardait les deux autres crétins jouer au garage, se collait un peu plus contre le mur : la mère ne l'aimait pas, mais il le lui rendait bien, il n'avait aucune envie qu'elle vienne l'embrasser avec son haleine fétide et son grand nez. Elle embrassait le frère aîné dont elle disait et répétait qu'il était le portrait de son père, le héros de 14-18, elle embrassait Nicolas « beau comme un dieu », sa fierté, Nicolas, puis elle semblait soudain contrariée de découvrir Augustin contre le mur, et alors elle s'écriait, comme pour cacher son embarras : « Allez vite, les garçons, vous vous habillez et on file à la messe. » Le dimanche matin, c'était costumes marins, celui d'Augustin le boudinait et le frère aîné feignait d'en être désolé pour lui : « Quand tu seras grand, Augustin, il faudra que tu portes des chemises polo, parce que, avec ton cou, tu ne pourras pas mettre de cravate. » Des chemises polo comme M. Féty, le mari de la concierge, dont la mère disait qu'il était « affreusement péquenot ».

Jamais personne ne contredisait le frère aîné, et c'est pourquoi il était devenu terriblement rasoir et pontifiant avec les années. Les échecs répétés de Toto avaient fait de lui un père de substitution, tant pour Augustin que pour les six petits qui suivaient derrière. Il abreuvait chacun de ses conseils. Quand Augustin lui avait annoncé qu'il allait écrire dans les journaux pour commencer, puis écrire des romans par la suite, exactement comme l'avait fait Knut Hamsun dont il venait de lire *La Faim*, le frère aîné avait secoué la tête et souri amèrement : « Mon pauvre garçon, il faut être réaliste dans la vie, ne devient pas écrivain qui veut. Qu'est-ce que tu crois ? Tu as eu ton bac, c'est déjà une chance, maintenant choisis un métier qui te mettra à l'abri des emmerdements. Écrivain, ce n'est pas un métier, il faut être artiste, et à part Nicolas, je ne vois pas qu'il y ait un seul artiste dans cette famille. »

Le frère aîné n'avait semblé prêter aucune attention aux centaines d'articles qu'avait écrit Augustin dans les journaux, mais quand Augustin lui avait envoyé le manuscrit de son premier roman, il lui avait répondu dans les vingt-quatre heures qu'il lui interdisait formellement de publier ce texte. Augustin y racontait l'effondrement familial, de Neuilly à la cité sordide où la Caisse des dépôts les avait relogés, les crises de nerfs de la mère, ses hurlements, ses tentatives de suicide, les coups foireux montés par Toto pour les sortir de là, etc., etc. «Pour ta petite gloire personnelle tu t'apprêtes à plonger notre famille dans la honte», lui avait écrit le frère aîné qui avait su rallier à sa cause tous les petits, ainsi que Nicolas et la sœur aînée. Et la mère, bien entendu. Augustin n'avait pas cédé, son roman avait été publié (par Curtis, qu'il venait de rencontrer), et il n'avait jamais revu qui que ce soit de sa famille, à part la mère, quelques heures avant sa mort.

Ce sale con, pense-t-il à nouveau, il aura vraiment tout tenté pour m'empêcher d'exister. Pas un instant Augustin n'avait été dupe des arguments du frère aîné dans l'affaire du premier roman, de son prétendu souci de protéger la famille car l'enfant en lui n'avait pas oublié le garage et la malignité du frère aîné. Le voilà revenu au garage, à Neuilly, sortant promptement la tête de sous sa couverture car la colère lui fait chercher l'air. Il considère un moment la splendeur de sa chambre d'hôtel, et soudain il s'entend rire : comment peut-il encore éprouver une telle colère contre le frère aîné, plus de cinquante ans après les faits? Éprouver encore l'envie de lui sauter à la gorge et de piétiner sa saleté de garage? C'est alors seulement que son esprit fait le lien entre la station-service Caltex qui l'avait éblouie avec Esther et le garage du frère aîné. Caltex également! Mais oui, il en est certain. Maintenant il se rappelle parfaitement la petite flèche en plastique portant fièrement l'étoile blanche ourlée de vert. Jamais le frère aîné n'oubliait de la planter sur le toit du garage. Incroyable!

Est-ce que la station-service aurait provoqué en lui la même émotion si elle avait été Shell ou Esso ? Aurait-il éprouvé le même désir ardent de la posséder si elle n'avait pas été Caltex ? Bien sûr, elle était blanche, et Augustin a un faible pour les maisons blanches qui lui rappellent celles de Bizerte, d'ailleurs la maison du Pertus était blanche, elle aussi, mais enfin celle-ci n'était pas une maison mais une station-service, et durant plusieurs minutes, tandis qu'il la montrait du doigt à Esther, il avait souhaité de toutes ses forces qu'elle soit à lui. Il sourit. Comment n'avait-il pas compris sur le moment que son désir de jouer au garage, voire de s'accaparer le garage du frère aîné, venait de le rattraper ?

Il bondit du lit, tourne un instant au milieu de la pièce à la recherche de ses vêtements, se laisse distraire par les photos de la mère qu'il a déposées sur le bureau – comme elle est effrayante, songe-t-il, de nouveau penché sur la photo de Noël derrière sa grosse loupe ronde, comment ai-je pu penser qu'elle faisait de la comédie ? Je vais écrire sur ma mère, Curtis, vous verriez cette photo, que tout de suite vous comprendriez. Mon prochain livre sera sur ma mère, je voulais vous en avertir. Oui, appeler Curtis qui me croit encore dans ma maison du Pertus en train d'écrire ce livre qui m'était complètement sorti de l'esprit. Mathilde qui se laissait photographier toute nue sur ses talons hauts. Mais merde, où sont passées ces photos ? Un instant, l'impatience le fait fulminer, et il ouvre fébrilement les quelques dossiers qu'il a remontés du parking. Quelle surprise extraordinaire ce serait de les découvrir là ! Il a peur de ne pas pouvoir écrire une ligne s'il n'a pas avec lui les photos de Mathilde. Non, elles n'y sont pas. L'idée le traverse alors de faire un aller et retour Verdun-Aurillac pour les récupérer dans le garde-meuble. La nuit prochaine aussi bien, pour ne pas perdre trop de temps. Bon, on verra, on verra, parvient-il à se raisonner, chaque chose en son temps. D'abord s'habiller, puis retrouver la station-service, voir si par miracle elle ne serait pas à vendre, et alors seulement téléphoner à Curtis – Écoutez-moi, Curtis, j'ai dû quitter ma maison du Pertus mais j'ai trouvé autre chose, je vous expliquerai plus tard, ce que je voulais vous dire, là, tout de suite, c'est que je vais écrire un livre sur ma mère, oui, absolument, cette fois je le tiens, je vais l'écrire. Il retrouve ses vêtements sur la chaise, dans la salle de bains. Il est en train de frotter le pan de sa chemise dans lequel il s'est mouché tout en continuant de bavarder silencieusement avec Curtis quand son téléphone sonne : merde, Laetitia ! Il a bien trop de problèmes en tête pour la prendre, il la rappellera en fin de journée quand il y verra plus clair. Tiens, il vient de parler comme Toto, là – « Absolument cher ami, je vous rappelle dès que j'y vois plus clair ». Le type venait de le menacer de poursuites s'il ne le remboursait pas dans les vingt-quatre heures et Toto lui donnait du « cher ami ». Et ne le rappelait jamais, bien entendu. Ah oui, et prévenir la réception que je garde la chambre. Il le dira à Laetitia d'ailleurs –

Tu vois, ma chérie, comme tout s'arrange, j'ai toujours aimé cette région de Verdun et c'est là finalement que je vais m'établir. C'est vrai, tu as raison, je ne sais pas pourquoi je ne vous y ai pas emmenés quand vous étiez petits. Je ne sais pas. C'est un très beau souvenir, Verdun, le seul voyage qu'ils aient fait en famille au temps de Neuilly. La mère, sur le surplomb de la tranchée des baïonnettes, évoquant son père comme si elle l'apercevait au fond, pataugeant encore dans la boue sous sa capote bleu horizon. Puis dans les corridors glacés du fort de Douaumont. La plaine de Verdun couverte de croix blanches. La mère sincèrement bouleversée. Pour la première fois, Augustin avait éprouvé de la curiosité pour elle. Plus tard, comme ils parcouraient le cimetière sous un pâle soleil d'automne, la pensée lui était venue que le héros de 14-18 aurait pu reposer sous l'une de ces croix et qu'en ce cas la mère n'aurait pas vu le jour, ce qui l'avait aussitôt précipité dans un conte enchanteur : Toto au bras d'une dame tout à fait semblable à sa grande cousine Gwenaëlle qui lui avait appris à faire du vélo, et Gwenaëlle le tenant par la main, lui, Augustin, tandis que les deux autres crétins jouaient dans leur coin. Elle était la seule personne à lui avoir jamais dit qu'il était joli, elle avait employé ce mot de joli, et plus tard, devenu adolescent, Augustin avait rêvé secrètement qu'elle était sa femme. Cependant, là, dans le conte, elle commençait par être celle de Toto. Mais le héros de 14-18 avait survécu à ses blessures et la mère était née. Il était malheureusement impossible de revenir là-dessus.

«Pour combien de nuits, monsieur? – Huit, dix, je ne sais pas encore.» Il lui a semblé que le type de la réception était bien moins obséquieux que la veille, voire un peu moqueur, ce qui lui laisse imaginer que le gars de la nuit s'est répandu sur son compte. Bon, il s'en fout, dans dix jours il sera parti. Il tourne un moment dans Verdun avant de trouver la direction d'Abaucourt. Les grandes pluies de la nuit ont lavé le ciel, la Peugeot avale avec appétit les verts coteaux de la Meuse, et déjà il devine la forêt de Sommedieue, ses sombres frondaisons dans le soleil triomphant du levant. L'impatience, ou l'émotion, le fait légèrement haleter. Suppose qu'elle soit à vendre, dans l'état où on l'a découverte avec Esther, et dans quelques jours je peux être chez moi. Il planterait un rideau d'arbres pour isoler la station-service de la nationale, mais il conserverait tout en l'état – la piste, les pompes à essence, la majestueuse flèche Caltex, bien sûr, la boutique dont il ferait sans doute son bureau. Dommage qu'il ait chassé de sa vie le frère aîné, tiens, il adorerait voir sa tête en le découvrant là. Caltex, ça te dit quelque chose? Ton putain de garage, hein? Eh bien tu vois, j'ai mis cinquante ans, mais ça y est, j'en ai un aussi.

Ils avaient passé la forêt de Sommedieue et c'est alors que la route se remettait à grimper qu'il avait aperçu la station-service comme incrustée dans le ciel d'orage. Il attend ce moment à chaque nouvelle côte, penché sous son pare-brise. Et soudain la voilà ! Elle est bien moins blanche que dans son souvenir, et il n'en croit pas ses yeux : Total ! Au bout de la flèche, ce n'est plus l'étoile blanche ourlée de vert mais l'affreux logo de Total, qui tourne sur lui-même de surcroît. Autant dire que la station fonctionne, qu'elle a été rachetée, et Augustin en éprouve une sorte d'effondrement intérieur. D'ailleurs, il ralentit et se tasse sur son siège. Il s'était fait à l'idée d'écrire le livre sur sa mère ici, au bord de la somptueuse nationale 3, d'y guetter les orages d'été, comme sur le Mont-Pertus, de recevoir là ses enfants, et voilà que tout cela semble remis en cause.

Ici, on vous sert ! proclame une pancarte à l'entrée de la piste. Et, en effet, une femme en salopette rouge est en train de débiter de l'essence à un client qui se tient debout près d'elle, son portefeuille dans une main, l'autre dans sa poche. Comme Augustin n'a pas besoin d'essence, il va se garer le long de la maison d'habitation. En fait de boutique, c'est une pièce minuscule, bien trop petite pour y installer son bureau. Ah, voilà que la femme marche vers lui, suivie de l'homme. Elle lui adresse un vague salut au passage. Il est tenté de repartir, hésite, puis finalement entre dans la boutique au moment où l'homme en ressort.

— Oui, monsieur, c'est pourquoi ?

— Pardonnez-moi, je me demandais si la station ne serait pas à vendre.

— C'est maître Wagner qui vous envoie ?

— Non, je ne connais pas maître Wagner.

— Le notaire d'Abaucourt. Il m'a dit qu'il essaierait... Il nous pousse à vendre. Il m'a dit qu'il essaierait de nous trouver quelqu'un.

— Alors éventuellement vous vendriez ?

Elle le fixe un instant silencieusement. Des yeux gris-bleu dans un visage hâlé de montagnarde.

— La mort dans l'âme, lâche-t-elle plus bas.

Puis après un nouveau silence :

— Avec l'autoroute, il ne passe plus personne par ici. Je ne devrais pas vous le dire si vous avez l'intention d'acheter, mais je ne vais pas vous mentir non plus, hein ?

— Merci, c'est gentil de me prévenir, mais moi, ça ne serait pas pour vendre de l'essence, c'est l'endroit qui me plaît.

— Nous aussi, c'était l'endroit, reprend-elle. Mais c'était une erreur.

Elle se tait, puis considère soudain Augustin comme si quelque chose lui avait échappé.

— Qu'est-ce que vous voulez faire ici si vous ne vendez pas d'essence ?

— Rien, je vous l'ai dit, c'est l'endroit. Cette crête, la route que je trouve très belle, la forêt en contrebas et les toits de Verdun...

— Vous n'êtes pas d'ici, j'ai vu que vous étiez immatriculé dans le Cantal. C'est la première fois que vous passez dans la région ?

— Non, j'avais repéré la station-service il y a une quinzaine d'années peut-être. À l'époque, elle était à l'abandon.

— Ah, je ne sais pas, nous ne sommes là que depuis trois ans avec mon mari. Remarquez, je vous raconte tout ça, mais lui n'est pas prêt à partir. Ça voudrait dire retrouver un travail, un patron, des horaires. Moi, encore, je pourrais, mais lui...

— Qu'est-ce qu'il faisait votre mari ? Avant de prendre la station, je veux dire.

— Du décolletage, dans une petite entreprise sur Thierville. Il ne peut pas rester enfermé, c'est bien pourquoi il était content de venir ici. Si vous voulez l'attendre un moment, il ne va plus tarder, j'imagine. Excusez-moi, j'ai un client.

Augustin sort derrière elle, s'adosse à la maison d'habitation dans les rayons chauds de midi. Il éprouve une violente excitation à penser que son rêve pourrait s'accomplir. Un moment, il a perdu espoir, il s'est senti trembler, mais finalement la chance semble lui sourire. Qu'est-ce que ça peut bien valoir ? Cent cinquante mille euros ? Il en a deux cent mille à la banque de la vente du Pertus, sans compter ce qui s'accumule dans sa maison d'édition, trente ou quarante mille, il faudra qu'il demande le chiffre exact à Curtis. Et tandis qu'il s'absorbe dans la contemplation des pompes à essence et de la nationale silencieuse, lui revient à l'esprit une nouvelle de Brautigan, à moins que ce soit de Faulkner, où un type habite une station-service au bord d'une route où il ne passe plus guère que trois ou quatre voitures par jour, de sorte que chaque passage est un événement. Il se rappelle avoir voulu lire la nouvelle à Esther au retour de leur petit voyage dans l'Est, mais n'avoir pas retrouvé le livre. De toute façon, songe-t-il, jamais

Esther n'aurait voulu habiter cet endroit et donc il n'y a rien à regretter. Il était écrit que je reviendrais... Il sourit, la chaleur du soleil le pénètre agréablement. Cependant, les choses retrouvent un peu de cohérence dans son esprit : c'est donc ce texte de Brautigan, ou de Faulkner, qui est à l'origine de son désir d'occuper une station-service, à l'origine de son émotion en apercevant celle-ci la première fois, et ce n'est qu'ensuite que le petit en lui, se rappelant le garage du frère aîné, a élaboré ce délire de revanche mû par la colère. Mais bien sûr ! Cela le rassure secrètement sur lui-même. Est-ce que ce ne serait pas dans le recueil intitulé *La Vengeance de la pelouse* ? Il faut qu'il remette la main sur cette nouvelle de toute urgence de façon à pouvoir en conseiller la lecture à Curtis. Ainsi, il n'aura rien à expliquer, Curtis verra tout de suite le truc. Il va bien dénicher un libraire à Verdun qui aura lu cette histoire et lui sortira le livre. C'est ce qu'il va faire cet après-midi en priorité. Et puis il appellera Curtis, et Laetitia aussitôt après. Cent cinquante mille euros, il peut les mettre sur la table dans l'heure et se retrouver propriétaire de l'endroit dès ce soir. Il en éprouve un instant d'ivresse qui lui gonfle le cœur. Il ne plantera pas de rideau d'arbres, non, il laissera la station ouverte sur la route, c'est cela qui est beau, qui le touche. Et quand des personnes s'arrêteront, eh bien il sera heureux de leur faire visiter l'endroit, de leur offrir un café. Mais tiens, voilà le mari au volant d'une Clio sans âge. La femme le cueille à sa descente de voiture et lui glisse trois mots tout en désignant Augustin du menton. Le type semble excédé, un côté Charles Denner dans *L'aventure c'est l'aventure*. Il claque sa portière et marche aussitôt sur Augustin.

— Qui vous envoie ? Ce n'est pas à vendre, ici. On a encore rien décidé que vous êtes déjà tous là comme des chacals.

Augustin se tait, abasourdi par sa violence.

— Foutez le camp !

— Gérard, personne ne l'envoie, intervient la femme. Il passait par là, c'est tout. Pourquoi te mets-tu dans cet état ? Excusez-le, monsieur.

— Ça va, je m'en vais.

— On gagne à peine de quoi payer le crédit, souffle-t-elle avant de disparaître dans la boutique.

L'homme semble un instant désarçonné, puis il retourne à sa Clio et en revient avec des papiers sous le bras. Entre-temps, Augustin est remonté dans la Peugeot.

— Excusez-moi, dit le gars en se pointant à sa portière, je vous ai pris pour un de ces connards.

— De qui voulez-vous parler ?

— La chambre de commerce de Verdun. Ils attendent qu'on nous saisisse pour installer un Burger King ou une saloperie dans le genre.

— Ah, je vois. Mais le notaire d'Abaucourt, votre femme me disait qu'il vous cherchait un acheteur.

— Quelqu'un qui reprendrait le crédit, oui. Mais j'ai peut-être un autre plan.

— Très bien. Alors je vous souhaite... Rien, je ne vous souhaite rien du tout. Au revoir.

Il déteste ce petit bonhomme, pourquoi lui souhaiterait-il quoi que ce soit de bien ? Il sent que tout s'effondre de nouveau à l'intérieur de lui. Comme des pans de mur qui basculeraient dans le vide, levant des nuages de poussière. Tandis que la Peugeot redescend la grande côte en direction de Verdun, il songe qu'il va fumer une cigarette. Il va s'arrêter dans la forêt et fumer une cigarette. Il est dans l'attente de ce moment, il n'envisage plus rien au-delà. Si, il aurait besoin de parler à quelqu'un, mais il ne voit pas une seule personne qu'il pourrait appeler. Ses livres l'ont brouillé avec la terre entière, à l'exception de Curtis qui a toujours feint de ne pas se reconnaître dans le personnage qu'a fait de lui Augustin. Mais Curtis est son éditeur, il doit le garder à cette place. Jamais il ne l'appellera pour lui confier qu'il aimerait mourir. À quelle allure il passe de l'enthousiasme au désir de mourir ! C'est qu'il s'imaginait déjà dans sa station-service, comme le héros de Brautigan, ou de Faulkner, écrivant le livre sur la mère. En dépit de la chaleur, il grelotte. À quelle allure il passe. Il aimerait qu'une voix amie lui dise quelque chose.

4.

Rien qu'un subterfuge
pour ne pas tomber

Quelle heure peut-il être ? Six heures et demie peut-être. Le soleil frise encore sur les toits, mais dans un moment il aura disparu. Augustin se sent généralement mieux le soir, comme si le droit lui était enfin consenti de laisser les choses aller, de ne plus lutter. De la rue piétonne s'élève une rumeur réconfortante et il songe qu'au fond ce n'est pas désagréable, toutes ces devantures luxueuses, toutes ces boutiques offertes. Au temps d'Esther, ils se seraient fait la réflexion qu'on trouve partout les mêmes enseignes aujourd'hui, que toutes les villes de France sont devenues interchangeables avec leurs quartiers piétonniers, et sans doute se seraient-ils moqués. Se promenant enlacés, s'imaginant indestructibles, sachant qu'ils allaient bientôt chercher un restaurant avant de rejoindre leur hôtel. Au temps d'Esther – mais à quand remontait leur dernier voyage ? Trois ans ? Quatre ans ? Ils avaient dormi le premier soir à Chambéry avant de poursuivre vers l'Italie. Il n'est plus l'homme qu'il était au bras d'Esther. Comblé, confiant. Il cherche parmi les promeneurs s'il ne croiserait pas un couple dans leur genre, des Parisiens, des enfants gâtés. Il cherche, parce que alors peut-être les suivrait-il et s'arrangerait-il pour dîner près d'eux, pour les écouter, se souvenir, puis leur emboîter le pas jusqu'à leur hôtel. À Chambéry, ça n'allait plus, déjà, il ne pouvait plus approcher Esther sans trembler. Il se demande si elle avait déjà rencontré cet homme pour lequel elle est partie. Bien sûr, sinon pourquoi aurait-il tremblé ? Oh, cette manie qu'il a de se repasser toujours les mêmes vieux films. Il est ailleurs, le ventre noué, quand il aperçoit l'enseigne d'une librairie. Il vient s'immobiliser devant la vitrine. Quel livre cherchait-il ? Ah oui, Brautigan. Il n'en a plus besoin, maintenant, mais tout de même, il aimerait relire la nouvelle, l'avoir avec lui.

Il entre. Un instant plus tôt, il était avec Esther, dans leur chambre d'hôtel à Chambéry, et il a du mal à chasser cette image. Il dit bonjour à la femme qui se tient derrière la caisse, mais sans la voir, aperçoit le rayon des poches et s'y dirige. B... Bauchau, Bellow, Bernhard, Blondin, oui, tous ceux-là, il les aime, et peut-être sourit-il secrètement, ah voilà, Brautigan : *Un privé à Babylone, La Pêche à la truite en Amérique*, *La Vengeance de la pelouse.* « Jack maudissait la cour comme si c'était quelque chose de vivant, lit-il. Jack, c'est l'homme qui a vécu avec ma grand-mère pendant trente ans. Ce n'était pas mon grand-père. Il était italien. Il était arrivé un jour alors qu'il vendait des parcelles de terrain en Floride. Il faisait du porte-à-porte pour vendre un rêve d'oranges et de soleil éternels dans un pays où les gens mangeaient des pommes et où il pleuvait sans cesse. Jack s'arrêta chez ma grand-mère pour lui vendre un terrain à deux pas de Miami, et huit jours plus tard, il livrait son whisky. Il resta trente ans, et la Floride continua sans lui. » Chez Brautigan, les gens sont souvent perdus, mais ils ne donnent pas le sentiment d'en être malheureux, comme chez Bellow, par exemple, non, ils laissent le destin décider pour eux. Augustin songe qu'il préférerait être un héros de Brautigan plutôt qu'un personnage de Bellow, mais que l'honnêteté l'oblige à dire...

— Excusez-moi, l'interrompt une voix, vous ne seriez pas Augustin Revel ?

— Si.

— Je suis le libraire, c'est mon associée, la dame que vous apercevez là-bas, qui vous a reconnu.

— Ah. Bonjour.

— Ravi de vous rencontrer, dit l'homme en serrant la main que lui tend Augustin. Vous êtes de passage dans la région ?

— Comme vous voyez. J'avais envie de relire une nouvelle de Brautigan, c'est pour ça que je suis entré chez vous.

— Le hasard fait bien les choses... Je ne voudrais pas être indiscret mais vous comptez séjourner quelque temps à Verdun ?

— Je ne sais pas. À vrai dire je ne crois pas... Un homme qui tient une station-service au bord d'une route où ne passe pratiquement plus personne, ça vous dit quelque chose chez Brautigan ?

— Là, vous me posez une colle.

— Ou chez Faulkner. J'aimerais retrouver cette histoire, et en même temps, ça n'a plus beaucoup d'importance.

— Ah bon, bon... Parce que si vous restiez un peu j'organiserais volontiers une signature. Vous seriez d'accord sur le principe ?

— Je n'y ai pas réfléchi, mais je ne pense pas rester.

— Beaucoup de gens vous lisent, ici. Certains ont été déçus par votre dernier livre, enfin déçus n'est pas le mot, choqués plutôt, mais je suis certain qu'on aurait du monde malgré tout. D'ailleurs, il y a quelques mois, j'avais appelé votre attachée de presse, Arlette, Armelle...

— Armelle Duflot.

— Exactement ! Elle m'avait dit que vous n'étiez pas disponible, ou fatigué, je ne sais plus, mais qu'on pourrait envisager cela plus tard.

— Écoutez, je suis à l'Hôtel de France, appelons-nous demain matin si vous voulez et je vous dirai.

— Très bien. Parfait. Alors je ne vous embête pas plus.

Entendre le libraire évoquer Armelle lui a fait un choc, c'est pourquoi il est sorti précipitamment en abandonnant son Brautigan. Et maintenant il se demande bien pourquoi. Armelle toujours si attentionnée, si prévenante. « Bien sûr, Augustin, si vous ne le sentez pas, ne le faites pas. » Il refusait une émission sur deux, et quand les critiques étaient mauvaises, c'était Armelle qui lui présentait des excuses. « Mais ne vous excusez pas, voyons, vous n'y êtes pour rien. — Je ne m'attendais pas à ça, c'est à la fois injuste et stupide. — Je suis d'accord, Armelle, j'aimerais bien que tout le monde m'aime. — En tout cas, moi, j'aime vos livres, vous le savez n'est-ce pas. — Oui, et merci de ce que vous faites pour eux. » Son dernier roman était paru à la rentrée de janvier, il y avait donc neuf mois. Dans les cinq ou six semaines qui avaient suivi, il avait eu Armelle au téléphone presque tous les jours. Il venait de quitter Paris pour emménager au Mont-Pertus, de rencontrer Mathilde, c'était une période assez joyeuse, même s'il était en plein divorce. Depuis, il n'avait plus parlé à Armelle, elle le croyait donc toujours là-bas, dans sa belle maison coloniale, en train d'écrire son prochain livre. Ah voilà, ce qui l'avait mis si mal à l'aise, c'était d'imaginer ce type, le libraire, appelant Armelle pour l'informer qu'Augustin était à Verdun, les cheveux sales et pas rasés depuis huit jours, un jean crasseux, une chemise douteuse, au volant de sa bagnole chargée jusqu'aux yeux. Mais non, par chance le libraire n'avait pas vu la Peugeot. Ce qui l'avait mis si mal à l'aise, c'était de nouveau la conscience qu'il n'était plus l'homme qu'il avait été, et la crainte qu'Armelle l'apprenne, qu'elle le découvre dans cet état. Elle allait avertir Curtis. « Vous saviez qu'Augustin était à Verdun, monsieur ? C'est un libraire qui m'a prévenue. Il lui a tenu des propos incohérents, lui donnant l'impression de ne plus trop savoir où il habitait. » Comment éviter ça ? S'il disparaît et ne donne plus signe de vie, comme il est tenté de le faire, le libraire va appeler Armelle, c'est certain. Mais s'il accepte la rencontre, il va également l'appeler, cette fois pour réclamer des photos, un dossier de presse, du matériel pour annoncer la signature. Dans les deux cas, toute la maison d'édition va savoir qu'Augustin est en perdition du côté de Verdun. Découvrir qu'il a dû vendre sa maison, qu'il n'écrit plus. Sur quoi écrirait-il, puisqu'il avait annoncé à Curtis un roman dont le personnage principal serait justement sa maison ? Ce devait être un roman optimiste, qui trancherait avec le précédent, et Curtis s'en était félicité – « Je constate avec plaisir que vous reprenez goût à la vie, Augustin ». Puis Mathilde était apparue, comme un don du ciel. Il se disait qu'il ne pourrait plus jamais dormir dans la chambre qu'il avait partagée avec Esther, or c'est dans cette chambre qu'il avait déshabillé Mathilde pour la première fois, de sorte que le souvenir d'Esther en avait été non pas effacé, bien sûr, mais dépassé, estompé. C'était étonnant comme il s'était renfermé sur lui-même du jour où il avait compris qu'il allait perdre sa maison. Pourquoi n'avait-il pas prévenu Curtis ? Pourquoi n'avait-il rien dit ? Comme s'il avait honte. À ce moment de sa réflexion lui revient à l'esprit le spectacle de la mère le jour où le commandant avait surgi. Ils habitaient la cité ouvrière depuis trois ou quatre mois peut-être. La sonnette ne marchait plus, on venait de leur couper l'électricité, c'est sans doute pourquoi le commandant les avait hélés depuis la rue, sous leurs fenêtres :

« Suzanne ! Théophile ! C'est moi, Thibault. » Augustin avait vu la mère se pencher furtivement : « Mon Dieu, Thibault ! » La mère, livide, roulant ses yeux de folle comme si elle cherchait un trou de souris par où s'enfuir. « Toto, dis-lui que je ne suis pas là. Je ne veux pas qu'il me voie dans cet état. Dans ce taudis. Ne le fais pas entrer, je t'en supplie. » Thibault Jouve était le parrain d'Augustin. Les parents l'avaient connu à Bizerte où il commandait la base navale. La mère était fière de le compter parmi leurs amis – un héros de Londres, proche de l'amiral d'Argenlieu, quand Toto s'était planqué pendant toute la guerre –, et au temps de Neuilly le commandant et sa femme étaient de tous les dîners qu'offrait la mère. Toto avait tenté de le retenir en bas, puis sur le palier, mais le commandant ne s'était pas laissé faire et quand il était entré dans la pièce au plafond bas où se tenaient les enfants et la mère, celle-ci avait bondi vers la baie vitrée, l'avait ouverte et avait commencé à enjamber le garde-corps. Le commandant avait rattrapé la mère par le bras et lui avait collé une paire de gifles. Puis il l'avait emmenée vers le fond de l'appartement, suivi par Toto, et les enfants avaient entendu les sanglots de la mère que couvraient par instants les admonestations du commandant : « Reprenez-vous, Suzanne, vous n'êtes plus une enfant. » Et à un moment : « Théophile, pourquoi ne m'as-tu pas prévenu de votre expulsion ? – Suzanne m'a supplié de ne pas le faire. »

Est-ce un réflexe normal de se cacher, de se renfermer sur soi-même quand le ciel vous tombe sur la tête, ou Augustin l'a-t-il appris de la mère ? Il lui semble que Toto s'en fichait, qu'il disait à qui voulait l'entendre qu'ils avaient été expulsés de Neuilly, surtout quand cela lui permettait d'apitoyer son interlocuteur pour lui emprunter un peu d'« oseille ». Mais la mère, non, la mère avait terriblement honte. Elle ne voulait pas qu'on sache, qu'on la découvre déchue, dans ce « taudis », elle préférait se jeter par la fenêtre et mourir. Et dans ce combat qu'elle livrait pour sauvegarder son image, ses enfants ne pesaient rien, n'est-ce pas, puisque aussi bien elle pouvait se tuer sous leurs yeux. Jusqu'ici, Augustin n'avait éprouvé que du mépris pour la mère, mais voilà qu'il lui trouve une certaine grandeur, une forme de courage. Lui aussi pense que s'il ne pouvait plus écrire, il préférerait mourir, et cela en dépit du chagrin qu'il causerait à ses enfants. Oui, mais pourquoi met-il sur le même plan le fait de devoir vivre dans une cité sordide et celui de ne plus écrire ? Parce que c'est une déchéance de même nature, se dit-il. Ce qui faisait tenir la mère, c'était d'être cette grande bourgeoise, baronne Revel de Pranassac, capable de donner une fois par mois une réception à l'issue de laquelle on louait son élégance, son rayonnement, le raffinement de son « intérieur ». Du moins pouvait-elle l'espérer. La mère puisait sa force dans le regard des autres, dans l'éblouissement qu'elle savait éveiller, dans ce qu'on allait penser d'elle. C'était idiot, certes, et même méprisable, mais comme la suite l'a prouvé, la mère devait cheminer depuis longtemps au bord de la dépression, depuis la petite enfance peut-être, et elle n'avait trouvé que ce subterfuge pour ne pas tomber. Augustin, de la même façon, n'a trouvé que l'écriture pour tenir debout. À l'opposé de la mère, lui cherche à dévoiler notre intimité, à exprimer les secrets inavouables qui font notre humanité. Mais c'est également un subterfuge. On peut d'ailleurs constater à quelle allure il s'effrite aussitôt qu'il n'écrit plus – j'aurai bientôt l'air d'un clochard, pense-t-il, et déjà, là, je n'aimerais pas croiser Armelle dans une rue de Verdun.

Si la mère le touche, subitement, c'est qu'il a conscience de ne pas l'avoir connue, de l'avoir réduite à son subterfuge. Il n'aura retenu d'elle que son souci stupide de briller, puis sa honte d'être tombée, tandis qu'il aurait peut-être aimé celle que la dépression terrifiait.

Il est dans sa chambre d'hôtel, scrutant des photos de la mère depuis son réveil, quand le téléphone sonne.

— Une dame vous demande à la réception, monsieur.

— Une dame ? C'est certainement une erreur, personne ne sait que je suis ici.

— Elle demande M. Revel. M. Augustin Revel.

— C'est moi, oui.

— Que dois-je lui dire ?

— Rien, je descends. Demandez-lui de patienter un moment, s'il vous plaît.

Il se passe un peu d'eau sur le visage, se donne un coup de brosse dans les cheveux, enfile une chemise propre, lace ses chaussures. S'il avait appelé Laetitia la veille au soir, ce pourrait être elle, mais il n'a passé aucun coup de fil, personne ne peut savoir qu'il est à Verdun, dans cet hôtel.

L'homme de la réception lui désigne la femme, elle se tient debout dans un coin du salon. Menue, les cheveux courts, un jean noir sur des talons hauts, un petit haut fuchsia qui l'illumine.

Il va vers elle.

— Bonjour, dit-il, je suis Augustin Revel.

— Oui, je vous ai vu hier à la librairie. À l'instant où vous êtes entré je vous ai reconnu.

— Ah, c'est ça. Je me demandais...

— Ça fait des semaines que je veux vous écrire, que je vous écris en réalité, et brusquement vous êtes là.

— Des semaines que vous m'écrivez ?

— Une lettre que je n'ose pas vous envoyer, toujours la même. J'ai peur que vous me preniez pour une folle.

Elle le regarde intensément, parle avec assurance tout en donnant à Augustin le sentiment de trembler intérieurement. Il songe qu'elle a les yeux de Charlotte Rampling, et qu'elle est peut-être folle, en effet.

— Venez, ne restons pas là. Vous avez déjà pris votre petit déjeuner ?

— Heu... oui, oui.

— Pas moi. Vous voulez bien m'accompagner ?

Il l'entraîne vers le salon réservé aux petits déjeuners. Il a failli la prendre par le bras, c'est elle qui inspire cette familiarité par la façon désarmante qu'elle a de se livrer.

— Au fait, vous ne m'avez pas dit votre nom.

— Sarah. Sarah Saber.

— Sarah Saber, répète-t-il.

Il la fait asseoir.

— Un thé? Un café? Prenez quelque chose avec moi.

— Non, rien du tout, merci.

— Bon, attendez-moi là, alors.

La matinée doit être bien avancée, un seul couple est encore attablé, des gens âgés. La femme leur a souri en les voyant entrer, Augustin pense qu'elle a dû les prendre pour mari et femme.

Quand il revient avec ses croissants et son café, il croise le regard de Sarah et il a la certitude qu'elle ne l'a pas lâché des yeux.

— Pourquoi me dévisagez-vous comme ça?

— Ça fait des mois que je vis avec vous, Augustin, Augustin Revel, répète-t-elle en détachant les syllabes. Des mois que je vous lis. Au début de l'été, pour les vacances, j'ai pris une chambre d'hôtel au bord de la mer et j'ai relu tous vos livres, dans l'ordre où vous les avez écrits, cette fois. Vous ne devinez pas combien vous rencontrer... combien vous regarder me trouble.

— Si, je le vois.

Il semble à Augustin qu'elle est soudain au bord des larmes.

— Essayez de m'expliquer, reprend-il doucement.

— Je vous l'ai écrit.

— Mais vous n'avez pas envoyé la lettre.

— Non. Sur le moment les mots me viennent facilement, je crois y être parvenue, mais quand je me relis, le lendemain, et que j'essaie de me mettre à votre place, je pense aussitôt : il va rire, des lettres comme celle-ci il doit en recevoir dix par jour.

Elle se tait. Augustin ne parvient pas à partager son émotion. Des lettres, il en reçoit beaucoup, en effet, de femmes la plupart du temps. Elles lui écrivent qu'elles aiment sa façon de disséquer les sentiments, de ne rien cacher de nos ambivalences, bien d'autres choses encore, et la honte de ne pas avoir pris le temps de leur répondre le réveille parfois la nuit. Il se demande d'ailleurs s'il n'a pas laissé aux déménageurs le dossier de tous ces courriers en souffrance, puis tout en avalant son croissant il note que le rouge à lèvres de Sarah Saber est du même rose flamboyant que son chemisier.

— Penser que vous pourriez vous moquer me glace le cœur, souffle-t-elle.

— Je ne me moquerai pas. Dites-moi ce que vous m'écrivez.

Il y a de nouveau un assez long silence durant lequel il plonge le nez dans son café.

— Je vous écris que je vous aime, reprend-elle, la voix légèrement altérée, que vous êtes l'homme que j'espère, qu'il me semble impossible d'aimer qui que ce soit d'autre maintenant que je vous ai rencontré. À travers vos livres, je veux dire.

Voilà, et maintenant elle attend ce qu'il va répondre, le buste très droit, ne cherchant pas à

dissimuler son émotion, son appréhension peut-être. Augustin est confus, et si elle ne le fixait pas avec cette invraisemblable gravité, l'iris vert enchâssé sous la lourde paupière, il serait peut-être tenté de rire, oui, pour échapper à l'embarras qui le gagne.
— Vous ne me connaissez pas, Sarah, dit-il en adoptant un ton faussement raisonnable qui lui rappelle aussitôt celui de son frère aîné, ce crétin pontifiant, cet éteignoir. Peut-on aimer quelqu'un sans avoir jamais échangé trois mots avec lui ?

— Bien sûr, rétorque-t-elle. À ma connaissance, aucun écrivain ne s'est jamais livré comme vous le faites dans vos livres. Pendant longtemps je les ai vendus sans les ouvrir. En prenant soin de ne pas les ouvrir. Je vous avais écouté à la radio, vu à la télévision, tout ce que vous exprimiez, et même votre façon d'être, tranchait radicalement avec les autres. Je me disais : Un jour, il faudra que je lise cet homme. Mais j'en reculais le moment comme si je pressentais que ma vie en serait bouleversée. Et puis il y a un peu plus d'un an... oui, c'était pour mon anniversaire, une amie m'a offert un livre de vous. «Il faut absolument que tu lises ça, m'a-t-elle dit, je suis certaine que tu vas aimer.» J'en étais certaine aussi, et maintenant il me faudrait tout un livre pour vous restituer l'espèce de fièvre qui ne m'a plus lâchée pendant des mois. De fièvre et de ravissement. Je n'ai plus lu que vous. C'était immense de vous découvrir, comme si nous entretenions une interminable conversation car vous exploriez tous les secrets qui me hantent également, vous nommiez, vous trouviez les mots pour exprimer l'indicible, le chagrin originel, la perte, notre difficulté à vivre, à aimer, nos désirs enfouis, nos ambivalences, l'entêtement de notre mémoire, le temps qu'on voudrait mettre en mots pour le retenir. J'ai commencé à penser que j'étais en train de tomber amoureuse de vous, d'un homme avec lequel je n'avais pas échangé trois mots, c'est vrai, mais dont j'avais lu sept mille trois cent trente pages. Je les ai comptées cet été. Puis un soir, dans un dîner, je me suis entendue le formuler : « Je suis amoureuse d'Augustin Revel, l'écrivain. – Ah bon, s'est étonné quelqu'un, mais comment l'as-tu rencontré ? – Je ne l'ai pas encore rencontré, mais je sais qu'un jour le destin va nous mettre en présence et qu'à partir de ce jour nous serons inséparables. Je le sais, parce que nous sommes faits l'un pour l'autre. » Vous voyez, j'attendais, j'étais certaine que vous alliez apparaître. Ici ou ailleurs, mais je savais.

Augustin conçoit qu'une telle chose soit possible car il s'est souvent dit que si Maria Callas avait été vivante il serait allé sonner à sa porte pour lui déclarer qu'il l'aimait, qu'il rêvait d'être son amant, qu'aucune femme n'avait jamais éveillé en lui un tel élan du cœur. Tandis que Sarah Saber parlait, c'est à ce rêve qu'il confrontait ses mots. Il possède les œuvres complètes de Maria Callas, en particulier les différents enregistrements de *La Traviata*, et quand il l'écoutait chanter ces dernières années, souffrant comme un damné de la perte d'Esther, il songeait que seule Callas avait ce pouvoir mystérieux d'élever son âme, de le sauver de la laideur dans laquelle nous précipite le dépit amoureux. Il serait allé sonner à sa porte, avenue Georges-Mandel à Paris, il aurait osé, et Maria Callas l'aurait fait entrer, il en est certain. Une autre lui aurait claqué la porte au nez, mais pas elle, pas la Violetta de Verdi avec laquelle il pleure toujours au troisième acte.

— Nous nous sommes rencontrés, Sarah, mais je n'habite pas ici, je vais m'en aller.

— Où habitez-vous ? Je viendrai vous voir.

— Pour le moment nulle part, j'ai dû vendre ma maison.

— Alors je viendrai vous voir à l'hôtel.

Elle attend. Il a bien conscience qu'elle ne plaisante pas, pourtant il aimerait la voir sourire, se moquer imperceptiblement d'elle-même pour que l'écart entre eux diminue. C'est ce qu'il aurait fait avec Callas, il se serait moqué de lui-même, conscient de son incongruité.

— Vous viendrez me voir à l'hôtel ? Mais moi...

— Mais vous, vous ne m'aimez pas, je sais. Comment le pourriez-vous, puisque vous ne savez rien de moi ? Il faut que je vous laisse du temps, Augustin, mais de votre côté... de votre côté, vous ne devez pas me fermer votre porte.

Ils se considèrent silencieusement. De nouveau elle attend, cependant que lui est en train de se remémorer une phrase de son dernier livre, écrite dans les dernières pages de son dernier livre.

— « Me souvenir de ne plus jamais lier mon destin à qui que ce soit », déclame-t-il en souriant. Ça vous dit quelque chose, Sarah ?

— Quoi que vous décidiez, je vous aime. Vous n'avez pas l'air de comprendre, mais en même temps, c'est normal, il y a une heure encore vous ne saviez pas que j'existais. Excusez-moi.

Elle se lève précipitamment pour qu'il ne s'aperçoive pas qu'elle pleure, mais il a vu, et cependant il ne tente rien pour la retenir.

5.

Écrire, ce sera comme si tu t'élevais soudain de la lourde terre

Quel âge peut avoir la mère sur cette photo? Quinze ans? Seize ans? Elle pose avec son jeune frère, Armand, l'un et l'autre sagement assis devant leurs parents : à gauche, le héros de 14-18, Henry Verbois, visage allongé d'empereur romain, col cassé, nœud papillon, dont on aperçoit la bottine orthopédique; à droite, son épouse, la très belle Eugénie, coiffée d'un chapeau au crochet à large bord, malade du cœur. Tous les deux vont bientôt mourir, laissant Suzanne orpheline au lendemain de son mariage avec Théophile Revel de Pranassac, dit Toto. La photo a été prise sur le perron du château de Cestas, près de Bordeaux, où Augustin est allé à trois ou quatre reprises, enfant, au temps de Neuilly. Plus jamais ensuite. Après l'expulsion, la honte de l'expulsion, la mère a été bannie de sa riche famille bordelaise. Toto a bien tenté de retourner à Bordeaux pour plaider son dossier – ses dix enfants, les crises de nerfs de la mère, sa situation de représentant qui ne lui permettait pas, etc., etc. En vain. «On ne fait pas dix enfants quand on n'a pas les moyens de les élever.

On n'est pas des Noirs, tout de même ! » s'est exclamée récemment une cousine de la mère à laquelle Augustin était venu réclamer des comptes. Enfin, des comptes, des explications plutôt, se rappelant le désarroi de Toto (qu'il avait accompagné à Bordeaux, cette fois-là), après que cette même cousine l'eut reconduit à sa porte sans lui prêter un centime.

La mère est issue d'une famille fortunée, oui, un hôtel particulier à deux pas du Grand Théâtre, le château de Cestas, une gouvernante pour les enfants, un maître d'hôtel, deux ou trois femmes à la cuisine, un chauffeur pour la De Dion-Bouton du héros de 14-18, remplacée plus tard, après sa mort, par une Traction Avant, une « 15 », la plus luxueuse, avec strapontins en vis-à-vis de la banquette arrière. Augustin se rappelle encore la casquette de Joseph, le chauffeur, lorsqu'il venait les attendre à la gare Saint-Jean pour les conduire à Cestas. « Je me permets de souhaiter la bienvenue à Madame Suzanne. — Merci Joseph, merci. Dites-moi plutôt qui est au château. » Joseph égrenait quelques noms d'oncles et tantes tout en chargeant les valises sur le toit et Augustin voyait comme la mère se raidissait. Un seul nom lui évoquait quelque chose, celui de Germaine, que la mère appelait familièrement « tante Germaine » et dont elle disait : « Celle-ci, avec tout le mal qu'elle a fait sur la terre, si elle ne finit pas en enfer, c'est que la justice divine n'existe pas. » « Pendant la guerre, racontait-elle aussi en faisant des pfut ! pfut ! avec sa bouche, tout l'état-major allemand lui est passé dessus», de sorte qu'Augustin imaginait des colonnes de Jeep et de tanks roulant sur tante Germaine sans qu'elle en soit affectée en quoi que ce soit, comme protégée par sa méchanceté. Ses frères et lui s'asseyaient sur les strapontins, sous le regard glacial de la mère qui redoutait plus que tout le jugement qu'on allait porter au château sur ses enfants – seulement six ou sept à l'époque, les petits et la sœur aînée occupant la banquette arrière avec elle.

C'est en se rappelant le regard de la mère dans la Traction Avant, son extrême nervosité à l'approche du château, qu'Augustin accepte soudain de considérer les valeurs de la mère autrement que comme l'expression de sa bêtise. La mère est véritablement terrorisée par le jugement des siens et Augustin, tant d'années après, en est enfin touché. La mère a été élevée dans le seul souci des apparences, dans la négation de ce qui nous habite, nous, les vivants, nos élans, nos doutes, nos vérités successives, et tout est d'ailleurs parfaitement résumé dans cette photo prise sur le perron du château : le héros de 14-18 ne laisse rien deviner de ses souffrances, alors qu'il se sait condamné, qu'il n'a plus qu'un poumon, qu'il a perdu un pied, que sa jambe constellée d'éclats d'obus le martyrise nuit et jour ; son épouse fait preuve de la même absolue dignité tandis que son médecin l'a prévenue qu'elle pouvait mourir d'une minute à l'autre. Que savent leurs enfants de cette fin du monde annoncée ? Tout, certainement, puisque Augustin a entendu la mère en parler cent fois, et cependant ils n'en laissent rien voir, Armand en costume marin, défiant magnifiquement l'objectif de son front haut, de son beau regard clair, Suzanne adorable, souriant au destin dans une robe d'été qui laisse deviner ses petits seins. Éduquée dans le culte du paraître, comment aurait-elle pu échapper à la folie, à l'envie de se tuer, songe Augustin, après avoir été jetée à la porte du somptueux appartement de Neuilly par le commissaire de police et deux agents en uniforme, comme une voleuse, n'est-ce pas, et sous les yeux de nos illustres voisins ? À quoi pouvait-elle se raccrocher quand on lui avait appris à taire ce qui la traversait, quand elle ne savait rien d'autre que l'élégance et la dignité ? Tombée de l'unique branche qui la soutenait, elle s'était aussitôt perdue dans les ténèbres tant décriées par les siens de l'inélégance et de l'indignité.

Sa grosse loupe en main, revenant par intervalles à cette photo qui le trouble tant, Augustin songe que cette expulsion qui a tué la mère l'a sans doute sauvé, lui. Quel homme serait-il devenu s'ils étaient restés à Neuilly sous le joug de cette idiote seulement préoccupée de son image et de celle de ses enfants ? (Ah, mais il faut qu'il arrête de la traiter d'idiote à tout bout de champ, maintenant qu'il lui a trouvé des excuses.) Quel homme serait-il devenu ? L'expulsion lui avait ouvert les yeux sur l'effrayant chaos que chaque adulte porte en lui, à commencer par ses parents. Des horlogeries complètement détraquées, en vérité, qui étaient apparues au grand jour dès l'instant où le commissaire de police avait été introduit dans l'appartement. En quelques minutes seulement, les parents qui semblaient indestructibles avaient offert le spectacle de deux naufragés, la mère sanglotant et hurlant sous le regard des policiers et des déménageurs, Toto, les joues en sang d'avoir été griffé par la mère, la prenant dans ses bras, puis l'abandonnant pour revenir vers le commissaire, suppliant, pleurant à un moment, puis finalement tournant sur lui-même au milieu de l'appartement dévasté comme un chien malade. Par la suite, aucun des amis des parents qu'Augustin avait respectueusement salués les soirs de grands dîners ne s'était manifesté, à l'exception du commandant, son parrain. Quant aux prêtres de Sainte-Croix de Neuilly qui prétendaient que les pauvres seraient les premiers servis au paradis, ils avaient mis à la porte Augustin et ses frères du jour où Toto n'avait plus pu payer la scolarité. Premiers servis au paradis, peut-être, mais pas sur la Terre.

« Ces salauds de prêtres », dit Augustin tout haut, et comme il se sent fatigué, soudain, il laisse tomber sa loupe et ses photos pour aller se pencher à la fenêtre. Le soleil baigne la place, il doit bien être deux ou trois heures, deux hommes qui sortent du restaurant bavardent juste en dessous de lui, la veste sur l'épaule, ils s'écartent pour laisser passer une dame âgée qui rappelle à Augustin sa chère grand-mère, la mère de Toto avec son dos rond de tortue. C'est une heure délicate, celle où il arrête d'écrire, généralement, et s'en va sur l'un de ses vélos pour ne pas céder à la mélancolie. Eh bien tiens, c'est ce qu'il va faire ! Il est très excité subitement. Tandis qu'il retourne son sac de voyage pour mettre la main sur son short, il songe qu'il va prendre le Dangre, si élégant que les gens se retournent sur lui, croit-il. Il va prendre le Dangre et refaire la nationale 3 jusqu'à Abaucourt, gravir ainsi les grandes côtes, traverser de nouveau la forêt de Sommedieue. Il est très excité, vraiment. Et s'il n'est pas trop tard, il ira sonner chez Colette et Robert. Ils seront sûrement heureux de le voir débarquer. Colette déguisée en chips Flodor, il aurait voulu voir ça, elle devait être adorable, adorable... Il s'entend rire en terminant de lacer ses fines ballerines à semelles rigides.

Dans les premières minutes, il éprouve toujours une sorte d'ivresse enfantine à pédaler dans le vent, comme si le vélo l'allégeait de lui-même, et puis sans qu'il y prenne garde il retourne à ses soucis, à son manuscrit, et c'est souvent dans ces moments que tout s'éclaire, qu'il comprend en un regard ce qu'il est en train d'écrire et où cela va le mener (à de nouveaux ennuis, assurément), comme s'il accédait par magie à un promontoire d'où serait visible la route sinueuse qu'emprunte le livre. Bon, mais là il n'y a pas de livre, seulement sa vie présente, et l'idée l'illumine soudain qu'il pourrait s'installer dans cet hôtel et ne plus en bouger. Il a toujours aimé les hôtels, pourquoi chercher une maison ? Sans compter qu'aucune ne remplacera jamais dans son cœur celle du Pertus. Mais tiens, il se retrouve un peu dans la situation de la mère après l'expulsion. Tout le restant de sa vie elle avait espéré que Toto la ramènerait dans un appartement semblable à celui de Neuilly, boulevard Suchet, lui avait-il promis, or la chose ne s'était pas produite, bien entendu, et cette espérance déçue l'avait rongée jusqu'à sa mort. Augustin ne veut pas tomber dans ce piège, il peut parfaitement vivre dans cet hôtel, il a suffisamment d'argent pour payer cette belle chambre pendant quelques années... à condition que l'hôtel ne soit pas vendu ! Ah oui, voilà autre chose. En rentrant de sa course à vélo, il ira sonder le type de la réception pour en avoir le cœur net.

Il est dans cette réflexion, cherchant comment s'y prendre pour faire parler le bonhomme tout en commençant à grimper la longue côte, lorsqu'il aperçoit la station-service dressée dans l'azur. Elle lui semble sale sous ce ciel d'été, avec sa triste enseigne Total, mais elle n'en reste pas moins magnifiquement située. Et pas une voiture, un véritable miracle ! Si ce n'est ni Brautigan ni Faulkner, est-ce que ça ne serait pas Steinbeck, par hasard ? Dans *La Grande Vallée*. Ou dans *Rue de la Sardine*. Il va devoir retourner vérifier à la librairie. Merde, le libraire, il ne l'a pas appelé. Ce soir en rentrant. Ou sinon demain. S'il prend la décision de s'installer à l'hôtel, il informera Curtis de sa nouvelle vie, et à partir de ce moment-là il pourra parfaitement accepter cette rencontre avec des lecteurs de Verdun. Sarah Saber sera ravie de l'accueillir. Sarah Saber. Il n'a plus repensé à elle après son départ, plongé dans les photos de sa mère. À certains moments de sa vie, il aurait rêvé être le personnage d'une scène semblable : Charlotte Rampling venant vers lui pour lui avouer que depuis des mois elle le croise dans la rue, ou l'observe depuis sa fenêtre, et qu'elle le trouve charmant, et qu'elle l'aime. Mais là, il n'éprouve aucun désir de cette sorte. Il n'a jamais aucun désir quand il n'est pas pris dans un livre. Quand il n'écrit pas, il se sent misérable et frileux, il s'en voudrait presque de respirer, alors ce n'est vraiment pas le bon moment pour lui parler d'amour. Il n'est occupé que du livre à venir, et donc présentement de la mère sur laquelle il va bientôt se mettre à écrire. Il ne veut pas qu'on le distraie de ce grand dessein.

Seigneur, ils sont là tous les deux, assis sur des chaises au soleil, Charles Denner, noiraud et tout petit, sa femme, une tête de plus que lui, colossale dans sa combinaison rouge. Lui qui s'agite furieusement, qui semble à bout de nerfs, elle, interdite, comme accablée. Au bord de cette nationale déserte. Est-ce qu'ils n'auraient pas leur place sur la route 183 qui traverse Salinas, Californie ? Parmi les héros si attachants de Steinbeck – Doc, Lee Chong, Mack et les gars. Augustin tergiverse, puis il traverse la nationale au guidon de son merveilleux Dangre et s'engage sur la piste.

— Bonjour, dit-il, ralentissant pour mettre un pied à terre, vous me reconnaissez ?

— Oui, rétorque sombrement la femme, le monsieur d'hier.

— C'était inutile de revenir, s'agace aussitôt son mari, nous ne vendons pas.

— Je passais juste, je ne veux pas vous embêter.

— Ça va, dit la femme.

— Vous avez bien raison de rester, remarque Augustin, moi non plus, à votre place, je ne vendrais pas.

Il a envie de leur parler de Steinbeck, de leur expliquer qu'ici on peut s'imaginer dans un roman de Steinbeck et que la vie dans les romans lui a toujours paru bien plus sensuelle et attrayante que dans la morne réalité, mais il pense qu'ils ne vont pas comprendre et le prendre pour un illuminé.

La femme observe ses gros souliers tachés d'essence, les bras croisés, tandis que le mari paraît attendre qu'Augustin s'en aille pour reprendre sa diatribe.

— Bon, je vais poursuivre sur Abaucourt, reprend-il. Excusez-moi, mais quand je vous ai vus...

— Y a pas de mal, rétorque l'homme.

Et comme il semble s'être radouci, Augustin cherche un mot gentil.

— En tout cas, je vous souhaite de réussir.

— Des fruits et légumes, lâche la femme, c'est ça, son idée.

— Bio ! la corrige-t-il aussitôt. Des fruits et légumes *bio* ! Ils font ça en Allemagne, et ça marche. Les gens veulent bien payer plus cher si c'est du bio.

— Est-ce qu'ils viendront de Verdun jusque chez nous seulement pour ça ?

— Bien sûr, tranche l'homme. Je vais construire une halle sur la piste, explique-t-il alors pour

Augustin, et tous les produits seront exposés là, les gens n'auront qu'à choisir.

— C'est une bonne idée, assure Augustin.

— Vous trouvez ? Vous croyez que ça peut marcher ? s'inquiète la femme.

— Ça marchera, fait l'homme en se levant. On s'approvisionnera en Allemagne où c'est bien moins cher qu'ici, et ça marchera. D'ailleurs, la banque accepte de nous prêter – tu crois qu'ils nous passeraient de l'argent s'ils n'y croyaient pas ? Ces gens-là, c'est pas le Secours catholique, hein.

— Alors vous êtes sauvés, glisse Augustin.

— Non, remarque la femme, parce qu'il faut d'abord solder le crédit. La banque nous prête à la condition qu'on solde le crédit.

— Te fais pas de souci, on va trouver, affirme l'homme en allant et venant.

— Combien vous faut-il pour solder le crédit ? s'enquiert Augustin.

— Autour de vingt mille euros. Déjà, si on vendait tout ce qu'il y a dans la maison, plus l'outillage de la station...

L'idée n'a pas fini de cheminer dans la tête d'Augustin qu'il s'entend déjà la formuler :

— Les vingt mille euros, je peux vous les passer si vous voulez.

L'homme s'est immobilisé. Augustin voit se peindre sur son visage une expression de sidération, tandis que la femme fronce durement les sourcils.

Il y a un silence, comme s'il avait énoncé une grossièreté.

— Mais on ne se connaît pas, dit enfin la femme, pourquoi feriez-vous ça ?

— Je ne sais pas. Pour vous aider. Je suppose que j'ai envie de vous aider.

— Vous supposez... Mais supposez que nous soyons des voleurs !

Elle paraît en colère, subitement, tandis qu'Augustin s'efforce de sourire.

— Vous n'êtes pas des voleurs, ça se voit tout de suite.

— Et vous, qui êtes-vous ? bondit l'homme. D'où sortez-vous ? Hier je vous chasse – ma femme me l'a reproché, du reste – et aujourd'hui vous revenez avec votre argent... Vingt mille euros, c'est quand même une somme ! Il y a quelque chose que je ne saisis pas.

— Moi non plus, renchérit la femme, se levant à son tour. Moi non plus, et je voudrais bien savoir...

— J'ai cet argent, l'interrompt Augustin, je peux vous le prêter, c'est tout.

Il est confus, il s'attendait à les voir heureux l'un et l'autre, et au lieu de ça, la situation semble tourner en une sorte de procès d'intention. Il commence à regretter sa proposition, il aimerait s'en aller et ne plus y penser, mais maintenant le couple s'est rapproché, l'homme renfrogné comme un bouledogue, la femme lui fermant le passage. Il faudrait qu'il leur explique une chose qui est là en lui depuis toujours, mais ça serait beaucoup trop long. Après l'expulsion, il a espéré que quelqu'un surgirait et leur donnerait l'argent qui couvrirait les dettes. Il n'y avait rien à attendre des gens de Bordeaux, mais les amis de Toto étaient bien du genre à faire ça. Les deux ou trois amis de Toto, André, Serge et Broussais. Enfin Broussais, on ne savait pas. Parfois, l'un ou l'autre emmenait Augustin et ses frères sur les Champs-Élysées, il leur payait le self-service, le cinéma, des marrons grillés, l'argent n'avait pas l'air de compter pour eux. La mère détestait ces trois hommes, elle prétendait que Broussais était un souteneur et qu'André finirait en prison, mais Augustin avait une confiance aveugle en eux. En André, surtout, qui faisait deux fois la taille de Toto, qui conduisait une Jaguar décapotable et n'avait peur de rien. Augustin pensait qu'André les sauverait, qu'il débarquerait un soir avec une valise pleine de billets – « Regarde-moi ça, mon vieux Toto, tout ce pognon ». On leur rétablirait aussitôt l'électricité mais, surtout, ils déménageraient, la mère cesserait de vouloir mourir, Toto se remettrait à siffloter joyeusement sur son Solex comme au temps de Neuilly. L'argent avait ce pouvoir incroyable d'effacer la laideur, de rendre le sourire. Devenu un homme, Augustin avait adoré endosser le rôle du sauveur, dépanner des gens au bord de la route, prêter de l'argent quand il en avait, acheter des sandwichs et les porter discrètement aux clochards. À vingt ans, il avait recueilli une prostituée dans sa chambre de bonne, se croyant assez fort pour tenir tête à son mac et l'autre lui avait démonté la mâchoire. Ce n'était pas de la générosité, seulement le désir d'être ce héros qui n'avait pas surgi, finalement.

— Il y a quelque chose que je ne saisis pas, répète l'homme en s'approchant un peu plus. Qu'est-ce que vous voulez? Qu'est-ce que vous cherchez avec votre argent?

— C'est vrai, dit la femme, on ne vous demande rien et vous débarquez... C'est quoi, cet argent, d'abord? Il vient d'où?

— Laissez, ça ne fait rien.

— J'aimerais bien savoir ce que vous avez derrière la tête, poursuit l'homme. On est dans le besoin, c'est entendu, mais c'est pas pour ça qu'on va marcher dans n'importe quelle combine. On n'est pas des gens malhonnêtes, nous.

— Qu'est-ce que vous nous voulez à la fin? gronde la femme.

— Rien, je regrette... Excusez-moi, laissez-moi passer s'il vous plaît, je m'en vais.

— C'est ça, partez, ça vaudra sûrement mieux pour tout le monde. Laisse-le filer, Toinette. Et qu'on ne vous revoie plus par ici, hein.

Augustin éprouve un immense soulagement à retraverser la nationale, puis à se laisser glisser sur la pente en direction d'Abaucourt, dans le sifflement mélodieux du Dangre. Il tremble intérieurement, comme après s'être fait tabasser par le maquereau. Il est même si secoué qu'il ne parvient pas à reconstituer comment les choses ont pu en arriver là, à se laisser insulter quasiment.

Arrivé en bas de la côte, il ressent le besoin de rentrer à l'hôtel, de se replonger dans les photos de la mère peut-être, en tout cas de réfléchir à la première phrase, celle qui lui ouvrira le livre, celle qui le fera entrer dans le livre. Alors il sera au travail, retiré du monde en quelque sorte, et rien ni personne ne pourra plus l'atteindre. D'ailleurs, une fois posée la première phrase, il appellera Laetitia, il l'invitera à dîner au restaurant de l'hôtel, qu'elle constate par elle-même que tout va bien, qu'il est parfaitement installé. Tu vois, ma chérie, je me suis remis à écrire, et j'en ai pour plusieurs mois. Ne t'inquiète plus pour moi, s'il te plaît. Comment te dire? Je ne m'imagine pas cherchant une nouvelle maison, je crois que ça m'est devenu indifférent, maintenant.

Il va rentrer à l'hôtel, oui, mais il ne veut pas repasser devant la station-service, de sorte qu'il prend sur la gauche en direction de Damloup et de la tranchée des baïonnettes. Cela va lui faire un grand détour mais peu importe. C'est tout de même étrange qu'au moment d'écrire le livre sur la mère il se retrouve sans maison, songe-t-il, à l'hôtel, et dans le seul endroit au monde – le lieu de la bataille de Verdun – où la mère lui soit apparue digne de curiosité. Se serait-il mis à écrire sur elle s'il n'avait pas perdu sa maison, s'il n'était pas retourné à Verdun? Sans qu'il le décide, les événements l'ont rapproché d'elle, à la fois dans le souvenir du héros de 14-18, blessé ici, sous ce ciel exactement, et dans le dénuement qu'elle a connu après l'expulsion. «Mon Dieu, gémissait-elle certains soirs, si mon père me voyait ! » La phrase vient de lui revenir. Elle la murmurait comme une prière, juste pour elle-même, et généralement après le dîner, quand il fallait débarrasser la table, gratter les coulures de bougies, laver la vaisselle, mettre les petits en pyjama et qu'Augustin et ses frères attendaient qu'elle ait le dos tourné pour s'enfuir. Ils habitaient avec la sœur aînée de l'autre côté du palier, puisqu'il avait fallu deux appartements pour reloger la famille. Toto ne rentrait jamais avant minuit et Augustin se demande soudain ce que pouvait bien faire la mère en l'attendant, une fois les petits couchés. Jamais elle ne traversait le palier pour venir bavarder avec les grands, elle devait sentir qu'on ne l'aimait pas, pense-t-il, qu'elle nous faisait peur. Elle restait donc là-bas toute seule, dans ce petit HLM au plafond bas dont on avait remplacé les vitres cassées par des cartons, sans électricité, guettant Toto, l'homme par qui le malheur et la honte s'étaient abattus sur sa tête. Trois ou quatre heures à tourner dans ce « taudis », comme elle disait, ou peut-être assise à côté d'une bougie, désœuvrée. Augustin l'avait parfois surprise ainsi, sans plus aucune lumière dans le regard, et plutôt que de lui dire un mot, il s'était enfui. À part Toto et la sœur aînée, personne ne demandait jamais à la mère si ça allait. Personne ne s'inquiétait jamais de ce qu'elle pouvait bien penser. Du jour où elle avait eu sa première crise de nerfs, Augustin l'avait considérée comme folle. Elle pouvait tenir des propos sensés, parler de son père, par exemple, son sujet préféré, pourtant il suffisait que quelqu'un frappe à la porte pour que son regard bascule, que ses mains se remettent à trembler. « Oh mon Dieu, les grands, allez voir ce que c'est. » Si ce n'était qu'un voisin qui se plaignait du bruit, la sœur aînée parvenait à le calmer et les grands rapportaient que c'était un voisin. « Quoi encore ? Qu'est-ce qu'ils nous veulent, ces péquenots ? s'insurgeait alors la mère, ragaillardie. La prochaine fois, je vais les recevoir, moi. Non mais je te jure... » Si c'était un huissier, il était pratiquement impossible de s'en débarrasser et la mère finissait par surgir, les yeux hallucinés, ses longues narines dilatées par l'effroi. Alors c'était une nouvelle crise de nerfs qui faisait regretter à cet imbécile d'être resté. On ne pouvait pas compter sur la mère, Augustin l'avait compris, et c'est pourquoi il la considérait comme folle, quoi qu'elle dise, quoi qu'elle fasse. Or elle ne l'était pas, songe-t-il, en tout cas pas plus que moi en ce moment qui peux également me mettre à trembler ou ne plus me souvenir de ce qui m'a conduit sur telle ou telle route, et pourquoi je suis venu jusqu'à cet endroit. Pas plus folle que moi en ce moment. Mais donc, trois ou quatre heures chaque soir à tourner dans ce petit HLM sans électricité, en attendant Toto, l'homme par qui le malheur et la honte... Comment était-elle parvenue à résister à la tentation de mourir ? C'est la première fois qu'Augustin approche de si près la prétendue folie de la mère, et donc sa souffrance, et il lui semble soudain impossible qu'elle ait tenu sans rien pour se défendre. Il veut dire sans l'écriture, car de quoi disposons-nous d'autre pour nous élever quand nous avons le sentiment d'être à terre, d'avoir tout perdu ? Là, tout de suite, pédalant sur son Dangre en direction de Verdun, Augustin ne voit rien d'autre. Comment la mère avait-elle survécu *sans* l'écriture ? Elle lui semble plus solide qu'il ne l'a cru. Y a-t-elle seulement pensé ? Sinon, Toto ou le commandant auraient pu le lui suggérer. Augustin n'avait que dix ans, mais s'il en avait eu quinze ou vingt de plus, il sait bien qu'il aurait dit à la mère de se mettre à écrire. Ne reste pas là à trembler, maman, quand tu te retrouves seule le soir, allume deux ou trois bougies et mets-toi à écrire. Si tu arrives à transformer ta détresse en une œuvre, tu seras sauvée. Écrire, ce sera comme si tu t'élevais soudain de la lourde terre pour t'accorder une autre vie qui te permettra de regarder de haut la première, celle où tu marches aujourd'hui à tâtons, stupide et aveugle. Écrire te rendra inaccessible à la bêtise et à la cruauté du monde. Ils pourront bien te piétiner le corps, te couper l'électricité, vendre tes derniers meubles aux enchères, ils n'atteindront pas ton âme et au fil des années tu nourriras ton travail de leur inhumanité. Tu parviendras à énoncer sur le monde quelque chose qu'on ne voit pas et qui nous éclairera sur nous-mêmes. Et il se peut même qu'un jour, adossée à toutes ces pages que tu auras écrites, tu te réjouisses d'avoir traversé tant de guerres car sinon tu serais passée à côté de la vraie vie, si dense, si inquiétante, si mystérieuse qu'on préfère généralement s'en protéger, n'est-ce pas.

Augustin regrette de n'avoir pas emporté son petit enregistreur car sinon il aurait pu graver ce qu'il aurait aimé dire à la mère. Sur son vélo, les mots lui viennent facilement, il se met volontiers à déclamer, il peut avoir le sentiment d'être soudain éblouissant, mais en même temps il se méfie car il lui est arrivé d'être effondré en s'écoutant le lendemain.

Voilà enfin l'hôtel, il a hâte de se retrouver avec la mère, lourd de tout ce qui lui est revenu. La mère dont il a soigneusement évité le regard, sa vie durant, tant elle lui faisait peur, et qu'il scrute désormais à la loupe.

Il enferme rapidement le Dangre dans le petit local, grimpe à la réception pour récupérer la clé de sa chambre, mais avant qu'il ait eu le temps de la réclamer l'homme lui désigne discrètement le petit salon.

— Une dame est là-bas pour vous, monsieur. Je lui ai dit que vous vous étiez absenté, mais elle a préféré vous attendre plutôt que de repasser.

6.

Est-ce cela l'amour,
le sentiment d'être sauvé de soi-même ?

— Bonjour Sarah. Vous êtes revenue.

— J'ai eu peur de ne pas vous retrouver, que vous ayez quitté l'hôtel. Toute la journée je n'ai pensé qu'à ça.

— J'envisage au contraire d'y rester.

— Si vous étiez parti, je vous aurais cherché.

— Oui, bien sûr.

— Pourquoi dites-vous « bien sûr » ?

— Parce que j'aurais fait la même chose dans la situation inverse. Si je vous avais attendue et enfin trouvée, je ne vous aurais plus lâchée.

— Vous ne me prenez pas pour une folle, alors ?

— Je ne sais pas. Je vois que vous êtes émue.

— Je dois maîtriser mon émotion, parvenir à vous parler, parvenir à vous convaincre. Tout ce qui se joue en ce moment est immense pour moi, tandis que pour vous... Pour vous, ça n'a sans doute aucune importance.

— Nous ne sommes pas à égalité, c'est vrai.

— Par exemple, à quoi avez-vous pensé aujourd'hui ?

— Au livre que je voudrais écrire. Sur ma mère.

— Votre mère que vous n'aimez pas, que vous traitez tout le temps d'idiote.

— Elle l'était dans mon regard d'enfant.

Il se passe la main dans les cheveux, puis revient à la femme.

— Vous vouliez me dire quelque chose, Sarah.

— Non, rien de plus que ce matin.

— Mais vous êtes revenue.

— Pour vous voir. Pour être en votre présence.

— Ah.

— Être en votre présence dans le silence ne me fait pas peur. Je me dis que nous avons des années devant nous.

Il est perdu, soudain. De quoi parle-t-elle ?

— Excusez-moi, proteste-t-il sourdement, mais je voudrais monter me doucher, et travailler ensuite.

— Jamais je ne vous empêcherai de travailler, Augustin. Dites-moi simplement à quel moment je peux revenir.

— Je ne sais pas, je n'y ai pas réfléchi.

— J'aimerais dormir avec vous cette nuit, toutes ces heures silencieuses du sommeil j'aimerais les passer avec vous.

— Cette nuit ?

— Oui, faire l'amour si vous en avez envie, mais rien ne presse. Simplement être allongée près de vous et vous entendre respirer.

— Je dors très mal en ce moment, je me lève sans arrêt, vous risquez de ne pas beaucoup vous reposer.

Il sourit, mais elle non. Elle attend ce qu'il va répondre. Il devine l'effort qu'a dû lui demander une telle déclaration tandis que lui a tenté d'en rire, de s'en dégager.

— Je vous admire de savoir demander cela si simplement, reprend-il plus bas. Je vous admire. C'est tellement mieux d'exprimer les choses.

— Si je viens vers onze heures ce soir, vous aurez fini de travailler ?

— Venez vers onze heures, oui. À tout à l'heure, Sarah.

La mère était plutôt jolie à vingt ans avec ses yeux verts et son grand nez. Augustin peut comprendre que le cœur de Toto se soit enflammé en la découvrant comme lui la découvre là, sur cette photo prise dans le parc du château. Elle se tient debout en robe longue près de la fontaine, elle sourit parce qu'on le lui demande mais son regard est étonnamment vide, il n'y passe aucun désir, aucune espièglerie. La photo est de juillet 1942, c'est écrit au dos. Souffre-t-elle de la guerre ? Pressent-elle que ses parents n'en ont plus pour longtemps ? Encore dix-huit mois, songe Augustin, et elle croisera Théophile Revel de Pranassac, dit Toto. Pour son malheur, pour son très grand malheur, ajoute-t-il à voix basse, penché derrière sa loupe sur le visage de sa mère.

Oui, Augustin peut comprendre que le cœur de Toto se soit enflammé pour Suzanne, mais ce qui demeure mystérieux à ses yeux, c'est que le cœur de Suzanne ait pu s'enflammer pour Toto.

À Neuilly, déjà, alors qu'il n'avait que sept ou huit ans et qu'il observait l'étrange exaltation de sa mère quand elle se remémorait le héros de 14-18, son physique d'empereur romain, sa « distinction », disait-elle, Augustin éprouvait un indicible embarras. S'il avait eu les mots, il aurait dit qu'elle semblait possédée du père, du père disparu, et qu'au regard de cet homme, petit Toto, qui était sans cesse à tournicoter autour de sa femme, avait quelque chose de véritablement dérisoire. Si profondément habitée de la grandeur de son père, comment Suzanne avait-elle pu prêter attention à la personne de Toto ? Il avait un nom, un titre de noblesse, mais il n'y a qu'à se reporter aux photos pour constater combien Toto est démuni, à la fois humble et désargenté. À dix-huit ans, il sourit ingénument dans un costume étriqué, poignets élimés, pantalon trop court, entre sa vieille mère et sa tante, les deux femmes qui l'ont élevé dans une modeste maison des faubourgs de Bordeaux. Il est l'enfant unique d'un couple de la vingt-cinquième heure : un vieil officier rentré gazé de 14-18 épousant son infirmière, sa cousine germaine. Les gaz rendent fou, le vieillard peut être violent, et Toto est soulagé quand il meurt enfin, l'année de ses seize ans. Il obtient son baccalauréat, entreprend des études de droit, passe plusieurs mois dans les Chantiers de jeunesse du Maréchal – son plus beau souvenir, dira-t-il – puis entre au service du personnel des usines Peugeot, délocalisées à Bordeaux du fait de la guerre. Il est vichyste et antisémite, ce qui lui permet de traverser la guerre sans mettre ses jours en péril – ni résistant ni concerné par le destin des Juifs. De sa rencontre avec la mère, à l'automne 1943, Augustin n'a longtemps rien su jusqu'à ce qu'il reçoive une lettre d'une ancienne collègue de Toto chez Peugeot. La femme avait fait le lien grâce à ses livres. Augustin est allé la voir. Quatre-vingt-dix ans passés et toujours dans la nostalgie du Maréchal. C'est elle qui lui a raconté le choc qu'avait été pour Toto l'entrée de Suzanne dans sa vie de petit gratte-papier. Il avait vingt-quatre ans mais n'avait encore jamais couché avec une femme, et il tremblait, paraît-il, en évoquant la splendeur de sa fiancée et son prochain mariage.

Quelque chose avait donc touché Suzanne chez ce petit homme. Mais quoi ? Sa dévotion, peut-être, songe Augustin, car il vient de se rappeler la scène du rouge à lèvres : le héros de 14-18 surprenant sa fille les lèvres peintes et lui collant une paire de gifles avant de lui précipiter la tête dans le lavabo. La mère racontait cette anecdote avec une sorte de vénération craintive, comme si elle avait aspiré secrètement à être la femme d'un homme de cette trempe, capable de tant d'autorité, de tant de violence, et pourtant elle avait choisi tout l'opposé, un mari en adoration qui toujours chercherait à prévenir ses désirs, qui jamais ne la contredirait. Elle avait dû voir cela en Toto au premier regard. Et le reste aussi : qu'en ces temps de guerre, son fiancé n'était pas du côté des héros. Il ne ferait pas d'ombre au dieu vivant et Suzanne pourrait continuer de louer son père tout en reprochant à son mari de ne pas lui arriver à la cheville. Enfin, cela, c'est moi qui le dis, se corrige Augustin, la mère, elle, a toujours prétendu être tombée sous le charme de Toto, sans autres considérations.

Se peut-il alors qu'elle n'ait écouté que son désir ? Dans les jours qui suivent leur mariage, au printemps 1944, elle et Toto font sans cesse l'amour, Augustin tient l'information de l'oncle Armand, le jeune frère de sa mère, qui les surprend en plein après-midi dans la lingerie ou telle autre pièce peu fréquentée du château. Suzanne découvre donc le plaisir dans les bras de son jeune époux et voilà une chose qui perdurera. Au plus noir de l'effondrement familial, Toto ramènera la mère à la vie en lui faisant l'amour (et deux ou trois enfants de plus). À dix ans, et bien qu'il ne sache rien de la sexualité, Augustin pressent que la mère s'échappe certains soirs, transportée dans un rêve qui lui fait oublier tout le reste – la soupe sur le Campingaz, les petits qui pleurent, les bougies, les cartons aux fenêtres. Le lendemain, dans l'incroyable pagaille du petit déjeuner, elle peut avoir un geste tendre pour Toto et il flotte encore sur son visage un peu de cette lumière qui l'a irradiée.

Ce qui frappe Augustin dans le couple de ses parents, c'est à quel point chacun semble s'être volontairement trompé sur l'autre. Toute sa vie, Toto a continué de rêver à voix haute des Chantiers de jeunesse, et il serait allé choisir pour l'accompagner sous la tente une enfant gâtée neurasthénique, capricieuse et mondaine ? La mère, de son côté, s'est constamment dite éblouie par des hommes de la trempe de son père, tel le commandant, par exemple (qui lui aussi l'a giflée, tiens, note Augustin au passage), et elle serait allée choisir pour mari un obscur orphelin sans grandeur ni vocation ? De part et d'autre, l'erreur paraît trop énorme pour ne pas dissimuler un dessein secret. Et si Suzanne, en choisissant d'obéir à son désir, elle dont le regard est si tristement vide en 1942, avait voulu échapper à son destin ? Pourquoi ne pas la croire quand elle avoue avoir été séduite par la beauté de Théophile ? Si Augustin fait abstraction de la catastrophe à venir, de l'allure de Toto fagoté sa vie durant dans les costumes du Secours catholique, son père lui apparaît d'une grande beauté le jour de son mariage, le regard brûlant d'amour, les cheveux fous soigneusement domestiqués, un petit air de Lautréamont à vingt ans. Suzanne n'ignore rien des modestes ambitions de son fiancé, mais c'est lui qu'elle veut, lui dont elle aime les baisers et dont les caresses lui font perdre le souffle. Sans doute se moque-t-elle dans ces moments-là des siens, de leur inaptitude au bonheur, et éprouve-t-elle une forme de jouissance à être une de ces femmes aux lèvres rouges que son père traite de cocotte. S'il faut en passer par là pour se sentir enfin vivre, songe-t-elle, le cœur gonflé, eh bien soit, je suis une cocotte. À cet instant de sa réflexion, Augustin a le souvenir du sourire équivoque de la mère certains soirs dans la cité ouvrière où, se remémorant les premiers temps lumineux de son mariage, à Bizerte, elle se demandait comment faisaient les femmes d'officiers pour se passer des mois durant de leur mari parti en mer. « Moi, disait-elle, je sais que je n'aurais pas pu. » Et Augustin abondait silencieusement, tant il était manifeste que la mère avait grand besoin de Toto pour cette chose qu'il n'aurait pas su nommer.

Et si Théophile, de la même façon, avait vu en Suzanne l'occasion inespérée d'échapper à son personnage ? Il aime les longues marches, la prière du soir autour du feu de camp, le salut aux couleurs dans la brume matinale, il fredonne « Maréchal, nous voilà ! » sur sa bicyclette en se rendant chaque jour chez Peugeot, mais que pèse tout cela comparé à Suzanne ? La première fois qu'il croise son regard, sur le parvis de la mairie, lors d'une remise de médailles, il se retourne discrètement car il voudrait voir le visage de l'homme qui mérite cette curiosité muette. Mais il n'y a que des vieux derrière lui, et quand il comprend qu'il était peut-être cet homme-là, il est trop tard, la jeune fille lui tourne le dos. Il se prend à rêver, il a le cœur qui cogne, et à la fin de la cérémonie, il prie sa mère de bien vouloir patienter avec lui sous le prétexte qu'il aimerait voir sortir les décorés. Quand la jeune fille apparaît dans la foule au bras de son père, le regard ailleurs, il songe qu'il n'a jamais vu tant de beauté retenue. Il l'accompagne des yeux, redoutant qu'elle le découvre tout en l'espérant de toutes ses forces. Et l'impensable se produit : le héros de 14-18, reconnaissant la mère de Toto, Adèle de Pranassac, qu'il a connue infirmière sur le front, quitte soudain le cortège pour venir la saluer. Ils échangent quelques nouvelles sur le trottoir et, durant cette conversation, la jeune fille s'absorbe silencieusement dans la contemplation de Théophile. Elle semble indifférente aux convenances, à ce que pourraient penser les témoins de cette extravagance, trop perdue ou trop malheureuse pour prendre garde au qu'en-dira-t-on.

— Passez donc un après-midi, dit à la fin son père, Eugénie sera ravie, nous nous inquiétons souvent de vous.

— Oh oui, passez, renchérit aussitôt Suzanne, tirée de sa rêverie, et vous aussi, monsieur, nous serons ravis.

C'est comme cela qu'un après-midi de novembre 1943 Théophile et sa mère sont introduits chez les Verbois. Toto est si tremblant qu'il ne prête que peu d'attention au faste de l'hôtel particulier. Il a hâte de revoir le visage aimé. Si de nouveau elle me considère avec cette attention, a-t-il décidé, je lui demanderai simplement la permission de lui écrire. Il sait que par écrit il saura trouver les mots, tandis qu'à l'oral il craint de bafouiller.

Entre-temps, Suzanne a demandé à son frère s'il connaissait un garçon du nom de Théophile Revel de Pranassac. « Non, mais pourquoi ? — Parce que je l'ai rencontré l'autre jour avec papa. — Et alors ? — Rien. Ne dis rien à personne surtout. — Promis, je ne dirai rien. — Tu as de la chance d'être un homme, Armand, parce que, pour un homme, avoir un grand nez, ce n'est pas si laid, tandis que pour une femme... Dis-moi : est-ce que tu pourrais tomber amoureux d'une femme qui aurait mon nez ? » Armand avait observé sa sœur, pris le temps de la réflexion : « Peut-être pas, non. »

Cette fois, Suzanne évite de croiser le regard de Théophile et le mariage n'aurait peut-être jamais eu lieu si celui-ci n'avait pas renversé sa tasse de thé. C'est Suzanne qui entraîne le jeune homme vers un cabinet de toilette à la demande d'Eugénie. Elle lui tend une serviette, le regarde éponger son pantalon, et quand elle l'entend marmonner tout en continuant à se tamponner le genou, elle n'y prête aucune attention. Elle a peur qu'il remarque son nez, elle est pressée qu'il s'en aille.

— Vous ne m'avez pas répondu, dit Théophile en se redressant.

— Oh, pardon, je n'ai pas entendu.

— Pourrais-je vous écrire ?

Elle a un instant d'étonnement, et lui aussi. Il ne se pensait pas capable de tant d'audace.

— Oui, écrivez-moi, murmure-t-elle.

Quand Théophile comprend, à la première lettre de Suzanne, que l'attirance est réciproque, il n'en croit pas sa chance. Les yeux verts de Suzanne, son front, son nez, sa bouche, tout cela va-t-il lui appartenir ? Vraiment ? Il a grandi sous le joug du père, ce vieux fou, jamais personne à la maison de peur des hurlements du père, habillé toujours trop court, risée des collégiens, et voilà que par son seul consentement Suzanne... Suzanne lui ouvre les portes de la vie. Il croit en Dieu, à la sainte Providence, qu'au ciel les derniers seront les premiers, aussi voit-il la main du Seigneur dans le don qui lui est fait de la jeune fille. Au même instant, celle-ci considère son visage dans la glace. Il lui a dit qu'il l'aimait, qu'il pensait à elle à chaque instant, que sa beauté le bouleversait, et elle répète ses phrases devant le miroir. Elle brûle de lui appartenir, de se donner à lui complètement, qu'il fasse d'elle ce qu'il voudra. Elle a honte des pensées qui la traversent, mais c'est une honte délicieuse. L'arrivé de Théophile dans sa vie l'a guérie, croit-elle, de ce que le docteur Mauriac nomme sa « mélancolie ».

Est-ce cela, l'amour, le sentiment d'être sauvé de soi-même ? Ni elle ni lui ne se posent la question, bien sûr, et Augustin se rappelle que lui non plus ne se l'était pas posée, à vingt ans, quand Agnès s'était suspendue à son cou. Des femmes, il n'avait alors connu que sa mère, cette cinglée hystérique dont les cris s'entendaient depuis l'entrée de la cité. Jamais personne à la maison de peur des hurlements de la mère (sans le vouloir, Toto avait donc reproduit pour ses enfants la terreur qu'il avait lui-même subie enfant, déplaçant le joug du père à la mère), et voilà qu'Agnès était apparue. Augustin n'en avait pas cru sa chance, lui non plus, et « chance » était le bon mot, si trivial soit-il : comment Agnès, qui incarnait la grâce, avait-elle pu poser son regard sur lui ? À vingt ans, Augustin était aussi pitoyable que Toto au même âge, démuni, habillé de bric et de broc, sans autre ambition qu'essayer d'écrire sur l'origine de sa tristesse. L'arrivée d'Agnès, qui devait être sa première femme, lui avait momentanément donné l'illusion qu'on pouvait échapper à son enfance.

Entre Suzanne et Théophile, le malentendu est abyssal. Tandis qu'ils pensent tous deux s'élever vers la lumière grâce à l'autre, ils s'entraînent mutuellement vers le lieu secret de leur destruction. Théophile aura passé sa vie à embobiner Suzanne pour lui faire croire qu'il pouvait être l'homme puissant et protecteur dont elle rêvait, et de mensonge en mensonge, il l'aura déconstruite jusqu'à la précipiter dans la folie. Suzanne aura passé la sienne à placer Théophile devant des défis qu'il était incapable de relever, et d'échec en échec, elle l'aura réduit à n'être plus que l'ombre de lui-même. Un homme qui inspirait à la fois la méfiance et la pitié à la fin de sa vie, peu soigné, le teint gris, le regard fuyant, tandis que la mère... Augustin ne sait pas ce que pouvait inspirer la mère, il l'avait prise en horreur depuis si longtemps qu'il ne voyait plus que cela en elle – l'horreur. Tous les deux étaient morts à quelques jours d'intervalle, ce qui avait inspiré au prêtre une envolée hasardeuse sur la puissance de l'amour entre deux êtres, « don de Dieu », avait prétendu cet imbécile, quand il aurait fallu parler d'étreinte mortelle, avait songé Augustin, assis au fond de l'église.

Mais on frappe à sa porte et il n'a pas écrit une ligne, il n'a fait que méditer, et parfois parler tout bas tout en se penchant par instants sur telle ou telle image de ses parents.

— Ah, Sarah.

— Bonsoir Augustin. Je ne vous dérange pas ?

— Non, entrez.

Elle fait quelques pas dans la pièce et regarde autour d'elle. Le bureau encombré de photos, le lit défait, les deux hautes fenêtres ouvertes sur la nuit, le sac de voyage béant, la salle de bains restée allumée avec les vêtements de vélo d'Augustin sur le carrelage.

— J'ai tellement espéré ce moment, dit-elle, je veux me souvenir de chaque détail.

Augustin ne relève pas. Il s'est adossé à la porte et prend le temps de la regarder. C'est la première fois. D'étonnantes joues d'enfant, roses et pleines, contrastant avec le nez droit et fort, des lèvres roses bien ourlées, de jolies épaules, un corps souple et menu. Elle porte son petit haut fuchsia sur une jupe noire, cette fois-ci. Des talons hauts. Il trouve que les cheveux courts lui vont bien, auburn, avec des reflets roux.

Elle semble hésiter sur ce qu'elle va faire, puis elle se tourne vers lui.

— Je suis si heureuse ! Je sais, vous ne pouvez pas comprendre...

Elle sourit et tout son visage s'illumine.

— Si heureuse ! répète-t-elle.

— Je vois. Voulez-vous fumer une cigarette avec moi à la fenêtre ? Je ne vous avais pas oubliée mais j'ai besoin d'un moment encore.

— Non, fumez, vous, et moi je vais me mettre là, dans le fauteuil.

Tandis qu'il allume une cigarette, elle s'assoit et pose son sac sur le plancher.

Maintenant c'est Augustin qui lui offre son profil, debout dans l'encadrement de la fenêtre. Il sait qu'il n'écrira rien tant qu'il n'aura pas la première phrase et que celle-ci lui tombera toute construite, comme un cadeau du ciel, tandis qu'il pédalera furieusement, ou le matin en ouvrant les yeux. Il a toujours su qu'il tenait le livre quand il en découvrait la première phrase, comme si les milliers de mots à venir se pressaient en elle. Mais quelle phrase pourrait contenir l'épais mystère de la mère ? C'est à cela qu'il songe, inquiet déjà de ne pas trouver. Contenir la femme qu'elle aurait été si sa route n'avait pas croisé celle de Théophile, si Théophile ne l'avait pas anéantie de son amour, car je dois traverser l'horreur qu'elle m'inspire, pense-t-il, comme on traverse un écran pour aller voir derrière l'image et parvenir à dire qui était la mère *à l'origine*, avant la catastrophe que fut son mariage avec cet homme. Quelle phrase pourrait contenir... bon, demain matin peut-être, se dit-il, et comme il se sent fatigué, soudain, il s'absorbe dans le seul plaisir de fumer. Peut-être demain matin en ouvrant les yeux. Mais la phrase lui viendra-t-elle si Sarah est là, s'il est distrait par Sarah ? Oui, il croit que oui. C'est étonnant comme la présence de cette femme ne suscite en lui aucun trouble. Il n'y a pas si longtemps, il se serait senti trembler à l'idée de passer la nuit avec une inconnue, mais là, non, comme s'il se tenait bien à l'abri à l'intérieur de lui-même, inatteignable, intouchable. Il avait tremblé en enlaçant Mathilde la première fois, il se revoit en train de la déshabiller, ivre d'émotion, titubant. Pourtant ça n'arrivera plus, songe-t-il, et pour le vérifier, il se tourne vers Sarah. Elle était en train de l'observer et elle ne cille pas quand leurs regards se croisent. Non, ça n'arrivera plus. Il en est à la fois surpris et heureux. Libéré plutôt. Oui, libéré est le mot qui lui semble le plus juste. Entre Mathilde et Sarah un événement est survenu qui a fait que quelque chose s'est rétracté en lui. Il n'a pas besoin de chercher bien loin : il a perdu sa maison. Esther, qui prétendait l'aimer, lui a fait perdre sa maison. Il ne veut plus qu'on invoque l'amour pour l'approcher et il sent que son cœur se met à battre plus vite sous l'effet de la colère.

— Sarah, à quoi pensez-vous quand vous me dévisagez comme ça ?

— Pendant des mois je vous ai lu, commence-t-elle calmement, soutenant son regard, et tout ce que je lisais de vous me parlait de moi. On aurait dit que vous regardiez le monde à travers mes yeux, mais vos mots l'éclairaient de telle façon qu'il me devenait enfin possible, familier, presque amical. Jamais aucun écrivain n'était venu si complètement à ma rencontre, au point que j'ai véritablement voulu « habiter » vos livres.

— Avant de venir habiter ma chambre, l'interrompt-il en souriant.

— Oui, mais ne riez pas, ne vous moquez pas, s'il vous plaît... Je vous ai dit qu'au début de l'été je m'étais installée à l'hôtel pour relire tous vos livres, dans l'ordre où vous les aviez écrits. C'était en juin, à Cabourg. Eh bien, jamais je ne m'étais sentie heureuse et confiante comme pendant ce séjour. Je n'ai parlé à personne, les jours de pluie, j'étais doublement satisfaite car j'avais une bonne raison pour ne pas quitter ma chambre, pour ne pas vous quitter. S'il y avait sur terre un homme qui pouvait me comprendre, sur lequel je devais pouvoir compter, c'était vous. À partir de ce moment, le sens de ma vie est devenu évident : je devais vous trouver, nous devions nous rencontrer. Peut-être refuseriez-vous de me recevoir, mais je devais essayer. C'est alors que je me suis mise à vous écrire, cette lettre que je ne vous ai jamais envoyée. J'avais découvert votre adresse dans le Cantal, ce n'est pas bien difficile, vous êtes dans les « Pages blanches », et j'envisageais d'aller vous rendre visite quand vous êtes apparu. J'étais si préoccupée de vous que j'ai cru à une hallucination quand je vous ai vu entrer dans la librairie. Ou à un sosie. Je ne vous connaissais qu'à travers la télévision, et là vous n'étiez pas rasé, les cheveux longs, débraillé, enfin comme vous l'êtes ce soir... « Ce type, ai-je dit à Michel, mon associé, j'ai l'impression que c'est Augustin Revel. Va le voir, demande-lui s'il ne veut pas faire une signature. »

— Je n'ai pas très envie, non.

— Je sais, je sais, vous n'aimez pas ça, vous l'écrivez dans tous vos romans. Pardonnez-moi mais je n'avais pas d'autres moyens... Je vais dire à Michel que vous préférez attendre la sortie de votre prochain livre.

Elle se tait, le fixe intensément.

— Augustin ! Augustin Revel ! C'est tellement extraordinaire d'être enfin près de vous !

Il devine qu'elle n'est pas loin de pleurer, et comme il ne partage rien de son émotion tout en trouvant agréablement insolite qu'elle soit là, dans sa chambre, il s'approche et lui effleure l'épaule.

— Il est tard. Voulez-vous que je vous passe une brosse à dents ?

— Non, merci, j'y ai pensé.

Elle prend ce qu'il lui faut dans son sac, se lève, et il la suit des yeux tandis qu'elle entre dans la salle de bains sur ses talons hauts, balançant imperceptiblement les hanches. Elle ne ferme pas la porte, il peut continuer de la regarder quand elle se brosse les dents. Puis elle se tamponne la bouche avec la serviette de l'hôtel et, sans cesser de s'observer dans le miroir, commence à se déshabiller. Elle enlève son petit haut fuchsia, puis sa jupe. Elle est presque nue, mais elle feint de ne pas savoir qu'Augustin l'épie depuis la fenêtre. Quand elle a retiré son soutien-gorge, elle se passe rapidement les mains sur les seins, ce geste qu'ont toutes les femmes dans l'intimité. Elle contemple un instant son buste nu, puis elle tourne le dos à Augustin pour enfiler sa chemise de nuit. Ensuite, seulement, elle enlève sa culotte. Elle a fini, il ne lui reste plus qu'à se démaquiller – les yeux, les pommettes, ses lèvres barbouillées de rose (Augustin a vu qu'elle avait taché la serviette de l'hôtel, tout à l'heure, après s'être brossée les dents). Elle a pensé au coton et aux lotions ; pour les paupières, elle approche son visage tout près du miroir. Il sourit, il aime bien ce jeu. Il se demande si elle va oser faire pipi devant lui comme si elle se croyait vraiment toute seule. Non, elle sort et va tranquillement sur ses talons jusqu'au lit sans se préoccuper de lui.

Il s'enferme à son tour dans la salle de bains.

Quand il en ressort, il ne la voit ni dans le lit ni ailleurs. Il se fige au milieu de la pièce. Elle est partie, songe-t-il, elle est partie ! En même temps que de la sidération, il éprouve la tristesse du vide – un imperceptible froissement dans la région du cœur. L'idée qu'il est déçu le traverse, et il en est aussitôt irrité. Ça alors ! Il n'en revient pas. C'était donc une folle. Il est tenté d'aller vers la porte, de l'ouvrir pour regarder dans le couloir, à droite, puis à gauche. Pour en avoir le cœur net. Mais c'est vers le lit qu'il se dirige, et avant même d'accomplir le geste, il peut déjà se figurer la scène : le type soulevant la couverture et constatant que la place est vide. Aussi ridicule que d'aller tendre le cou dans le couloir. Il va néanmoins le faire, il va soulever la couverture, comme il pourrait aussi bien s'agenouiller pour regarder sous le lit, ou s'engouffrer dans le fond de la penderie, vérifier si par hasard elle ne se serait pas cachée... quand il aperçoit un petit tas de mèches flamboyantes à l'intersection du drap et de l'oreiller. Elle est là ! Un peu plus et il allait le dire tout haut. Alors il fait le tour de la chambre pour éteindre toutes les lampes, laisse les fenêtres ouvertes sur la nuit d'été et vient se glisser dans le lit.

— Je vous attendais, dit-elle.

— Je ne vous voyais plus, pendant un moment j'ai pensé que vous étiez partie.

— Vous n'avez aucune confiance en moi, n'est-ce pas.

— Je ne vous connais pas, Sarah.

— Tandis que moi j'ai une confiance aveugle en vous. En nous.

Il se tait. Ce « en nous » lui semble si incongru, si déplacé. Comment peut-elle ?

— Si vous croyez que vous allez vous débarrasser de moi si facilement, reprend-elle, vous vous trompez.

Il est secoué d'un petit rire.

— Au moins je vous fais rire.

— Oui.

— Vous voulez bien me prendre dans vos bras ?

Il ne dit ni oui ni non, mais en tendant le bras sa main rencontre le visage de Sarah. Elle est couchée sur le côté, il caresse sa tempe, son oreille, ses cheveux. C'est la première fois qu'il la touche.

— Oui, venez si vous voulez.

7.

Comme si le diable aussi l'avait abandonnée

Il se demande quelle heure il peut être. Il est parti si précipitamment à vélo, ce matin, qu'il a oublié son téléphone à l'hôtel. Il était à sa table, de nouveau penché sur ses photos, quand il avait eu soudain la vision du désastre qu'était devenue sa vie. Un homme sans maison, sans plus aucune attache nulle part, fuyant ses enfants par peur de leur offrir le spectacle de sa chute, de son effondrement. Il était à sa table, cherchant parmi ses photos la première phrase du livre à venir, et il avait dû laisser vagabonder son esprit car il s'était soudain retrouvé dans sa maison du Mont-Pertus. Levé le premier, toujours, si bien que quand Alice évoquait les étés de son enfance elle disait en lui souriant : «L'odeur de ton café, papa, tu sais, je l'attendais pour descendre, et arrivée presque en bas de l'escalier, je savais que tu serais là et que je sauterais dans tes bras. Depuis la troisième marche, hein, tu te souviens? On était les deux premiers réveillés.» Aujourd'hui encore, elle en tirait une sorte de fierté. Elle était en pyjama, pieds nus, il l'embrassait, la gardait un moment dans ses bras, parfois il l'emmenait faire un tour dans le jardin, Alice qui avait les boucles brunes d'Esther et son profil de gitane, cette sombre beauté déjà. Avant de la laisser toute seule devant son petit déjeuner – « Bon, je monte travailler, ma chérie ». De son bureau, il les entendait tous rappliquer. Généralement Laetitia suivait, et toutes les deux engageaient une conversation sur le concours que proposait le paquet de corn-flakes, ou sur la taille de l'araignée qu'avait découverte Laetitia dans sa chambre. Puis Esther les rejoignait et la discussion glissait sur le programme de la journée : allaient-elles retourner à la piscine municipale ou jouer dans le jardin avec les enfants du village ? Alice finissait son petit déjeuner sur les genoux d'Esther. Puis Coline apparaissait, encore ensommeillée et grognon, et Alice devait lui céder la place, à moins que Laetitia prenne Coline sur ses genoux. Jonas descendait le dernier et Alice se moquait gentiment de sa tête en espérant qu'il aurait envie de l'attraper et de la lancer au plafond, ou au moins de la chatouiller. Elle adorait Jonas, elle n'aimait pas le voir triste, elle aurait voulu qu'il soit plus impliqué dans la vie familiale. Enfin donc Augustin avait eu le tort de laisser vagabonder son esprit, l'espace de quelques minutes, il avait été de nouveau l'homme qui pensait occuper à jamais le cœur d'Esther et le réveil avait été d'une violence inouïe. La conscience de ce qu'il avait perdu l'avait arraché à son travail, il s'était mis à marcher en rond dans sa chambre d'hôtel, plein de fièvre, dans cet état d'anxiété qu'il avait connu après sa séparation, tenté de se jeter la tête la première contre le mur d'angle pour que la douleur cesse, que le monde s'éteigne, soudain noyé sous une vague monumentale qui emporterait tout, sa douleur et le reste, vers ces profondeurs silencieuses où l'on ne ressent plus rien, où l'on se laisse flotter comme une algue. Il pensait être guéri et la perte de sa maison l'avait ramené deux ou trois années en arrière.

Cependant, la lumière baignait sa chambre. Il s'était approché de la fenêtre, il avait feint de s'intéresser à la vie pour tromper le tremblement qui le gagnait – une voiture qui attendait qu'une autre s'en aille pour prendre sa place, une dame qui bavardait avec le facteur dans une flaque de soleil, des clients qui se levaient à la terrasse du café, juste en dessous, et le garçon qui les saluait tout en desservant la table voisine, et c'est alors seulement qu'il avait vu le couple. Ils se fixaient intensément, elle le buste long et tendu, les coudes sur la table, tenant son visage entre ses mains et ne disant rien, lui comme projeté vers elle, très pâle, murmurant des mots inaudibles tandis que du bout des doigts il s'enhardissait à toucher les poignets de la femme, à les caresser peut-être. Augustin songea qu'ils étaient dans ce moment grave et délicieux où ils allaient consentir, lui semblait le vouloir de toutes ses forces et la jeune femme paraissait hypnotisée par la beauté de cet homme. Elle lui était reconnaissante du désir qu'il éveillait en elle, et c'est pourquoi sans doute elle se taisait et le laissait parler, priant secrètement pour que cela dure. Augustin s'était revu dans une scène semblable, près de vingt ans plus tôt avec Esther. Esther aussi l'avait laissé parler, et à la fin il l'avait entendue dire dans un filet de voix : « Moi aussi. Viens. Tant pis pour les cafés. » C'était étrange comme ce souvenir l'avait réconcilié avec Esther. Il avait souri, consenti à ce qu'une partie de lui l'aime encore. Puis tandis que là-bas l'homme continuait de parler, et la femme de se taire, il avait enfilé machinalement sa tenue de vélo, en pleine confusion, son short, ses ballerines à semelles rigides, n'envisageant plus rien d'autre que de rouler. Combien de fois le vélo l'avait-il sauvé ? À vingt ans, quand d'autres s'octroyaient la permission de vivre légèrement, *gratuitement*, lui avait deviné qu'en ce qui le concernait il y avait un prix à payer, de l'ordre de la peine, de l'effort. Il avait su qu'il écrirait, il écrivait déjà, mais cette peine-là n'accouchait encore de rien, et c'est alors qu'il avait découvert le vélo. Le vélo réclamait le même entêtement que l'écriture, la même endurance, la même solitude également, et sa pratique avait assouvi chez Augustin le besoin de payer pour vivre, de payer chaque jour. Ainsi le vélo avait-il accompagné chez lui la naissance de l'écriture et les deux disciplines étaient-elles devenues inséparables au fil du temps, assurant alternativement le remboursement de la dette que supportait Augustin. Il n'aurait pas su dire l'origine de ce fardeau – pour qui, pour quoi devait-il payer ? – mais jamais il n'en avait discuté la légitimité.

Quittant Verdun, il a repris le chemin de Douaumont. Pour revenir à la mère, bien sûr. Et comme il roule parmi les croix, sur cette colline engazonnée qui aurait pu contenir leurs vies, celle de la mère et de ses onze enfants, la sienne comprise bien entendu, au côté des ossements du héros de 14-18, leurs vies mortes avant même d'avoir été pensées, n'est-ce pas, il a soudain l'intuition qu'après tant de livres offerts en paiement de sa naissance il va peut-être découvrir l'origine de sa dette en écrivant celui-ci. N'aurait-il pas hérité son intranquillité de la mère ? Il ressort des photos, comme des premiers souvenirs d'Augustin, que l'âme de la mère était sans cesse en mouvement, sans cesse tourmentée, torturée, déchirée, incapable de s'abandonner au plaisir. Au temps de Neuilly, avant ces grands dîners si couteux qui auraient dû la transporter d'allégresse, la mère était plus ombrageuse que jamais, accablant de ses reproches la bonne et les extras recrutés pour l'occasion, piétinant Toto, ne lui laissant aucune chance, lui qui pourtant courait ici et là comme un caniche pour la satisfaire.

Encoigné dans le long corridor qui reliait les chambres aux pièces de réception, Augustin balançait entre l'effroi que lui inspirait sa mère et la naissance en lui d'une forme de mépris. S'il avait eu les mots, il aurait dit qu'elle se comportait comme une enfant, comme lui en réalité, puisqu'il croyait reconnaître dans la colère dévastatrice et aveugle de la mère quelque chose de sa propre colère quand un problème d'orthographe ou de calcul lui résistait. Il n'avait que sept ou huit ans, mais déjà il s'inquiétait de tout, songeant confusément que de bonnes notes à l'école arrangeraient ses affaires. Or il entrevoyait que sa mère était dans le même souci d'excellence avec ses grands dîners, non pas dans la quête du plaisir comme elle voulait le laisser croire à l'instant où les invités se présentaient – « Cécile et Jacques, mon Dieu, je suis tellement contente de vous voir ! » –, mais dans la nécessité de payer pour une chose qu'il n'aurait pas su nommer.

Et brusquement il sait, car les mots de la mère lui reviennent. C'était après l'expulsion, quand tout s'était effondré. Réduite à l'état de bête, ne prenant plus aucun soin d'elle, la mère avait désigné la chose, sans le vouloir sans doute : « tenir son rang ». Mais bien sûr, Augustin s'en souvient, les trois petits mots étaient donc là, tapis dans un coin reculé de sa mémoire et il n'en faisait rien, encore incapable de leur donner un sens. Dans le « taudis » au plafond bas et aux vitres cassées, elle s'était mise à les hurler à la figure de Toto, lui jurant qu'elle allait mourir, s'ouvrir les veines ou se jeter par la fenêtre s'il ne lui permettait pas de nouveau de « tenir son rang ». Sur le moment, imitant ses frères aînés, Augustin avait ri de l'incroyable bêtise de la mère : elle n'avait jamais un mot pour la détresse des petits qui rampaient dans la poussière et que l'on retrouvait parfois endormis sous un meuble, pour le chagrin de la sœur aînée qui se lisait sur son visage, mais elle revendiquait la nécessité de « tenir son rang », faisant de cette ânerie une question de vie ou de mort. Augustin est perplexe – il ne dirait plus aujourd'hui que c'est une ânerie. Il se remémore l'étrange sanglot de la mère, certains soirs, dans la cité ouvrière : «Mon Dieu, si mon père me voyait!» Plus de quinze années qu'il était mort, mais le cœur de la mère saignait encore de le décevoir. Très jeune, songe-t-il, elle avait dû comprendre que pour exister dans le regard de cet homme implacable, qui jamais ne se plaignait, il fallait enfouir tout ce qui n'était pas de l'ordre de l'élégance, de la tenue. Les sentiments, les émotions, les larmes, les tremblements, tous ces débordements qui témoignent de notre humanité devaient être tus. «Tenir son rang» avait été pour elle l'unique façon d'être digne du père, d'exister dans le regard du père, et probablement dans le sien propre. D'ailleurs, se rappelle-t-il, la mère ne disait jamais de tels ou tels de leurs amis, au temps de Neuilly, qu'ils étaient sensibles, intéressants, émouvants, généreux, heureux ou malheureux, mais seulement qu'ils étaient «distingués», d'un «excellent milieu», ou encore «racés jusqu'au bout des ongles». Enfant, Augustin avait intégré que le monde se scindait entre ceux qui avaient la chance d'être «distingués» et les autres. La mère n'avait aucune considération pour les seconds, sans doute en fallait-il pour faire un monde, sans doute ne pouvait-on éviter de les croiser dans la rue, et même parfois de saluer certains d'entre eux du bout des lèvres quand les circonstances faisaient qu'ils nous connaissaient, les concierges par exemple, M. et Mme Féty, ou M. Truchot, le boucher, mais ces gens-là n'étaient admis qu'à l'office. Parfois, les évoquant, la mère ne pouvait pas s'empêcher de rire : «Plus péquenot que M. Féty», elle ne voyait pas... Ah si, M. Augier peut-être, le fromager de la rue de Longchamp, avec sa moustache et sa chaîne en or autour du cou. «Alors lui, c'est le bouquet!» s'exclamait-elle joyeusement, et Toto riait, riait.

Comment l'expulsion ne l'aurait-elle pas rendue folle, la précipitant du jour au lendemain parmi les «péquenots»? Elle n'avait rien reçu d'autre de ses parents que l'impérieuse nécessité de «tenir son rang» – et elle avait failli.

Oui, dès les années de Neuilly, Augustin avait attrapé l'intranquillité de la mère. Dans un temps plus reculé encore, se souvient-il, pédalant rapidement mais ne ressentant pas la fatigue, il avait rêvé de lui plaire, rêvé de retenir son regard, mais la chose ne s'était pas faite et sans doute avait-il commencé à s'en inquiéter. C'était à cette époque, au retour de Tunisie, qu'il s'était inventé un ami, Bouda, auquel il laissait la moitié de sa chaise d'enfant, s'écrasant contre l'accoudoir pour que l'autre soit à son aise. Cela mettait la mère dans une colère sans nom, surtout au moment des repas parce qu'elle ne voyait pas l'ami d'Augustin, tandis que lui, réconforté par sa présence, tenait à lui laisser également la moitié de son assiette. «Bon sang, ce gosse va me rendre folle!» hurlait la mère, forcée de donner une cuillerée sur deux à un être immatériel. Plus tard, à six ou sept ans, il avait cru s'en sortir en faisant du zèle au catéchisme et à l'école, se figurant que ses bons points illumineraient la mère et leur apporteraient le repos à tous les deux. Mais venant de lui, rien ne semblait susceptible d'égayer la mère. Après quoi courait-elle qu'il ne savait pas lui donner ? Augustin avait commencé d'entrevoir qu'il décevait la mère, et le frère aîné le lui avait confirmé, d'une certaine façon, quand il avait entrepris de le comparer à M. Féty, le concierge. C'était venu insidieusement, au fil de ces dimanches matin qu'il passait à espérer jouer au garage avant de devoir enfiler son costume marin pour partir à la messe. Le sien le boudinait, il ne parvenait jamais à en fermer le col, ce qui faisait dire au frère aîné qu'Augustin avait le cou trop épais, « comme M. Féty ». L'idée qu'il n'était pas « distingué » avait fini par faire son chemin dans son esprit et il s'était plus ou moins résigné à renoncer à la mère quand l'expulsion était intervenue.

Il a fui sa chambre d'hôtel, il s'est sauvé comme un voleur, sans argent ni téléphone, et de nouveau il se demande quelle heure il peut être. Treize heures ? Quatorze heures ? Et s'il s'invitait chez Colette et Robert par ce beau soleil ? Encore une dizaine de kilomètres et il y sera. C'est étonnant comme il a gardé un bon souvenir de ces gens croisés au bord de la nationale. Il a envie de retrouver ce moment où il était tout près de s'endormir, bercé par le son de leurs voix. Dans le film qu'il se projette, ils ont dressé la table de camping dans le jardin et, le voyant surgir sur la pelouse, poussant son merveilleux Dangre à la main, Robert l'invite aussitôt à venir prendre une part de gâteau. Colette n'a plus dans le regard cette appréhension, ou cette réserve, qu'elle avait la première fois. On dirait qu'ils l'attendaient, qu'ils l'espéraient même. D'ailleurs, pourquoi auraient-ils déplié un troisième siège si ce n'est pour lui ? En somme, il n'a plus qu'à s'asseoir. Et c'est encore le même gâteau, un quatre-quarts joliment doré sur le dessus, légèrement citronné à l'intérieur. Dans l'esprit d'Augustin, il ne peut émaner que du réconfort de Colette et Robert, comme il le pensait, enfant, de sa chère grand-mère, la mère de Toto. Il ne lui trouvait aucun défaut, songeant qu'elle était une sainte, la bonté même, tandis que sa mère était la proie du diable. Le soir, dans son lit de Neuilly, comparant les deux femmes, Augustin en arrivait à plaindre la mère d'être si mauvaise, si habitée par Satan qu'on pouvait pratiquement apercevoir les flammes sous ses vêtements. Comment le Seigneur avait-il pu abandonner la mère à son pire ennemi – garder l'une près de lui, sa chère grand-mère, et laisser l'autre brûler sa vie durant ? Plus tard, il avait découvert que sa chère grand-mère était moins immaculée qu'il n'y paraissait, et puis il y avait eu ce jour où la mère lui était apparue différente, il ne dirait pas aimable, non, mais complètement perdue, avec un regard qu'il ne lui avait jamais vu. C'était un an peut-être après l'expulsion. Subitement, la mère s'était levée de table, en plein dîner, annonçant tout bas qu'elle allait partir. « Je ne peux plus, je ne peux plus, je m'en vais. » Un instant, Augustin s'était demandé à qui elle parlait, Toto n'était pas là, occupé à vendre ses éponges en porte à porte, et Christine avait le nez dans son assiette. À personne, la mère ne parlait à personne si ce n'est à elle-même, très pâle, presque transparente, on aurait encore dit une folle, mais une folle qui ne faisait plus peur. Elle était partie vers sa chambre et il y avait eu un étrange silence autour de la table. Même les petits avaient cessé de brailler. Quelques secondes plus tard elle était reparue, sa blouse de ménage déboutonnée laissant voir un soutien-gorge rose qui avait profondément dégoûté Augustin. « Christine, tu t'occuperas bien des petits, hein. Et vous, les grands, vous l'aiderez. Je peux compter sur vous, n'est-ce pas. » Dans le souvenir d'Augustin, elle s'était adressée à Frédéric, mais on voyait qu'elle n'était déjà plus là, qu'elle ne pensait pas vraiment aux petits, et Augustin avait été surpris de ne plus déceler aucune trace de colère, ou de méchanceté, dans ses yeux. Le feu semblait s'être brusquement éteint en elle, comme si le diable aussi l'avait abandonnée.

Christine s'était installée à sa place pour faire manger les petits, les conversations, les cris et les rires avaient aussitôt repris autour de la table. Il semblait que tout le monde était soulagé du départ de la mère. Et d'ailleurs, quand elle avait traversé la pièce dans son tailleur pied-de-poule, sur ses talons hauts, portant une valise, il y avait eu un instant de surprise, comme si tous l'avaient crue déjà partie depuis longtemps.

C'était incidemment, quelques jours plus tard, que les grands avaient appris par Toto que la mère était allée se réfugier chez sa vieille gouvernante, à Bordeaux. Les enfants avaient croisé cette femme à deux ou trois reprises au château de Cestas, une personne minuscule qui n'avait plus qu'une ou deux dents, des poils sous le nez, mais dont la seule vue faisait pleurer la mère. « Mon Dieu, Mica ! » s'étouffait-elle, et comme les deux femmes s'étreignaient, les yeux de la mère se remplissaient de larmes, et on l'entendait bientôt renifler. Le chouchou de Mica était Frédéric – « Celui-ci, c'est ton père », disait-elle à la mère en caressant la jolie tête de Frédéric – de sorte qu'Augustin n'aimait pas Mica qui de toute façon ne lui prêtait aucune attention.

Tant d'années après, il ne l'aime pas plus, mais pour la première fois, au lieu de rester à table avec les autres et de rire en attendant Toto, de s'abandonner à l'ivresse d'être enfin débarrassé de la mère, Augustin lui emboîte le pas. Il veut l'accompagner chez Mica car il pressent qu'il y a là quelque chose qu'il a complètement raté. Il suit la mère dans la cage d'escalier qui sent la friture, la mère qui n'a plus l'habitude des talons hauts depuis un an qu'elle ne quitte plus ses infectes babouches et qui se tort la cheville juste devant la porte entrouverte des voisins du dessous, les Kérivel, qui la détestent et menacent d'appeler la police à chacune de ses crises de nerfs – « Baronne de mon cul, oui, glapit M. Kérivel, même pas capable de respecter le sommeil des autres ! ». Du fait de cette porte entrouverte, elle presse le pas (qu'arriverait-il si M. Kérivel tombait nez à nez avec elle ? Il serait bien capable de la frapper) et elle gagne en claudiquant l'arrêt du car de la

CGEA, à la sortie de la cité. C'est avril, les jeunes pousses des marronniers frissonnent dans le crépuscule, tout à fait comme au temps de Neuilly celles des grands arbres du bois de Boulogne, sous cette terrasse qui faisait la fierté de la mère les soirs de réception, oui, peut-être, mais à présent elle ne veut plus rien voir de ce qui l'entoure. Trois quarts d'heure d'autocar pour rejoindre la porte Maillot à travers l'effroyable bidonville de Nanterre – « Mon Dieu, tous ces bicots agglutinés, comment le gouvernement... et ce Puteaux misérable, infect, devenu un chantier à ciel ouvert ! ». De la porte Maillot, elle prend le métro pour la gare Montparnasse.

Elle demande combien coûterait une couchette de première classe, puis se rabat sur une de seconde. Le type la regarde bizarrement derrière la glace parce que ses mains tremblent à tel point qu'elle ne parvient pas à sortir les billets pliés en quatre dans son porte-monnaie. Puis elle cherche son train, un contrôleur le lui indique, mais alors elle se souvient qu'elle n'a pas prévenu Mica de son arrivée et elle retourne vers le contrôleur pour s'enquérir d'un taxiphone. D'habitude, Toto se charge de toutes ces tâches impossibles et elle lui en veut confusément de n'être pas là, de la laisser courir seule avec sa valise au milieu de cette populace et dans ce vacarme. Par chance, Mica décroche aussitôt, mais en reconnaissant sa voix l'émotion submerge la mère. Elle sanglote sans parvenir à prononcer un mot.

— Oh, Suzanne, s'inquiète Mica, qu'est-il arrivé ? Où es-tu ?

Puis Mica devine en entendant les bruits de la gare.

— À quelle heure arrives-tu, ma petite chérie ? Dis-moi simplement ton heure d'arrivée et je serai là.

Augustin avait souri, au château, la fois où Mica avait appelé la mère « ma petite chérie ». Comment pouvait-on appeler « ma petite chérie » l'ouragan qui menaçait Toto de balancer la Conord par la fenêtre ? La scène avait longtemps obsédé Augustin : sa mère traînant la lourde machine à laver sur la terrasse et la précipitant du quatrième étage sur les promeneurs du boulevard Richard-Wallace. S'il sourit de nouveau, tout en pédalant, c'est de sa bêtise. Sur les photos de Neuilly, la mère n'a rien de l'ouragan qu'a retenu sa mémoire d'enfant, il se surprend même à la trouver jolie sur certaines. Quel âge avait-elle donc l'année de l'expulsion ? Voyons, il calcule sur ses doigts en tenant son guidon d'une main : trente-huit ans. Seulement trente-huit ans et déjà huit enfants (sans compter le petit mort).

Mica l'attend à la gare Saint-Jean et comme Suzanne est incapable de parler, les yeux complètement noyés, elle l'entraîne d'autorité vers un taxi. La mère pleure silencieusement dans l'habitacle, sa main gauche dans celle de Mica, et quand la voiture les dépose devant la petite maison de Carbon-Blanc, les deux femmes n'ont pas encore échangé un mot. Mica habite une maison de deux pièces que lui a achetée Armand, le frère de Suzanne, lorsqu'elle a quitté le service de la famille. Mica est une fille de berger venue du Pays basque, pauvre parmi les pauvres, entrée chez les Verbois à l'âge de dix-neuf ans pour s'occuper de Suzanne qui avait alors quatre mois. La mère est-elle consciente que si le destin ne l'avait pas déposée petite dans les bras de Mica, elle la mépriserait aujourd'hui comme elle méprise les Kérivel ou les Féty ? Non, Augustin ne croit pas que la mère ait cette lucidité, elle n'a jamais appris à réfléchir, seulement à obéir aux codes que lui ont transmis les siens. Il dirait même que chez elle il était défendu de réfléchir. Pourquoi s'adonner à cet exercice extravagant quand les règles de vie, édictées depuis des générations, ont fait la preuve de leur efficacité ?

Des années plus tard, et peu avant sa mort, évoquant ce séjour chez sa vieille gouvernante, la mère avait confié à Augustin qu'elle s'était toujours sentie bien plus heureuse chez Mica, dans cette modeste maison de plain-pied sur la rue, qu'au château de Cestas où elle avait le sentiment d'être jugée et sournoisement critiquée. Il avait failli lui rétorquer que c'était à ses yeux une évidence, tant il se souvenait combien sa mère était tendue au château, mais il s'était tu car il lui avait semblé qu'elle venait seulement de découvrir la chose.

Mica la met au lit en arrivant et Suzanne ne proteste pas. Elle laisse sa gouvernante la déshabiller – « là, voilà, mon enfant, ma chérie » –, lui enfiler une chemise de nuit, puis elle se glisse entre les draps frais. Elle ne pleure plus et ferme les paupières en laissant aller sa tête sur l'oreiller. Un instant plus tard, elle avale docilement les deux cuillerées de sirop du docteur Mauriac, celui qu'elle prenait, jeune fille, pour ne pas céder à la mélancolie. Quand Mica se lève pour sortir de l'armoire *La Semaine de Suzette*, une pile d'une trentaine de vieux numéros, Suzanne sourit, puis se remet à pleurer doucement.

— Oh, mon Dieu, tu sais que je les ai perdus, les miens ! Ceux que tu m'avais apportés à Bizerte... perdus ! J'avais commencé à les lire le soir à Christine, et quand nous sommes rentrés en France je ne les ai plus retrouvés.

Ce sont les premiers mots de la mère.

— Tu vas repartir avec ceux-ci.

— Certainement pas ! Si tu voyais dans quel taudis...

— Je sais, Armand m'a tout raconté. Alors tu sauras qu'ils sont ici, pour toi. Quelle histoire veux-tu que je te lise ?

— Mica, je suis si malheureuse.

— Tu auras tout le temps de pleurer, mais maintenant il faut que tu te reposes. Quelle histoire veux-tu ?

— Mica...

— Petite, tu raffolais de *Bécassine pendant la Grande Guerre*. Tu te rappelles ?

— Oh...

— Tu réclamais toujours que je te raconte quand Bécassine est envoyée sur le front pour soigner les blessés. Et voilà qu'un soir tu me demandes si elle a connu ton père !

Mica parvient à rire en frappant d'une main la pile des vieux hebdomadaires, et le visage de la mère s'éclaire faiblement.

— Je m'en souviens. Et dès que tu avais fermé la porte, je rallumais pour voir si je n'allais pas trouver papa sur les images... J'aurais tellement voulu qu'il me parle. Pauvre papa, s'il me voyait aujourd'hui !

— Tiens, écoute ça, c'est le jour où Bécassine annonce à la marquise de Grand-Air qu'elle va momentanément quitter le château pour se mettre au service des blessés.

Mica commence à lire, mais quelques minutes plus tard, Suzanne sombre dans le sommeil.

Combien de temps reste-t-elle chez sa vieille gouvernante ? Augustin et ses frères vivent dans l'appréhension de son retour car avec Christine la vie est bien plus agréable. Christine sait se faire obéir et jamais elle ne crie ou ne s'énerve. Quand elle avait évoqué ce séjour, peu avant sa mort, la mère avait prétendu être partie deux ou trois jours seulement, tandis qu'Augustin aurait dit beaucoup plus.

— J'aurais dit trois ou quatre semaines, maman.

— Tu es fou ! Jamais je ne vous aurais laissés trois ou quatre semaines.

— Christine se débrouillait très bien.

— Elle avait quinze ans ! Je ne vous aurais pas confiés tout ce temps à une gamine de quinze ans, voyons !

— Tu t'étais soudain levée de table et tu avais dit : « Je ne peux plus, je ne peux plus, je m'en vais. » Est-ce que tu te souviens de ce soir-là ?

— Je me revois chez Mica, le cœur serré en pensant à vous.

— Oui, mais est-ce que tu te souviens de ce soir-là, maman ? Dans quel état tu étais ce soir-là. Tu t'es enfuie, tu n'en pouvais plus de nous tous.

— Augustin...

— Si quelqu'un avait pu nous effacer d'un coup de baguette et te ramener à tes dix-huit ans, avant ta rencontre avec papa, je crois que tu aurais tout de suite dit oui.

— Augustin, tu ne peux pas te figurer ce que j'ai vécu. Ce que votre père m'a fait vivre.

— Comment ça ? Bien sûr que je peux me le figurer, j'y étais ! Et je me rappelle de tout, tu sais : les huissiers, tes larmes, tes menaces de sauter par la fenêtre, plus d'électricité ni de gaz, les bougies qui foutaient le feu au sol en plastique de la cuisine, les voisins qui venaient nous insulter, leurs enfants qui balançaient des cailloux dans nos fenêtres, les petits dont plus personne ne s'occupait. Je me rappelle de tout. D'un seul coup tu n'as plus pu, maman, et tu t'es enfuie.

— Qu'est-ce que tu veux me faire dire ? Que je vous ai abandonnés ?

— Tu nous a abandonnés, oui, mais ça, c'était plutôt bien parce que la vie nous a semblé enfin possible après ton départ. Excuse-moi de te le dire, mais avec Christine, c'était presque joyeux. Non, je voudrais que tu me racontes ta fuite, les idées qui t'ont traversée pendant que tu courais prendre le train pour te réfugier chez Mica.

— Augustin, je n'ai pas envie de repenser à tout ça. Tu avais dix ans, qu'est-ce qu'un enfant de dix ans peut comprendre à ce que j'ai enduré ? Aucune femme ne l'aurait supporté, voilà tout ce que je sais.

— Je ne voulais pas t'accabler, maman.

Il s'était tu brusquement pour chercher comment lui exprimer qu'elle l'avait ému ce soir-là. Enfin, pas sur le coup, mais là, au chevet de son lit, tandis qu'il reconstruisait le souvenir de sa fuite. Que ce soir-là il l'avait sans doute aimée, sans en avoir clairement conscience sur le moment, parce qu'elle lui était apparue complètement démunie, ayant tout perdu de ce qui faisait d'elle la femme terrifiante de Neuilly. Mais il n'avait pas trouvé les mots et la mère l'avait devancé.

— Laisse-moi maintenant, s'il te plaît. Il ne me reste pas longtemps à vivre, j'aurais voulu partir en paix avec toi mais je vois que c'est impossible. Tu ne me trouves aucune excuse, n'est-ce pas. Eh bien reste avec ta colère. De toute façon, petit, déjà, il n'y en avait que pour ta grand-mère, ta chère grand-mère, tu ne m'as jamais aimée.

Il avait failli lui répondre : « Toi non plus », mais elle allait mourir, et en se penchant pour l'embrasser il lui avait dit tout bas : « Je n'en ai pas fini avec toi, maman, c'est sans doute ma façon de t'aimer. Au revoir. »

Comme il l'aimerait aujourd'hui, songe-t-il sur son vélo, si elle lui avait dit : « Oui, je me suis enfuie, j'aurais voulu que tout cela n'existe pas, et vous pas plus que le reste. Ce soir-là j'ai tout regretté, d'avoir rencontré votre père, de vous avoir mis au monde, et même si cela te paraît d'une lâcheté insigne j'ai voulu retrouver l'enfant que j'avais été avant que tout le poids du monde me tombe sur les épaules, l'enfant gâtée que j'avais été et que Mica reprenne le conte de fées que serait ma vie à la page exactement où nous nous étions interrompues quinze ans plus tôt, à la veille de mon mariage. » Comme il l'aurait aimée, car alors il pourrait lui dire tout bas, sans cesser de pédaler : « Eh bien, tu vois, je roule sur tes traces, maman. À mon tour, je suis défait, je n'ai plus de maison, j'ai tout perdu, et j'aimerais pouvoir oublier mes enfants qui s'inquiètent de moi et me demandent sans cesse des comptes. J'aimerais pouvoir disparaître si j'en ai envie, partir quelque part, ou mourir, pourquoi pas, en tout cas être libre de faire de moi ce que je veux. Et là, tu vois, je fais exactement comme toi, je cours me réfugier chez Colette et Robert que je ne connaissais pas il y a seulement huit jours mais en lesquels j'ai une confiance aveugle. Cette sorte de confiance que tu avais en Mica. »

8.

Il aimerait avoir le droit d'être Robert et d'emmener sa femme au Touquet

Il n'avait pas été déçu par Colette et Robert. La pelouse qu'il avait imaginée n'existait pas et, à la place, il avait grimpé sur trois ou quatre kilomètres un chemin caillouteux, sous les chênes, en prenant garde de ne pas abîmer ses roues. La maison se dressait au faîte de la colline, au milieu d'une clairière baignée de soleil, une lourde maison alsacienne à pans de bois adossée à la forêt qu'il venait de traverser et surplombant, au sud, la vallée de la Woëvre. Il avait mis pied à terre pour traverser la cour pavée hérissée d'herbes sauvages et avait été satisfait de découvrir une cloche à gauche du porche d'entrée. Il avait sonné, puis comme il n'obtenait aucune réponse commencé à se dire qu'il n'y avait personne. Pourtant, on avait tiré les volets pour se protéger du soleil. Il avait abandonné son vélo contre un tas de bûches, entrepris de faire le tour de la maison, et c'est alors qu'il avait aperçu l'appentis, sous les arbres. Un tracteur était garé devant. Comme la porte était ouverte, il s'était approché. On entendait chanter à l'intérieur et il avait reconnu Édith Piaf que devait diffuser la radio. Il avait frappé, crié : « Il y a quelqu'un ? » tout en s'avançant, et soudain Robert lui était apparu de profil sous un cône lumineux. Il était penché sur un établi, occupé à démonter ce qu'Augustin avait pris pour un moteur de tondeuse à gazon. Comme sa voix ne parvenait pas à couvrir celle de Piaf, il s'était approché de façon à se présenter face à Robert pour ne pas le surprendre.

— Bonjour, avait-il dit, je ne sais pas si vous me reconnaissez...

Robert avait faiblement sursauté, puis après un instant d'hésitation :

— L'homme qui a failli nous emboutir ! Ça alors, je ne comptais pas vous revoir. Vous êtes venu ! Et à vélo à ce que je devine !

— Oui, ça n'était pas prémédité, je roulais tranquillement par là-bas (Augustin avait fait un geste vague en direction de Douaumont), quand soudain j'ai pensé... enfin, je me suis dit...

— Vous avez bien fait. Où l'avez-vous laissé, votre vélo ?

— Devant la maison. Mais je vous dérange... C'est quoi, ce petit moteur ?

— Un Roger Derny 1938. J'ai vu ça l'autre jour dans une brocante, je n'ai pas pu résister. Pourtant, j'en ai déjà deux, hein. Tenez, venez voir par là.

Il avait entraîné Augustin au fond de l'appentis et soulevé une bâche sous laquelle sommeillaient deux dernys, l'un orange, l'autre bleu.

— Le bleu, je l'ai racheté à la veuve de mon entraîneur. Ça m'a pris d'un coup et maintenant je suis fou de ça.

— Ils sont magnifiques.
— Vous avez déjà roulé derrière un derny ?
— Jamais.
— Si vous restez un peu, je vous emmènerai. On peut monter à plus de soixante à l'heure sur terrain plat vous savez ?

Augustin avait caressé le réservoir d'essence sous le guidon, éprouver la selle en cuir, une Idéale, la même que sur son Singer.

— Magnifiques, avait-il répété.
— Dans les années 1920, un gars comme Léon Vanderstuyft a dépassé les cent kilomètres à l'heure en se collant au cul d'une moto. D'autres l'ont fait derrière des voitures, et même derrière des trains. C'est comme ça que Roger Derny a eu l'idée de créer ces petits engins. Des vélos avec un moteur, finalement, bien mieux adaptés à ce type de compétitions. Vous remarquerez que l'échappement tombe au raz du bitume pour ne pas enfumer le coureur.
— Je n'en avais jamais vu qu'en photo, sur la course Bordeaux-Paris, je crois.
— Oui, et puis c'est devenu introuvable. Bien qu'aujourd'hui, avec Internet...

Mais il avait soudain rabattu la bâche.

— Venez, on parlera plus tranquillement autour d'un verre.

Ils s'étaient installés dans la cuisine et Robert était en train de lui expliquer comment il traquait les précieux dernys, grâce aux réseaux sociaux, quand Colette était apparue. Elle arrivait de Verdun. Augustin les avait aidés à rentrer les courses pour la semaine et c'était Colette qui s'était brusquement inquiétée de sa tenue.

— Mais vous êtes venu comme ça, sans habits de rechange, sans rien pour vous couvrir ?

— Un peu par hasard, oui. J'ai même oublié mon téléphone et mes papiers.

— Il est quatre heures passées, vous ne voulez pas rester dormir ?

— Pourquoi pas ?

— Venez donc prendre une douche, Robert va vous passer des vêtements.

Elle l'avait conduit dans une chambre, à l'étage, et quand il était sorti de la salle de bains, chemise, pull et pantalon l'attendaient sur le lit. Trop large et trop court, le pantalon lui donnait l'air d'un clown.

— Parfait ! avait jugé Colette. Eh bien, mangez du saucisson en attendant que le dîner soit prêt. Robert, sers-nous du vin s'il te plaît.

— Alors si ça vous dit, avait repris Robert en débouchant une bouteille, je vous embarque demain matin. On prendra le derny orange, il est moins bruyant que l'autre.

— Avec plaisir.

— Pendant un temps, il s'est pris d'amour pour les Follis, avait remarqué Colette en épluchant des pommes de terre, les vélos Follis qui avaient couru le Tour de France, et le voilà parti pour récupérer les dernys. Il faut reconnaître que les Follis ce sont pratiquement des œuvres d'art, non ?

Elle avait souri en levant le nez sur Augustin.

— Oui, avait-il abondé, heureux de constater qu'elle ne se moquait pas, les Follis sont parmi les plus beaux vélos jamais construits.

— Je suis parvenu à racheter celui qu'avait Georges Martin sur le Tour 1949, avait repris Robert. Il est dans la chambre, là-haut, je vous le montrerai tout à l'heure.

La conversation avait donc glissé des dernys à l'épopée des ateliers Follis, à Lyon, jusqu'à la chute, au début des années 1970, qui avait consterné les passionnés.

— C'est à ce moment-là que j'ai commencé à racheter tous les Follis qui me tombaient sous la main, avait expliqué Robert. Enfin, ceux du Tour. Les coureurs me les vendaient volontiers, ils n'avaient pas conscience que c'était la fin d'une époque.

— C'est un plaisir, pour vous, de collectionner ? s'était enquis Augustin.

— Ah non, ce n'est pas collectionner. C'est pouvoir me souvenir, les avoir là, dans la maison, pour les regarder. Chacun a son histoire, et des vélos comme ça, on n'en reverra plus jamais.

— Robert n'aime pas que les choses disparaissent, avait ajouté doucement Colette. C'est sa façon à lui de lutter contre le passage du temps.

— Voilà, s'était félicité son mari : dans mon petit domaine, celui de la bicyclette, je résiste !

Et il avait eu un rire bref et joyeux en levant son verre.

— Et vous, avait repris Colette après un silence et sans cesser de s'activer, qu'est-ce que vous faites donc dans la vie? Vous nous faites parler mais on ne sait rien de vous.

— J'ai dû vendre ma maison, je vous l'ai dit l'autre jour. Et là, je me suis installé à l'hôtel.

— Ce n'est pas une occupation, ça.

— Mon métier, vous voulez dire? Ce n'est pas un métier non plus. J'écris.

— Vous écrivez quoi?

— Des livres. Des romans.

Augustin avait commencé à se sentir mal à l'aise parce qu'il connaissait cette conversation. Elle se perdait généralement dans un silence embarrassé quand les gens découvraient qu'ils n'avaient lu aucun de ses romans, que même son nom ne leur disait rien.

— De vrais livres? avait poursuivi Colette, l'air de ne pas y croire. Je veux dire : des livres qu'on trouve dans le commerce?

— Dans les librairies, oui.

— Au final, vous êtes écrivain, quoi, avait lâché Robert. Ce n'est pas trop...

Mais Colette l'avait interrompu, soudain assez excitée.

— Comment vous appelez-vous? Vous êtes connu?

C'était à ce moment-là que les choses se gâtaient, qu'Augustin regrettait de ne pas avoir menti dès le départ en prétendant être architecte, représentant de commerce ou employé de mairie, car quand ils découvraient son nom, les gens étaient inévitablement déçus. «Jamais entendu parler», disaient les moins bien élevés. Comment relancer la conversation après ça ?

— Je ne suis pas connu, non. Et je suis certain que vous ne me connaissez pas.

— Dites-nous quand même votre nom.

— Augustin Revel.

Il y avait eu le silence habituel.

— Moi, de toute façon, je ne lis pas, avait dit tout bas Robert, donc je ne risque pas de vous connaître.

— Moi, je lis, mais je ne vous connais pas, avait ajouté Colette.

— Ça n'a aucune importance, parlons d'autre chose.

— Mais non, pourquoi ? Dites-nous ce que vous écrivez. Des romans d'amour ? Des romans policiers ?

En somme, Colette avait refusé de fuir le problème et Augustin s'était trouvé dans l'obligation de parler de son travail. D'essayer du moins.

— Je ne sais pas, avait-il commencé. Si j'avais avec moi un de mes livres, je vous le donnerais.

— Comment ça, vous ne savez pas ? Vous savez bien ce que vous écrivez !

Elle s'était emportée et Robert avait aussitôt souri pour qu'il ne le prenne pas mal.

— Des choses sur la vie, avait rétorqué Augustin. Des choses que nous portons tous plus ou moins en nous mais que nous ne parvenons pas à exprimer. Des choses que nous préférerions taire, aussi, parfois.

— Mais avec des personnages ? Une histoire ?

— Avec des personnages, oui. Et je suis généralement l'un de ces personnages.

— Ce ne sont pas vraiment des romans, alors...

Elle avait eu cet imperceptible rictus de suspicion qu'Augustin connaissait bien et qui lui avait rappelé les bons conseils du frère aîné, quand celui-ci voulait à tout prix l'empêcher de publier son premier roman : « Avec le talent que tu as, pourquoi n'écris-tu pas de véritables romans au lieu de raconter ta vie et celle de notre famille ? »

— Je ne sais pas, s'était agacé Augustin, j'écris ce que *je dois* écrire, au moment où le livre s'impose à moi, au moment où il est prêt à venir, et je me moque de savoir si c'est un roman ou autre chose.

Colette avait accusé le coup.

— Je ne voulais pas vous blesser, excusez-moi. Après tout si je ne vous connais pas, c'est de ma faute, pas de la vôtre. Non, mais j'écoutais l'autre jour à la radio une femme qui m'a mise en colère. Il se trouve que j'avais acheté l'un de ses livres quelque temps plus tôt, *Une semaine de vacances*, je ne peux même pas vous dire... Je l'ai jeté dans la cheminée, ce livre, je l'ai brûlé, je ne voulais pas garder ça chez moi une minute de plus. Je ne sais pas comment on peut écrire des horreurs pareilles – et sous un tel titre. Je pensais tomber sur quelque chose d'amusant, de distrayant, c'est vrai, *Une semaine de vacances*, ça donne envie, non ?, un peu comme *L'Échappée belle* d'Anna Gavalda, ça, entre parenthèses, c'est vraiment formidable, je l'ai dévoré, ça vous regonfle le moral, eh bien j'ai été servie en fait de « vacances » !

Augustin avait soudain senti que son cœur était trop à l'étroit dans sa poitrine.

— *Une semaine de vacances* est un livre magnifique, Colette. Horrifiant mais magnifique, comme l'est *Si c'est un homme* de Primos Levi, ou *Mars*, de Fritz Zorn.

— Vous l'avez lu ?

— J'ai lu tous les livres de Christine Angot.

— Ah c'est ça, c'est elle ! Je cherchais le nom de cette femme...

— Je lui ai même écrit pour lui dire combien ce texte nous était désormais indispensable. Quand je vous parlais tout à l'heure des choses indicibles de la vie que nous essayons d'exprimer, eh bien j'aurais pu vous citer Angot, *Une semaine de vacances*, ou *Vu du ciel*, son premier roman.

— Vous avez raison, parlons d'autre chose, avait subitement tranché Colette, posant un instant sa main sur le poignet d'Augustin. Vous êtes là, je suis touchée que vous soyez venu, que vous ayez pensé à nous, je n'ai pas envie de gâcher cette rencontre.

Robert avait de nouveau rempli les verres, coupé du saucisson, Augustin avait regretté de s'être énervé et, revenant au vélo, ils avaient repris la conversation commencée au bord de la nationale quelques jours plus tôt. Augustin avait interrogé Robert sur sa brève carrière de coureur cycliste et, de là, ils en étaient arrivés à sa rencontre avec Colette, du côté d'Hagondange, à l'issue de la fameuse épreuve sponsorisée par les chips Flodor. Augustin avait demandé à voir les photos de Colette habillée en chips et, entre les albums et les journaux de l'époque, la soirée l'avait transporté très loin de ses soucis.

Maintenant au lit, il respire calmement, allongé sur le dos, songeant qu'il aimerait que la nuit se prolonge, qu'elle le dispense du jour à venir pour quelques semaines au moins. Trois ou quatre, tiens, comme l'éclipse que s'était accordée la mère. « J'aurais dit trois ou quatre semaines, maman. » Il n'est pas pressé de retourner à l'inextricable chaos qu'est devenue sa vie – ses enfants qui le cherchent, ses affaires éparpillées entre Aurillac et Verdun, le poids du livre à venir qu'il ressent soudain comme une menace. Et s'il n'arrivait pas à l'écrire ? Si l'énigme de la mère lui demeurait impénétrable ? Il entend que son cœur s'emballe. Il a cru que ce livre le sauverait, or voilà qu'il pressent soudain qu'il pourrait le tuer. Ce n'est pas la première fois que la perspective d'échouer à écrire un livre revient à le menacer de mort, mais c'est la première fois, songe-t-il, qu'il n'a même plus un endroit à lui où reprendre des forces. Un bureau où s'enfermer avec ses auteurs préférés et ses photos. Il se souvient combien la lecture de Richard Ford, et plus précisément d'*Indépendance*, quelques années plus tôt, tandis qu'il était perdu dans un gros roman, lui avait redonné confiance tout en réveillant son désir d'écrire. Jusqu'ici, il s'en est toujours tiré, mais cette fois, en dépit des heures passées sur ses photos, derrière sa loupe, il n'a toujours pas ne serait-ce que l'intuition de la première phrase. Et si l'énigme de la mère... Maintenant son cœur cogne douloureusement et l'angoisse le fait abondamment transpirer. Il a le dos mouillé, le front moite. S'il avait son téléphone, il appellerait Curtis. Curtis n'aurait pas la solution, bien entendu, mais il lui dirait quelque chose comme : «Je ne me fais pas de souci, Augustin, vous allez trouver. Ce sont des moments pénibles que traversent tous les écrivains.» Au besoin, il lui rappellerait les mots de Jules Renard : «Les forts n'hésitent pas. Ils s'attablent, ils sueront. Ils iront au bout. Ils épuiseront l'encre, ils useront le papier. Cela seul les différencie, les hommes de talent, des lâches qui ne commenceront jamais. En littérature, il n'y a que des bœufs.» Augustin trouve réconfortant d'être comparé à un bœuf car c'est dire qu'il peut y arriver, que ce n'est pas une question de talent, ni d'intelligence, ni de culture, mais seulement d'entêtement, de pugnacité. Tout à fait comme le vélo. N'empêche qu'à cet instant il préfère le vélo. J'aurais dû faire coureur cycliste, songe-t-il, les coureurs n'ont pas à se torturer l'esprit, ils n'ont qu'à rouler. Quel confort quand j'y pense. Ou collectionneur de dernys, comme Robert. Il envie Robert à ce moment de la nuit, sa fidèle Colette, son appentis sous les arbres, ses collections de Follis et de dernys, sa maison, sa forêt. Il donnerait bien les quinze ou vingt années qui le séparent de Robert pour prendre sa place. Oui, mais en même temps il n'a pas du tout le bon caractère de Robert, il s'ennuierait à mourir dans la peau de Robert. Au temps d'Agnès, sa première femme, alors qu'il n'avait encore rien publié, il refusait déjà de partir en week-end à la mer pour rester écrire. Écrire de la merde, bien sûr, de la merde à s'en rendre malade, à en vomir, mais peu importe, il voulait à tout prix y parvenir et ce désir-là aplatissait tout le reste. Agnès avait fini par prendre un amant qui l'avait aussitôt emmenée au Touquet, exactement comme Esther vingt ans plus tard. Il est certain que Robert, lui aussi, avait dû emmener Colette au Touquet, et pas une fois comme ça en passant, mais régulièrement, peut-être trois ou quatre fois par an. Toutes avaient envie d'aller au Touquet et en revenaient enchantées. La vie sans l'écriture devait être étonnamment légère, quand on y pense, voire insouciante. Lui ne l'a jamais expérimentée, et cela du fait de cette intranquillité attrapée de la mère. Subitement, il lui en veut violemment de l'avoir condamné à ce quotidien de bagnard – écrire, écrire, écrire encore et toujours, alors qu'il aurait pu être heureux s'il n'était pas sorti du sein de cette cinglée. Merde, il aimerait avoir le droit d'être Robert et d'emmener sa femme au Touquet ! Il est en nage quand il bondit finalement du lit pour courir vers la fenêtre, ouvrir les volets et se tenir immobile et nu dans la fraîcheur de la nuit qui monte de la Woëvre. Inutile d'essayer de dormir dans l'état où il s'est mis. Un clair de lune nappe la vallée d'un bleu d'ardoise, creusant de noirs escarpements, dressant des ombres hirsutes qu'il prend pour des animaux surgis de la forêt. Des hululements se répondent en provenance de la masse sombre des chênes, sur sa gauche. Si Agnès était là, elle saurait aussitôt dire qui chante – « Ça, mon amour, ce sont des chevêches ». Agnès se passionnait pour les oiseaux, elle ne partait jamais sans son guide et ses jumelles. Elle l'appelait « mon amour », tandis qu'Esther l'appelait « mon chéri ». Cela lui fait du bien de penser à Agnès, adorable, une peau de pêche, gentille comme Colette, un peu ce genre de femme. Elle n'aimait pas non plus les livres qui dérangent, il se rappelle qu'elle s'était demandé comment on pouvait trouver un plaisir quelconque à lire Fritz Zorn. Elle aussi devait dévorer Gavalda. Colette était craquante en chips Flodor – il parvient à sourire de sa propre bêtise. Si ça se trouve, la rencontrant à vingt ans (elle trente-cinq, elle avait bien quinze ans de plus que lui), il serait tombé amoureux et c'est lui qui vivrait ici aujourd'hui, à la place de Robert. Alors lui revient soudain ce moment de la soirée où Colette avait parlé d'un autre homme, *avant* Robert justement. Augustin ne suivait plus la conversation que d'une oreille et l'histoire l'avait tiré de sa torpeur. Robert avait dû se vanter et Colette avait lâché : « Tu as beau dire, tu n'es pas le premier. »

Il s'était ensuivi un échange aigre-doux entre eux :

— Oui, Emmanuel, s'était souvenu Robert. Eh bien, il n'est jamais reparu, celui-ci. Je me demande bien quelle vie tu aurais eue.

— Il est certain qu'il était très différent de toi.

— Les événements m'ont servi ! avait-il rétorqué joyeusement. Et toi aussi, ma chérie, parce que c'était un peu une tête brûlée, ce gars-là, non ?

— C'est ce que pensait mon père. Quand il a su ce qui s'était passé en Algérie, il m'a conseillé de l'oublier. Enfin, conseillé... ordonné !

— Il a bien fait.

— Qu'en sais-tu ? Emmanuel n'était pas un homme anodin. Mais je dois reconnaître que je n'ai pas beaucoup souffert. Et quelque temps plus tard je t'ai rencontré.

Augustin avait d'abord pensé que tout cela ne le regardait pas, mais en entendant nommer l'Algérie, sa curiosité l'avait emporté.

— Pendant la guerre d'Algérie, vous voulez dire ?

— Oui, à l'automne 1960.

— Je ne voudrais pas être indiscret...

— Ce garçon avec lequel j'étais plus ou moins fiancée, eh bien, il ne voulait pas partir, et peu de temps après son arrivée là-bas il a déserté.

Il y avait eu un assez long silence. Augustin avait été sur le point de dire que déserter était la seule chose à faire en Algérie si on en avait le courage, mais il avait préféré connaître la fin de l'histoire.

— Et vous ne l'avez jamais revu ?

— Non. J'ai su qu'il n'avait pas été pris et qu'il vivait en Suisse. Un jour, j'ai reçu une lettre de sa mère, mais je n'ai pas donné suite.

— Ah bon, s'était étonné Robert.

— Oui, j'étais enceinte de Delphine. Tu vois, ça ne date pas d'hier.

— Eh bien, avait encore dit Robert.

Et la parenthèse avait été refermée.

Il avait dû y avoir d'autres lettres, songe Augustin, des mots échangés par téléphone depuis des cabines pour ne pas être repérés, mais Colette n'en avait rien dit à Robert. Pour ne pas l'inquiéter sans doute. Elle semblait surprise de n'avoir pas souffert de cette rupture, ou si peu. Enfin, d'après le récit qu'elle en faisait un demi-siècle plus tard. Comment est-ce possible? Aimer un homme un jour et le lendemain se moquer de le savoir traqué? Elle s'était rangée au point de vue du père qui ne voulait pas pour gendre d'une «tête brûlée». Robert avait repris l'expression à son compte, mais Augustin avait deviné qu'elle n'était pas de lui. Colette avait été une jeune fille docile, assez peu romantique, et cela déçoit Augustin. Il imagine l'immense désarroi d'Emmanuel comprenant qu'elle le lâche. Il s'était sans doute figuré qu'elle le rejoindrait dans son exil, en Suisse ou au Canada, et il découvre son inconsistance. Il l'entend. «Papa pense que tu n'aurais jamais dû faire ça... Papa m'interdit de te revoir...» «Papa, papa, et toi tu penses quoi, Colette?» Il avait dû s'énerver et lui raccrocher au nez. Une oie. Comment avait-il pu aimer une oie? Compter sur une oie? Et pendant qu'Emmanuel risquait sa peau, elle avait rencontré Robert, le Poulidor d'Hagondange. Le père avait préféré Robert à Emmanuel et elle avait été d'accord, cette idiote. Augustin s'en veut aussitôt de l'avoir traitée d'idiote, mais au fond il le pense. Il se demande si par la suite elle s'est interrogée. Mais oui, connaissant la Colette d'aujourd'hui, il n'en doute pas. Elle a dû se demander parfois quelle vie elle aurait eue au côté d'un homme si différent de son Robert. Lui est-il arrivé de comparer les deux ? De se dire qu'on a finalement ce qu'on mérite ?

Maintenant, il grelotte. Il retourne vers le lit, en arrache la couverture pour s'enrouler dedans, puis de son bras libre tire le fauteuil jusqu'à la fenêtre. Il va s'installer là, les pieds sur le garde-corps, oui, mais avant il faut qu'il remette la main sur les deux cigarettes que lui a gentiment données Robert. Ah, sur la commode, avec la grosse boîte d'allumettes de la cuisine. Il se cale dans le fauteuil, en allume une – quelle bonne idée il a eue de se remettre à fumer ! Il va attendre le premier rayon qui dissipera les ombres dans la vallée et il s'enfuira. Il laissera un mot de remerciements à Colette et Robert. Il a hâte de se retrouver dans sa chambre d'hôtel, derrière sa loupe.

9.

S'il n'était pas l'homme qu'il est,
il aurait mis cette fille à la porte, bien sûr

Augustin est affamé quand il entre dans Verdun, parti deux heures plus tôt le ventre vide. Affamé mais très excité : tandis qu'il grimpait l'une des côtes de la forêt de Sommedieue, il a soudain repensé à cette photo de sa mère dans le parc du château, cette photo de juillet 1942 où elle se tient en robe longue près de la fontaine, sans la moindre expression dans le regard, et maintenant il a hâte de la revoir comme si elle recelait un secret qui lui aurait échappé. Ce n'est pas la première fois qu'il laisse son esprit s'enflammer au point d'imaginer qu'une photo qu'il a vue cent fois contiendrait une révélation capable de bouleverser sa vie, mais les désillusions passées ne l'ont pas guéri. Cette photo lui est revenue en mémoire d'un seul coup, alors qu'il ne pensait plus à sa mère et songeait même à tout autre chose : au destin d'Emmanuel, le premier « fiancé » de Colette. Il se trouve qu'Augustin a bien connu Jean-Louis Hurst, l'homme qui a osé déserter en pleine guerre d'Algérie et publier simultanément *Le Déserteur*, sous le pseudonyme de Maurienne, aux éditions de Minuit. Jean-Louis

Hurst était un type épuisant, auprès duquel on se sentait toujours coupable de rentrer dormir tranquillement chez soi quand tant de causes auraient mérité qu'on s'engage, et cependant Augustin avait été fier d'être son ami. Hurst était un héros, un authentique résistant, tandis qu'Augustin n'avait connu, enfant, que des planqués de la Seconde Guerre, comme son père, voire des collabos. Si Hurst n'était pas mort quelques mois plus tôt, il l'aurait appelé pour en savoir plus sur cet Emmanuel. Il y avait eu si peu de déserteurs en Algérie, ces deux-là s'étaient forcément connus. Enfin donc la photo de sa mère près de la fontaine avait surgi, alors qu'il pensait au fiancé de Colette précipité du jour au lendemain dans la clandestinité. Pourquoi son cerveau, dans l'air vif du matin, avait-il associé ces deux personnages que tout opposait : d'un côté, sa mère, pleine de morgue pour les Algériens qu'elle considérait comme des égorgeurs, des sous-hommes ; de l'autre, cet Emmanuel qui avait préféré prendre le risque d'être fusillé plutôt que de tirer sur les Algériens ? Cet Emmanuel sur lequel il ne pouvait mettre aucun visage. Un héros, un résistant lui aussi. Et cependant Colette lui avait préféré Robert.

Augustin est essoufflé, en pleine confusion, perdu dans l'entrelacs de tous ces destins dont il ne sait que faire – et songer qu'il n'a toujours pas écrit la première ligne de son livre ! – quand il remonte du sous-sol de l'hôtel où il a enfermé son vélo. En prenant sa clé, il compte demander qu'on lui apporte d'urgence un petit déjeuner et, aussitôt dans sa chambre, s'installer derrière sa loupe.

— Pardonnez-moi, mais je vois que votre femme n'est pas encore descendue, lui rétorque l'homme affable de la réception.

— Vous vous trompez, moi c'est la 8.

— Parfaitement, monsieur. Voyez, la clé n'est plus là et le portier de nuit m'indique ici que Mme Revel, inquiète de ne pas pouvoir vous joindre, est montée dans votre chambre pour vous y attendre. À minuit dix, précisément.

Augustin en a le souffle coupé.

— Ah, très bien, très bien, bafouille-t-il, excusez-moi.

Il évite l'ascenseur, grimpe à l'étage en courant, frappe, et la porte s'ouvre aussitôt comme si « sa femme » se tenait juste derrière.

— J'étais à la fenêtre, je vous ai vu arriver sur votre vélo, dit-elle, vous n'avez même pas levé la tête.

Elle a les yeux rouges et les paupières gonflées d'avoir pleuré.

— Sarah, vous êtes complètement folle !

— J'ai pensé que vous aviez eu un accident. Si vous aviez un accident, qui serait prévenu ?

— Je ne sais pas, je m'en fous, je n'ai pas d'accident. Et puis vous n'êtes pas ma femme, vous ne pouvez pas venir comme ça dans ma chambre.

— Je m'en vais, je voulais juste être certaine que vous n'étiez pas mort. Je m'en vais.

Il la regarde ramasser son sac, son foulard, ses Kleenex froissés sur le plancher, puis sortir un étui d'une main tremblante et se poser gauchement des lunettes de soleil sur le nez.

— Ça va, restez cinq minutes, je vais commander du café et des croissants.

— Je me déteste d'être venue, je gâche tout, je fais toujours tout de travers.

Il voit qu'elle se remet à pleurer.

— Attendez, enlevez ces lunettes et venez vous asseoir, on va prendre le petit déjeuner ensemble.

Il lui a saisi le poignet, alors qu'elle était tout près de la porte.

— Je vous empêche d'écrire.

— Je travaillerai quand vous serez partie.

Elle semble hésiter, renifle, puis revient et pose son sac sur le coin du bureau. Pendant qu'il appelle le room service elle va s'enfermer dans la salle de bains.

En sortant, elle s'efforce de lui sourire.

Il est énervé, pressé d'être seul, et cependant quelque chose en elle le touche.

— Vous n'avez pas du tout dormi, n'est-ce pas.

— Je suis idiote. Je m'imagine toujours des choses affreuses. J'ai eu peur, voilà tout.

— J'étais parti pour deux ou trois heures, Sarah, je ne pensais pas passer la nuit dehors. Je suis désolé.

— Ne vous excusez pas, s'il vous plaît. Vous n'avez pas à être désolé. C'est moi, j'ai honte d'être comme ça.

Elle s'est approchée de la fenêtre tandis que lui se déchausse. Il se demande s'il ne devrait pas prendre sa douche tout de suite. Quand il l'entend de nouveau :

— Ça me semble tellement incroyable de vous avoir rencontré, Augustin. D'être dans votre chambre, d'avoir dormi près de vous l'autre nuit. Je me dis que ça ne peut pas durer, que vous allez forcément disparaître.

— Dix minutes dans la salle de bains, dit-il en feignant de rire. Ça va aller ? Vous allez supporter ?

Elle hausse les épaules, réconfortée de voir qu'il se moque. Il est satisfait d'avoir su trouver les mots pour lui rendre sa bonne humeur. Mais un instant plus tard, sous la douche, il songe que s'il n'était pas l'homme qu'il est, il aurait mis cette fille à la porte, bien sûr. Il s'agace de surprendre une nouvelle fois Toto en lui. Et comment pourrait-il en être autrement, alors que c'est de son père qu'il a tout appris ? Son père qui se faisait cracher au visage, humilier, piétiner (et pas uniquement par sa femme), et qui au lieu d'exiger des excuses s'aplatissait pitoyablement – « Mon petit, mon Minou, calme-toi, je t'en conjure ! Je te promets que tu n'entendras plus jamais parler de cette histoire... ». Sera-t-il un jour un homme capable de mettre quelqu'un à la porte ? Ou de donner une gifle comme il avait vu son parrain le faire à sa mère ? Il l'espère vaguement, mais il est aussi conscient qu'il pourrait mourir avant. Dommage, il aurait bien aimé connaître ça, et à ce moment l'image le traverse d'un Augustin envoyant valser une porte à la figure de quelqu'un. Oui, d'accord, mais il ne voit pas qui.

Entre-temps, le petit déjeuner a été monté et Sarah a joliment disposé les tasses, les jus de fruits et les croissants sur le guéridon, près de la fenêtre ouverte. Dans un instant, le premier rayon entrera dans la chambre. Elle est en train d'approcher le fauteuil. Lui se dit qu'il prendra la chaise.

— Laissez, je vais le faire.

Il lui verse du café, lui tend la corbeille des croissants.

Puis il se sert et commence aussitôt à manger.

— Ça ne va pas ? Vous n'avez pas faim ?

— Si, dit-elle.

Elle détache un morceau de croissant qu'elle garde dans sa main.

— Vous étiez joli, tout à l'heure, sur votre vélo.

Il lui rend son sourire.

— Vous voudrez bien qu'on s'allonge un peu, après ? Juste cinq minutes et puis ça ira, je m'en irai.

— D'accord. Buvez votre café, il est très bon.

Mais alors la photo de sa mère près de la fontaine lui revient à l'esprit. Il avait une hâte folle de la revoir et il n'y a plus pensé avec tout ça.

— Excusez-moi, dit-il la bouche pleine.

Il bondit jusqu'au bureau, la cherche un instant dans le tas de ses vieux clichés, la retrouve et se penche au-dessus d'elle avec sa loupe.

C'est le regard de sa mère qui l'intéresse. Vide, comme prévu. Mais les paupières gonflées. Enfin peut-être. On dirait qu'elle a pleuré, ou qu'elle se réveille juste d'une trop longue nuit. Alors il repense au sirop du docteur Mauriac contre la mélancolie. Un truc qui devait endormir, abrutir. Qui lui en a parlé de ce sirop ? Ça ne peut être qu'Armand.

D'ailleurs, cette photo lui a été donnée par Armand, mais oui, forcément, puisque c'était avant qu'elle rencontre Toto. Quand toute sa famille lui a tourné le dos, après la publication de son premier roman, Armand l'a appelé depuis Bordeaux : «Écoute-moi bien, mon petit : ton oncle Armand sera toujours là pour toi. Tu as écrit ton livre, je n'en pense pas que du bien, mais tu y tenais et tu l'as fait. On ne va pas revenir là-dessus. Entre nous, ta mère, ce n'était pas une marrante et vous n'avez pas rigolé tous les jours. Je veux te dire qu'à mes yeux tu restes mon petit neveu. Tes frères et sœurs sont des cons, voilà tout. Viens quand tu veux, ta tante et moi serons ravis de te recevoir. Allez, je t'embrasse, mon poulet.» Augustin avait fait trois voyages à Bordeaux, puis Armand était mort sans lui avoir jamais vraiment parlé de sa sœur. Il écoutait les questions, se levait pour aller lui chercher quelques photos inédites, mais il s'arrangeait pour ne pas lui répondre. Mica était morte également, mais de Mica Augustin n'avait jamais rien attendu.

Il retourne la photo : «Juillet 1942». Il aurait dû demander à Armand à qui appartenait cette écriture, puisqu'il ne reconnaît pas celle de sa mère. Armand n'aurait pas pu lui refuser ça. Il n'y a pas pensé, c'est idiot.

Il va vers la fenêtre, repousse les battants, tire les rideaux, finit son café debout.

— Venez Sarah, dit-il en lui tendant la main, on se repose un moment, j'en ai besoin aussi, et après vous me laisserez travailler.

Elle se lève et le suit, le regarde s'allonger tout habillé, puis elle s'assoit au bord du lit, enlève ses chaussures et vient se mettre contre lui, son visage posé sur sa poitrine, une jambe en travers des siennes. Il lui enlace le cou, du bout des doigts lui effleure la tempe, le sourcil, le nez, puis s'arrête sur ses lèvres.

Ils ne bougent plus. Lui repense à l'écriture derrière la photo, une écriture d'homme, peut-être celle du héros de 14-18, songe-t-il. Il s'en veut de ne pas avoir demandé à Armand. Sarah respire calmement, il sent son souffle sur ses doigts et son corps contre le sien lui procure une légère ivresse. Il ferme les yeux, toute la fatigue de la course du matin l'accable soudain, il a l'impression confuse et délicieuse d'avoir la tête qui tourne, de peser, de s'enfoncer.

— Vous avez dormi, dit-elle.

— Longtemps ?

— Non, peut-être vingt minutes. C'est une moto qui vous a réveillé.

— Et vous ?

— Moi non, je vous ai regardé. L'autre nuit, non plus, je n'ai pas dormi, je me dis que je dois profiter de chaque minute.

— Sarah, si vous saviez comme je suis perdu, vous arrêteriez de me placer si haut.

— Et vous, si vous saviez la place que vous tenez dans mon cœur...

— Oui, eh bien quoi ? Qu'est-ce que je ferais si je savais ?

Il a dit cela en riant et en s'écartant pour chercher son regard.

— Vous m'aimeriez, vous me garderiez.

Comme il voit que ses yeux se sont remplis de larmes, il sourit et resserre l'étreinte autour de son cou.

— D'accord, je vous garde.

— Vous riez, vous vous moquez.

— Je ne vais pas me mettre aussi à pleurer.

Elle se serre contre lui, remonte sa jambe sur les siennes. Un instant plus tard, elle défait un bouton de sa chemise et glisse une main dessous.

— Vous avez toujours envie de faire l'amour? s'enquiert-il.

— Oh oui! Mais je peux très bien m'en passer, je vous l'ai dit.

Il n'y pensait pas un moment plus tôt mais, là, il en a peut-être envie. Envie d'embrasser cette fille. La dernière fois, c'était Mathilde, dans sa maison. Il se rappelle subitement qu'il avait promis à Mathilde de lui donner des nouvelles et qu'il ne l'a pas fait. Si Mathilde avait été libre... Mais il n'achève pas, se redresse sur un coude, plonge ses yeux dans ceux de Sarah, et puisqu'elle est d'accord, il l'embrasse.

Ensuite il la déshabille, elle le regarde faire, il ne lui laisse que sa culotte pour avoir le plaisir de la lui retirer plus tard. Quand, à son tour, il se met nu, à genoux au-dessus d'elle, elle l'aide à se déboutonner, concentrée, les bras tendus – sa chemise, puis son jean.

Il est heureux d'éprouver du désir, il n'y pensait plus et soudain c'est là, éteignant momentanément tout le reste, lui enflammant le cerveau, la poitrine, l'occupant complètement. Il n'a plus d'endroit à lui nulle part, sa vie est en lambeaux, il pourrait aussi bien mourir que tout le monde s'en foutrait, et cependant il est tout à cette chose extravagante : faire l'amour, s'épuiser dans le corps d'une femme qu'il connaît à peine jusqu'à en perdre le souffle. Ça vient d'où, ça remonte à quand, cette sauvagerie ?

Après ça, il se rendort, et quand il se réveille Sarah a sombré dans le sommeil, à plat ventre, le nez dans l'oreiller. Il ne trouve pas désagréable qu'elle soit là finalement. Il va se lever et se mettre au travail – ses photos, sa loupe, son cahier pour noter ce qui lui vient. Esther dormait tard le dimanche matin et il aimait écrire tout en l'entendant respirer derrière lui. Mais il ne se lève pas, il repense à la photo de juillet 42 au château de Cestas, à la fontaine à laquelle ses frères et lui venaient se désaltérer, à la tante Germaine sur laquelle tout l'état-major allemand serait passé. Mais non, crétin, pas les Jeep et les tanks ! Il sourit, puis ne sourit plus. Les Allemands étaient donc dans le coin, peut-être même occupaient-ils une aile du château, ça aussi il aurait pu le demander à Armand. Étaient-ils déjà là, en juillet 42 ? Qui a bien pu prendre cette photo ? Est-ce le même qui a inscrit la date au dos ? Une écriture d'homme, il en est certain. La tante Germaine était morte, il avait entendu sa mère en prononcer l'oraison funèbre – « Eh bien, ça ne sera pas une grande perte pour l'humanité, quelle garce, celle-ci ! » – mais il ne saurait pas dire quand. Après l'expulsion, on ne les avait plus tenus au courant de rien. Des galeux, des pestiférés. Ni enterrements ni mariages ni baptêmes. On ne voulait surtout pas les voir débarquer à Bordeaux. À part Armand, personne n'avait voulu donner un sou pour Suzanne et Toto qui faisaient des gosses comme les Noirs, sans se préoccuper de savoir comment ils les élèveraient. La plupart des oncles et tantes qu'il a connus, enfant, aux vacances de Pâques, doivent être morts à présent. De longs adultes en culotte de cheval, veste à chevrons et pull-over jaune pour les hommes, froufrous, bijoux et narines palpitantes pour les femmes, qui les considéraient avec amusement et peut-être un peu de dégoût, comme on regarde une portée de chiots. C'est mignon, mais aussi bien ils pourraient vous pisser dessus ou vous renifler l'entrejambe en remuant la queue. Tous morts, enfin peut-être pas, d'ailleurs. Qui peut bien habiter le château aujourd'hui ? À l'époque, c'était la vieille Bobo, la mère de Germaine et des autres. Sûrement morte, ça lui ferait dans les cent trente ans. Qui peut bien... Et soudain, l'illumination, Augustin sait ce qu'il va faire : retourner à Cestas ! Retourner au château et interroger ceux qui s'y trouveront. Des vieillards, à n'en pas douter, qui ne se rappelleront même pas son prénom mais seront troublés en apprenant qu'il fut l'un des chiots de Suzanne et Toto. « Oui, mon oncle, le quatrième. — Et qu'est-ce que tu viens donc chercher par ici, mon petit ? Si c'est de l'argent, tu perds ton temps. Nous avons toujours refusé d'en prêter à tes parents et nous avons bien fait : j'ai appris qu'ils étaient morts en laissant derrière eux des millions de dettes. Ce ne sont pas des façons. — Je n'ai pas besoin d'argent, mon oncle, je voudrais juste que vous me racontiez... »

Comment n'y a-t-il pas pensé plus tôt ? Pendant des décennies les malheurs de Suzanne et Toto avaient dû alimenter la chronique quotidienne au château. Savoir Suzanne et Toto s'éclairant à la bougie dans une cité ouvrière, leurs enfants qu'ils avaient connus en costume marin désormais habillés par le Secours catholique... Un retour à la barbarie, en somme. Comment Suzanne avait-elle pu tomber si bas ? Par la suite, les rejetons des oncles et tantes, instruits par leurs parents de la chute honteuse de Suzanne du fait de son mariage avec un petit nobliau incapable et désargenté (« Tu ne me croiras pas, il vend des aspirateurs dans les cages d'escalier. — Non, tu veux rire ! — Juré ! Moi-même, je n'y croyais pas et j'ai appelé le grand patron : Pouvez-vous me confirmer que vous employez bien comme représentant le baron Théophile de Machin-Chose, dit Toto ? Eh bien parfaitement, il me l'a immédiatement confirmé. »), les rejetons, donc, avaient dû poursuivre et enrichir la discussion. Tout ce qui pouvait expliquer une telle catastrophe dans la personnalité de Suzanne, de sa naissance à son mariage, en juin 1944, avait dû être cent fois noté, soupesé, analysé, disséqué. S'il existe au monde un endroit où découvrir la vérité sur sa mère, sur sa mélancolie, sur ce regard vide de juillet 42, c'est au château, bien sûr.

Il n'a rien à faire à Verdun, il va partir dès aujourd'hui même. Se lève prudemment pour ne pas réveiller Sarah et cherche son téléphone. Onze heures passées de quelques minutes, il peut être sur la route à midi. Ah, mais Laetitia a encore cherché à le joindre. Six appels en absence. Et quatre d'Alice. Elles ont dû se donner le mot. Il rappellera l'une ou l'autre d'une aire de repos. Je vais m'installer à Bordeaux, ma chérie. Oui, un retour aux sources, tu as parfaitement raison. (Merde, voilà qu'il parle de nouveau comme Toto.) Très bien, mon chou, très bien... J'ai traversé quelques jours difficiles, mais maintenant je me sens totalement remis. Ne te fais pas de souci, dès que j'ai trouvé quelque chose qui me plaît je te préviens. Mais oui, avec un jardin, bien entendu. Promis. Allez, je te laisse, on m'appelle sur une autre ligne. Il téléphonera à l'une ou l'autre dans l'après-midi, il le faut, sinon elles vont finir par alerter la police.

Il enfile son slip et son jean, et tout en prenant soin de ne pas faire de bruit entreprend d'enfourner ses affaires dans son sac de voyage. À l'instant où Joseph ouvrait les portes de la Traction, le parfum du parc lui faisait accélérer le cœur. L'odeur épicée et chaude des résineux à laquelle se mêlaient des effluves de crottin. Tous les hommes montaient à cheval au château. Le vent était tiède. Mica surgissait la première sur le perron. Pendant que Joseph déchargeait les valises sur un parterre de gravier blanc éblouissant et que sa mère et Mica s'étreignaient, Augustin guettait si sa grande cousine Gwenaëlle n'allait pas apparaître, elle aussi. Ils iraient ensemble chercher le vélo dans les écuries et tout recommencerait comme l'année précédente. Il la regarderait d'en dessous, ses cheveux blonds vaporeux, ses longs cils, les ailes roses de son nez, sa bouche. « Pourquoi tu me regardes comme ça, Augustin ? (s'accroupissant pour le prendre dans ses bras). – Je ne te regarde pas. – Mais si ! Et tu rougis ! Tu es joli, tu sais. Je peux t'embrasser, là, sur la joue ? » Il s'interrompt net. Sarah, tout à l'heure. Comment a-t-elle dit ? « Vous étiez joli sur votre vélo. » À tant d'années d'intervalle, il n'en revient pas. Il s'approche du lit. Il est tenté de l'embrasser sur la nuque, mais il est surtout pressé de s'en aller, or s'il a le malheur de la réveiller, elle va se remettre à pleurer en comprenant qu'il part. Et comment lui expliquer l'urgence ? Il ne sait même plus s'il lui a dit sur quoi il travaillait, le sujet de son prochain livre. Il va lui écrire un mot qu'il laissera en évidence sur le bureau.

10.

Personne n'aimait donc personne dans cette famille ?

Bon, aucune nouvelle de Sarah ni de ses filles. Tant mieux. Il a bien roulé, il ne doit plus être très loin de Nevers. Tout en pissant contre un arbre, il surveille du coin de l'œil la Peugeot dont il a laissé la portière ouverte. Pour bien faire, il faudrait qu'il soit à Nevers avant la nuit, sinon il va avoir du mal à dénicher un hôtel. Un hôtel qui accepte qu'il monte ses deux vélos dans sa chambre, à moins qu'ils aient un local qui ferme à clé. « Ça ne craint rien, vous pouvez les laisser sur le toit. » Certainement pas. Les hôteliers s'imaginaient qu'il transportait d'infects VTT achetés en discount chez Édouard Leclerc, ils n'avaient aucune idée de la valeur de ses vélos. « Un Singer, ça vous dit quelque chose ? Alex Singer, Levallois... » Ils confondaient généralement avec les machines à coudre. La première heure de route avait été pénible, sous le soleil de midi, le pare-brise dégueulasse et cette odeur de banane pourrie qui flottait dans l'habitacle. Il avait dû rouler les quatre fenêtres ouvertes, et du coup des papiers s'étaient envolés de la plage arrière, une grosse liasse, d'un seul coup, flop ! alors qu'il dépassait sur une voie rapide à près de cent trente. Probablement ses relevés de compte bancaire – pour ce que ça servait, hein ? Après ça, il s'était arrêté dans une station-service. Tu m'étonnes que ça sentait la banane pourrie : il y en avait trois ou quatre qui se décomposaient sous le siège du passager. Elles avaient commencé à imbiber le tapis de sol et il avait jeté le tout, nettoyé son pare-brise, vérifié le niveau d'huile – « Enfin, Toto, qu'est-ce que tu fiches encore sous ce capot ? — Je vérifie l'huile, mon petit. » Plus personne ne semblait craindre de couler une bielle, de nos jours, à part Augustin et quelques vieux types qu'il observait avec sympathie se précipiter sous leur capot, à peine arrêtés. L'expression elle-même, « couler une bielle », avait d'ailleurs complètement disparu du langage courant. Il y avait comme cela... Mais levant les yeux, il est soudain frappé par la beauté du paysage dans le soleil frisant, un bosquet de jeunes arbres dont les troncs flamboient et comme de la poussière d'or flottant sur la vaste prairie, derrière la Peugeot. Au temps où ils voyageaient en famille, ils se seraient arrêtés pour dîner dans un tel endroit. De la salade, du jambon italien, du fromage, des abricots. Puis les enfants auraient joué à s'attraper dans les herbes hautes, ils seraient allés se cacher dans le petit bois pendant qu'Esther et lui rangeaient le pique-nique. Les enfants étaient toujours très excités à ce moment de la soirée, comme s'ils savaient que les minutes leur étaient comptées. Et à l'instant où tout s'éteignait, où l'or de la prairie tombait en cendres, ils revenaient subitement s'asseoir. Une brise légère se levait qui les faisait frissonner. « On s'en va bientôt, papa ? » Ils prétendaient être fatigués, ou avoir froid, mais en réalité ils avaient un peu peur. Ils avaient hâte de retrouver les lumières d'une ville, d'être à l'hôtel, de découvrir leur chambre. Il s'adosse au flanc de la Peugeot et il allume une cigarette. Lui n'aime pas non plus ce moment où le vent se lève, où la nuit et l'humidité semblent sourdre des herbes quand un instant plus tôt on avait envie de se coucher dedans. Le vent qui surgit d'on ne sait où, comme un mauvais présage, l'air de dire : « Partez, partez vite maintenant, sinon les ténèbres pourraient vous engloutir. » Il veut revoir ce spectacle de la prairie qui brusquement s'éteint, il se demande si de nouveau le vent... Et quand le vent se lève, en effet, il frissonne.

C'est le moment que choisit son téléphone pour sonner.

— Augustin ! J'ai eu peur que vous ne décrochiez pas.

— Je regardais le soleil se coucher.

— Je vous dérange alors ?

Il a failli répondre « non, au contraire », mais quelque chose l'en a retenu.

— Vous êtes arrivé à Bordeaux ?

— Oh non, je n'ai même pas fait la moitié, je crois.

Il cherche comment lui exprimer qu'il n'est pas mécontent qu'elle l'appelle, à ce moment-là du soir justement.

— Vous avez dormi tard ? s'enquiert-il.

— Jusqu'à trois ou quatre heures. Merci d'avoir payé la chambre, personne n'est venu m'embêter.

— Ils vous prennent pour ma femme, Sarah – « Et donc votre femme garde la chambre ? ».

Elle ne relève pas. Il l'entend respirer.

— Et merci de m'avoir laissé un mot, reprend-elle après un silence. Pendant un moment, j'ai cru que vous étiez parti comme ça.

À présent, c'est lui qui ne trouve rien à répondre.

— Vous me l'aviez dit que vous vouliez écrire un livre sur votre mère, lui rappelle-t-elle. Et que vous aviez dû vendre votre maison, vous me l'aviez dit aussi. Vous allez rester longtemps à Bordeaux ?

Il y a de nouveau un silence. Il est embarrassé par la façon dont elle a formulé sa question – comme s'il allait revenir à Verdun après Bordeaux, alors qu'il ne possède rien à Verdun, que rien ne l'attache à cette ville plutôt qu'à une autre.

— Je ne sais pas, dit-il.

— Je vous aime, Augustin. Je ne peux pas vivre sans vous.

Elle l'a dit très vite, et elle semble essoufflée. Ses mots sont tombés en lui comme des pierres. Ils mettent trois ou quatre secondes peut-être à réveiller le souvenir d'Agnès – « Je ne peux pas vivre sans toi, Augustin ». Quand il partait en voyage. Puis elle avait rencontré un autre homme et en quelques jours Augustin avait cessé de l'intéresser. Il aurait pu disparaître que ça ne l'aurait pas empêchée de dormir.

— Vous avez entendu? ajoute-t-elle précipitamment.

— Oui.

— Mais vous ne me croyez pas. Vous pensez que ça va passer.

— Je ne sais pas, Sarah.

— Maintenant que je vous ai rencontré...

— Oui, je sais, maintenant que vous m'avez rencontré, je ne vais pas pouvoir me débarrasser de vous. Vous avez eu la gentillesse de me prévenir.

— Promettez-moi une chose, vous voulez bien?

— Non. Pas avant de savoir quoi.

— Promettez-moi de décrocher quand je vous appelle. Promettez-moi de ne pas disparaître.

— Je décrocherai, je vous le promets.

— Vous dites ça pour que je vous laisse tranquille?

— Non, mais le soir tombe, il faut que je reprenne la route sinon je ne vais pas trouver d'endroit où dormir.

— Oh pardon! Bien sûr. Excusez-moi... Je vous laisse. Soyez prudent. Je vais beaucoup penser à vous, Augustin.

Il s'entend formuler un «Merci», et puis il raccroche. Sarah va penser à lui, là-bas, à Verdun, dans sa maison qu'il ne connaît pas, dans son lit, et demain sûrement dans sa librairie. «Merci», comme on le dit à son dentiste, ou à son plombier. Un peu plus tard, tandis qu'il entre dans les faubourgs de Nevers, il est tenté de la rappeler. Mais alors il cherche un hôtel et ensuite il n'y pense plus.

« Mon vieux, elle commence à me faire braire. » Toto avait mis des années avant de parler de sa femme avec cette incroyable vulgarité. Jamais il n'aurait dit une chose pareille après l'expulsion, quand elle traînait à moitié nue sous une blouse de ménage dans les pièces exiguës du « taudis ». Après l'expulsion, on le sentait abasourdi par le spectacle qu'offrait sa femme. Il se pensait responsable de ce désastre et quoi qu'elle fasse – se cacher, hurler, lui sauter à la gorge, il la suppliait : « Mon petit, ma chérie, mon Minou, je t'en conjure, donne-moi quelques semaines et je te sors d'ici. J'ai quelque chose en vue boulevard Suchet. Rue Raynouard également. Quelques semaines seulement. » Il tentait de la prendre dans ses bras, on voyait qu'il la trouvait toujours jolie en dépit de ses joues qui avaient fondu, de son grand nez et de ses cheveux sales qui lui tombaient de chaque côté du visage comme des paquets d'algues. D'ailleurs, elle avait été bientôt de nouveau enceinte. Et puis encore une fois, alors qu'ils habitaient le « taudis » depuis trois ans et que Toto lui promettait un dernier étage avec terrasse rue des Belles-Feuilles, à trois pas du Trocadéro. Ceux de Bordeaux avaient dû savoir pour les deux nouveaux petits chiots, une portée de dix désormais, ne serait-ce que par l'oncle Armand qui passait une ou deux fois par an embrasser sa sœur et lui glisser quelques billets dans la poche, et Augustin, que le jour a réveillé vers six heures dans sa chambre d'hôtel, au-dessus de la gare de Nevers, essaie maintenant de se figurer ce qu'ils ont pu en dire au château. Il semblait que depuis toujours Toto avait été pour eux un objet de dérision. Enfant, Augustin avait entendu qu'ils surnommaient son père « le petit baron », ou « Toto-Tornado » parce qu'il vendait des aspirateurs. Même Armand souriait d'une façon qu'Augustin n'aimait pas quand il parlait de Toto. Plus tard, Armand lui avait livré la clé de ce sourire quand il avait évoqué la sexualité de sa sœur – « Écoute-moi, mon petit, ta mère, elle aimait ça, elle en avait besoin, et Toto, il ne fallait pas le lui dire deux fois ». Parlant plus bas, Armand avait expliqué à Augustin qu'en ce temps-là les hommes se retiraient, de sorte qu'aucun des oncles n'avait plus de quatre ou cinq enfants. « Tu comprends, mon poulet ? Tu me suis ? Tandis que Toto... Je ne sais pas, j'aurais peut-être dû lui parler. » Augustin avait deviné que l'ignorance ou la maladresse de son père avait été un sujet d'hilarité au château. Pendant qu'ils n'en finissaient pas de s'effondrer, on riait d'eux à Bordeaux. Personne n'aimait donc personne dans cette famille ? Sans doute. Ce pourquoi la mère se mettait à trembler en sortant de la gare Saint-Jean, aussitôt qu'elle apercevait Joseph et la Traction. Mais à condition de « tenir son rang », on était au moins respecté. En tombant de Neuilly à la cité ouvrière, la mère avait dû imaginer ce qu'on allait dire d'elle au château. Tiens, c'est la première fois qu'Augustin voit les choses *du point de vue* de la mère. Elle qui les haïssait tous plus ou moins, songe-t-il, elle avait dû se projeter le film du repas qui avait suivi l'annonce de leur expulsion. Oui, ça ne faisait aucun doute. «Cette pauvre Suzanne, décidément... — Mais aussi, qu'est-ce qui lui est passé par la tête d'aller s'amouracher de ce petit baron ! — C'est vrai ! Celui-ci, tu l'as vu une fois, tu as tout vu. — Qu'est-ce que tu en sais ? Il a peut-être des charmes cachés. La preuve ! — La preuve, la preuve... La preuve par le lit, tu veux dire ? — Édouard a raison, tous ces petits n'ont pas été conçus par la voix du Saint-Esprit, n'est-ce pas, il a bien fallu que cette pauvre Suzanne... — Cette pauvre Suzanne ! Comme tu y vas, toi ! Il ne l'a pas violée que je sache... — En tout cas, moi, tu me paierais que jamais ! — Oh, tu exagères, le petit baron n'est pas si vilain. — Un oreiller sur la tête, jamais ! Ah ça ! — Odile, tu es vraiment impossible ! » Etc., etc. Augustin, terriblement concentré, parlant tout bas dans son lit, se demandant s'il ne devrait pas se lever pour écrire ce dialogue avant de l'oublier. Puis l'oubliant. Le jour même du mariage, se dit-il, ils n'avaient dû faire qu'une bouchée de Toto, ces enfoirés, l'oncle Édouard et son Odile, la tante Germaine et son Albert, l'oncle Arnaud et sa Rita, l'oncle Louis et sa Monique, mais sournoisement, n'est-ce pas, ricanant entre deux portes, car à ce moment-là Henry, le héros de 14-18, était encore vivant, avec sa rosette de la Légion d'honneur à la boutonnière, sa croix de guerre et son pied foutu. Personne n'aurait osé se moquer de Suzanne en présence de son père. Après sa mort et celle d'Eugénie, qui ne lui avait survécu que quelques semaines, Suzanne s'était retrouvée seule. Un autre que Toto l'aurait accompagnée au château, bien entendu, un mètre quatre-vingt-dix, culotte de cheval et veste à chevrons, faisant valoir ses parts sur la propriété et dans les affaires familiales de sa femme. Mais pas Toto, Toto n'était pas des leurs. Lui n'avait jamais mis son cul sur un cheval, et d'ailleurs il avait deux têtes de moins que tous ces abrutis. Quant aux parts sur la propriété et sur le reste (des comptoirs aux Antilles, une flottille de bananiers, des vignes dans le Médoc, un haras je ne sais où, etc.), durant les cinq années où ils avaient habité Neuilly, Toto les avait discrètement vendues aux uns et aux autres pour entretenir sa femme dans l'illusion qu'il gagnait une fortune avec ses aspirateurs.

Augustin est pris d'un fou rire en imaginant petit Toto s'engouffrant, tel le traître, dans l'unique cabine téléphonique du bureau de poste de Bagatelle, son écharpe remontée jusqu'aux yeux, pour dilapider l'héritage de sa jolie Suzanne – il n'allait tout de même pas téléphoner depuis le salon Louis XVI pendant qu'elle arrangeait les fleurs pour le thé de l'après-midi, flanquée de la morne Josepha – « cette-pauvre-fille-d'une-bêtise-à-nulle-autre-pareille-Toto-fais-quelque-chose-trouve-m'en-une-autre-ou-je-vais-finir-par-la-foutre-par-la-fenêtre ». Les oncles et tantes étaient acheteurs, naturellement, d'autant plus que Toto, traqué par les huissiers, liquidait à bas prix.

— Mais rassure-moi, Théophile, feignait de s'inquiéter l'oncle, Suzanne est au courant, au moins ?

— Évidemment ! Tu penses bien que je ne m'autoriserais pas...

— C'est bien ce que j'imaginais, mais je préférais tout de même te l'entendre dire.

— Voyons, je ne ferais rien sans l'accord de Suzanne.

— Ça va de soi, mon vieux, ça va de soi. Et comment se portent tes affaires ? Armand me racontait l'autre jour que tu envisageais d'abandonner les aspirateurs.

— Je vais t'avouer quelque chose : si la maison Tornado tient à moi comme elle le prétend, eh bien il va falloir qu'elle les mette sur la table. Il est bien gentil, Toto, mais il ne faut pas non plus le prendre pour une bille.

— Tu as parfaitement raison, c'est la seule façon de se faire respecter. Dis-moi, Toto, on te voit bientôt au château ? Odile me faisait remarquer l'autre jour que tu n'y es venu qu'une fois depuis votre mariage.

— Je sais, je sais, Suzanne me le reproche suffisamment ! Ah ! Ah ! Ah ! Je t'avoue que si mes affaires m'en laissaient le temps, ce serait bien volontiers.

L'expulsion n'avait pas laissé à Toto le loisir de retourner au château et la mère avait découvert à cette occasion que, n'en possédant plus aucune part, elle n'y avait plus sa place.

Augustin, qui riait un instant plus tôt, tâche maintenant de reconstituer la scène qui lui avait paru tellement obscure sur le moment.

— Comment ça, expulsés, avait sifflé la mère en direction du commissaire de police qui se tenait debout dans l'immense vestibule, flanqué de l'huissier, de deux policiers en uniforme et de Mme Féty, la concierge, vous vous foutez de moi ! Combien vous doit-on ?

Le commissaire avait annoncé un chiffre dont Augustin n'a pas gardé le souvenir.

— Eh bien, je vais vous les payer, moi, vos millions, lui avait-elle lancé à la figure, et vous allez me faire le plaisir de sortir d'ici.

— Nous avons pris langue avec votre banque, madame, était alors intervenu l'huissier, très calmement, et je peux vous assurer que vous ne disposez pas de la somme nécessaire.

— Taisez-vous, vous n'en savez rien du tout. Les partages ne sont pas sur le même compte. Toto, va me chercher le chéquier s'il te plaît.

Mais Toto n'avait pas obéi, pour une fois. Il s'était embarqué dans une explication inaudible à l'issue de laquelle la mère avait poussé un hurlement si effrayant que le commissaire lui-même s'était précipité, comme pour lui porter secours. Puis tremblante et étonnamment pâle, plantée au milieu d'un silence qui permettait de l'écouter haleter, elle avait déclaré qu'elle allait se jeter par la fenêtre. C'était la première fois qu'Augustin l'entendait formuler une telle menace. La Conord et Josepha, oui, une ou deux fois par semaine, mais la mère elle-même par la fenêtre, c'était la première fois. À la suite de quoi, Toto avait tenté de la prendre dans ses bras – « mon petit, ressaisis-toi, je t'en conjure», mais la mère l'avait empoigné par les cheveux et, sans que rien n'annonce son geste, avait entrepris de lui lacérer les joues avec ses ongles. Après un instant de stupeur, tout le monde s'était mis à crier et Augustin avait perdu le fil.

Il se lève d'un bond, tourne un instant dans la chambre en empoignant ses propres cheveux avant de feindre de se lacérer les joues. Il veut juste imiter la mère, il en a besoin pour trouver les mots, de la même façon qu'il lui arrive de hurler dans l'habitacle de sa voiture, exactement comme elle le faisait, le seul endroit où personne ne peut l'entendre. Il se souvient parfaitement de tout, des yeux révulsés de la mère, de l'envie qu'elle avait eue de le tuer, de lui arracher les yeux. Et Toto qui n'avait rien tenté pour se défendre.

Malgré cela, elle avait encore donné naissance à deux derniers petits chiots. Il l'avait volée, ruinée, il avait fait d'elle cette pauvre folle dont chacun se moquait dans la cité ouvrière, mais elle avait continué de vouloir qu'il lui fasse l'amour. Est-ce qu'ils se disaient des mots tendres pendant? Augustin, tournant nu sur la moquette crasseuse de sa chambre d'hôtel, feignant toujours de se lacérer le visage comme s'il craignait de perdre de nouveau le fil. Toto, sûrement, «mon petit, mon amour», lui continuait d'être ébloui par la jeune fille qu'il avait croisée au bras de son père un jour de l'automne 1943, sur le parvis de la mairie de Bordeaux pour une remise de décorations. Mais elle? Suzanne qui l'avait trouvé si romantique ce même jour, au point de se retourner pour chercher son visage dans la foule, continuait-elle d'être séduite dans le « taudis », ou soufflait-elle la bougie sur la table de nuit pour ne retenir que le plaisir ? « Un oreiller sur la tête », comme aurait dit cette conne d'Odile, les narines palpitantes, à moins que ce soit Rita. Dans le souvenir d'Augustin, elles étaient toutes semblables, toutes les mêmes sourcils remontés et le même grand nez. Toutes mortes aujourd'hui, en train de pourrir sous la terre. Tant mieux. S'il a le temps, il passera au cimetière pisser sur leurs tombes. Toutes mortes, alors qu'elles se pensaient éternelles, ces vieilles connes. Enfin, peut-être pas d'ailleurs, si ça se trouve, Rita, cent ans et des poussières, installée là-haut dans la chambre qu'occupait la vieille Bobo. Chaque soir, ils allaient embrasser Bobo, précédés de la mère qui tremblait. « Répétez après moi : "Merci, Bobo, de nous accueillir si gentiment." Nicolas, je te prie de ne pas ricaner comme la dernière fois ou tu auras une gifle. » Oui, bon... Il faut qu'il écrive ce repas au château, quand ils ont appris l'expulsion. Et puis l'expulsion de nouveau. Il l'a déjà fait dans deux ou trois livres, mais la mère interdite qu'on entendait haleter dans l'immense vestibule de Neuilly, il vient seulement de se le rappeler. Ou de l'inventer, peu importe. S'il avait encore son bureau, il se mettrait immédiatement au travail. Il faut qu'il récrive toute la scène – lui aussi il respirait comme une bête quand les déménageurs sont entrés dans les chambres des enfants et ont commencé à mettre leurs grosses mains dégueulasses sur leurs petits souvenirs. Il s'en est même trouvé un pour casser l'assiette que lui avait offerte Alice pour la fête des Pères. Des petits motifs rouges et verts en forme de champignon, peints par Alice l'année de son CP. Dès qu'il avait vu sortir Alice du ventre d'Esther il l'avait aimée. Les autres aussi, bien sûr, mais Alice était son portrait, il avait vu cela immédiatement. Tout ce que la mère n'aimait pas en lui, Alice l'avait. Elle allait avoir besoin de lui pour grandir, pour se trouver belle. Merde, il ne va pas supporter ça une minute de plus, il va réparer cette assiette et pas plus tard que tout de suite.

Il s'habille, enfile ses chaussures et descend à sa voiture. Il avait dû laisser la Peugeot dans la rue et l'hôtelier, un type couleur de cendres qui n'en avait plus pour bien longtemps de l'avis d'Augustin, l'avait autorisé à mettre ses vélos dans l'arrière-cuisine. Depuis la nuit où il a vidé son coffre, à Verdun, il sait au moins où trouver ce qu'il cherche. Il revient avec les deux moitiés de son assiette.

— Vous n'auriez pas de la colle, par hasard? J'ai cassé cette assiette...

À présent, c'est une femme à la réception. Elle lève le nez de son registre.

— C'est interdit de manger dans les chambres.

— Ce n'est pas une assiette pour manger, madame. Voyez...

Il montre les petits motifs peints sur les deux morceaux.

— Ah, pardon. Non, je n'ai pas ça. Vous gardez la chambre?

Augustin hésite. Il pense que s'il continue à ne rien écrire et à laisser les scènes s'accumuler dans sa tête, il va aussi continuer de tomber, d'avoir les cheveux trop longs et sales, de ne pas se raser, de se traîner avec une chemise douteuse et son jean infect. Comme la mère, finalement, songe-t-il. La mère qui aurait dû se mettre à écrire. S'il avait eu vingt ans de plus, il le lui aurait dit : « Ne reste pas là à trembler, maman, quand tu te retrouves seule le soir, allume deux ou trois bougies et mets-toi à écrire. Écrire te rendra inaccessible à la bêtise et à la cruauté du monde. »

— Sinon, la chambre doit être libérée à onze heures, reprend la femme qui s'est levée et tapote maintenant le comptoir avec la gomme, au dos de son crayon.

— Et du papier ? Vous auriez quelques feuilles de papier à me donner ?

Elle est agacée, mais elle attrape tout de même deux ou trois feuilles sur l'imprimante et les lui tend.

— Merci. Oui, je vais garder la chambre, au moins jusqu'à demain.

11.

« Moi, dit-elle, je ne trouve pas normal qu'on puisse aller comme ça fouiller dans la vie des gens »

« Mon vieux, elle commence à me faire braire. » C'était venu d'un seul coup. Après avoir tout supporté d'elle, la mère commençait à le faire braire. Augustin avait éclaté de rire en entendant Toto. Il se souvient parfaitement de la scène, Toto passant à l'improviste lui faire une petite visite dans sa chambre de bonne, s'asseyant sur son lit et se mettant soudain à rouspéter contre sa femme. Ses frères et lui avaient espéré ce moment dix ans plus tôt, quand la mère ne laissait plus à personne une seconde de répit, et voilà qu'enfin Toto se rebellait.

— Nous, ça ne date pas d'aujourd'hui, avait dit Augustin en finissant de rire.

— Je sais, mon vieux, je sais, mais qu'est-ce que tu veux, j'ai aimé cette femme plus que tout.

— Parce que tu ne l'aimes plus, là ?

Augustin debout, ouvrant la fenêtre de sa chambre de bonne avant d'allumer une cigarette.

Toto n'avait pas répondu tout de suite, il avait pendulé du chef avec un petit rictus d'embarras, celui qu'il prenait quand il négociait sur le marché des plateaux de fruits trop mûrs et qu'il n'arrivait pas à en obtenir le prix qu'il voulait.

— De toi à moi, j'ai fait la connaissance d'une fille formidable et je t'avoue que tout ça m'a fait changer de point de vue sur ta mère.

Augustin en était resté un moment abasourdi.

— Tu as fait la connaissance d'une fille... Mais tu vas quitter maman ?

— Pour ne rien te cacher, je suis passé pour en discuter avec toi.

— Moi, à ta place, je me serais déjà barré depuis longtemps, s'était entendu rétorquer Augustin du tac au tac.

Toto avait souri, et immédiatement Augustin avait regretté ce qu'il venait de dire.

— En même temps, je ne l'imagine pas sans toi, avait-il repris. Elle n'a jamais travaillé, elle ne comprend rien, c'est tout juste si elle sait remplir un chèque.

— Je n'en suis même pas sûr... Je me demande ce qu'elle va devenir, la pauvre vieille.

Augustin est saisi d'un fou rire compulsif au volant de la Peugeot. Sur le moment – il avait dix-neuf ans quand cette conversation avait eu lieu –, il n'avait pas pris conscience de l'extravagance de Toto. Mais là, cela lui paraît énorme. Comment ce type qui avait fait dix enfants à cette femme et lui avait dilapidé tout son héritage pouvait-il parler d'elle avec cette incroyable indifférence ? « Je me demande ce qu'elle va devenir... » Il essaie à plusieurs reprises de répéter la phrase tout haut, mais au moment de dire « la pauvre vieille » il est secoué d'une telle hilarité qu'il n'y arrive pas. Alors il tape sur son volant, à la fois pour tenter de se calmer et pour parvenir à le sortir, ce «la pauvre vieille», mais impossible, impossible. Il pleure de rire, il s'étouffe, et comme ses lunettes s'embuent, il lève le pied et cherche un endroit où se garer, affalé sur son volant et hoquetant, des larmes lui coulant maintenant le long du nez. Tiens, là, après le tas de gravier. Il donne un coup de volant sur la droite, seulement il n'a pas vu le panneau de chantier posé au ras du sol, la Peugeot l'avale d'un coup et comme le vacarme de tôle froissée est effrayant dans l'habitacle, Augustin perd le contrôle des opérations et vient mordre sur le tas de gravier. Sa voiture l'escalade avant de s'immobiliser de guingois sur la pente dans des crissements de papier de verre.

Merde! Il s'extrait difficilement de sous son volant car sa portière vient heurter le bitume. Le panneau de chantier a labouré le dessous de la caisse, mais par chance la calandre et les phares n'ont pas été touchés. Au fond, la Peugeot est pratiquement intacte, si ce n'est l'inconnue du flanc droit assez profondément pris dans le gravier. Il n'a plus envie de rire, il se demande comment il va se sortir de là. Appeler une dépanneuse, oui, bien sûr, encore faudrait-il qu'il sache où il se trouve. Il ne se souvient pas avoir passé Moulins. Il a roulé quoi? Une petite heure à peine depuis Nevers. Finalement, il a quitté l'hôtel sans avoir rien écrit. Le repas au château, la mère haletant dans le vestibule, c'était bien quand il le découvrait et l'écrivait mentalement, mais l'éblouissement l'avait quitté. Il avait encore tourné un moment dans sa chambre et, retombant soudain sur les deux morceaux de l'assiette d'Alice, il avait bondi dehors à la recherche d'une droguerie. Il avait déjà vécu un moment semblable – cet entêtement à recoller un détail minuscule de sa vie quand tout le reste était en miettes. C'était à cela qu'il pensait tandis qu'il marchait en grande hâte dans les rues de Nevers, se mettant même à courir par moments. Et brusquement il avait retrouvé : après le départ d'Agnès. Après le départ d'Agnès, il ne parvenait plus à écrire, et comme le ruban de sa vieille Olympia était à changer il avait soudain pris la décision d'en acheter tout un stock avant que les ordinateurs aient complètement détrôné les machines mécaniques. Ainsi, s'était-il dit, je ne perdrai plus une seconde quand le livre sera lancé. Or dans son empressement à découvrir une papeterie, courant sur le trottoir comme si c'était une affaire de survie, il s'était fracassé le visage contre un lampadaire, de sorte qu'il avait passé le reste de la semaine à l'hôpital avec une bonne raison pour ne plus s'inquiéter de ne pas écrire. Bon, mais cette fois il était revenu entier, avec son tube de colle, et maintenant il peut voir l'assiette d'Alice sur la plage arrière de la Peugeot. Elle a glissé dans l'accident avec le reste des affaires, mais elle est entière.

Son téléphone !

Tout en décrochant, il songe qu'il ne devrait pas.

— Curtis à l'appareil. Je me demandais ce que vous deveniez, Augustin.

— Je crois que j'attendais de le savoir moi-même pour vous appeler.

— Je vous trouve bien silencieux ces derniers temps. Votre nouvelle vie vous plaît ? Vous écrivez ?

— J'écris et je n'écris pas, je ne sais pas comment dire. Vous savez, j'ai renoncé à ce texte sur ma maison du Pertus.

— Je ne savais pas, non. Le début m'avait paru un peu lent mais j'étais impatient de lire la suite.

— Ça n'avait aucun intérêt, Curtis. Aucun. Et à la place je me suis mis au livre sur ma mère.

— À la bonne heure ! Et vous ne me le disiez pas...

— J'attendais d'avoir quelque chose à vous montrer. Pour ne rien vous cacher, je suis en route pour Bordeaux. Vous saviez qu'elle était de Bordeaux, n'est-ce pas ?

— Absolument. Toto également. Je n'ai pas oublié la scène de leur mariage en juin 1944.

— Avec des petits fours, oui, pendant que sur les plages de Normandie... Si seulement Toto était allé se battre, toute sa vie en aurait été différente.

— Vous n'allez pas refaire l'histoire, Augustin. Si votre père était allé se battre, comme vous dites, vous ne seriez pas non plus l'homme que vous êtes.

— Oui, bon. Excusez-moi, je reviens à ma mère. J'ai passé ces derniers jours à étudier les quelques photos que j'ai d'elle avant son mariage, avant sa rencontre avec Toto, et je me suis aperçu que je ne savais pratiquement rien de son enfance, de sa jeunesse.

— Ah.

— Toto a fait d'elle la cinglée que vous connaissez, qui hante plusieurs de mes livres, mais la question demeure de savoir pourquoi, venant d'où elle venait, elle a choisi pour mari ce petit bonhomme complètement à l'opposé des hommes de sa famille.

— Et vous comptez découvrir la réponse à Bordeaux ?

— Je ne sais pas. J'ai eu brusquement très envie d'être à Bordeaux et je suis parti. Mais je ne peux pas vous parler longtemps, là, je suis au bord de la route, je vous rappellerai tranquillement de mon hôtel.

— Bien sûr. Quand vous voulez. Et si vous avez besoin d'argent, n'hésitez pas.

— Je vous laisse, on me fait signe que je ne peux pas rester là.

Augustin a raccroché précipitamment parce qu'un vieux TUB Citroën vient de s'arrêter à quelques mètres devant lui.

L'homme qui en descend est un grand type aux cheveux longs filasse, chemise à carreaux sous une salopette.

— Ça va, rien de cassé ?

— Non, je me demandais juste comment appeler une ambulance...

— Vous êtes blessé ?

— Pardon, une dépanneuse.

— Ah, je préfère ! On peut essayer avec le camion si vous voulez. J'ai un câble de traction.

Qu'est-ce qui vous est arrivé? Vous avez perdu le contrôle de la voiture?

— Je n'ai pas vu le panneau de chantier, c'est lui qui m'a expédié dans le tas de gravier.

— Le panneau de chantier?

— Je l'ai écrasé, il doit être encore dessous.

— Bon, attendez voir.

Il retourne à son TUB, revient avec le câble, semble hésiter un instant, puis va l'accrocher à l'arrière de la Peugeot.

— Vous êtes garagiste? s'enquiert Augustin.

— Un peu tout, garagiste, plombier, menuisier... Ça sera mieux par l'arrière, je crois. Je fais demi-tour avec le camion et j'arrive.

La Peugeot feint de résister puis elle glisse lourdement du tas de gravier et se retrouve à l'horizontale sur ses quatre roues. Sur le toit, les vélos n'ont pas bougé. Augustin caresse distraitement le Singer, puis il s'agenouille. En glissant la tête sous la caisse, il aperçoit le panneau de chantier coincé dessous.

— Ça va aller, dit-il à l'homme qui vient de le rejoindre, je vais me débrouiller pour le sortir de là en soulevant la bagnole avec le cric. Merci de vous être arrêté.

— J'ai peur que vous n'alliez pas très loin, regardez devant...

Maintenant ils ont tous les deux la tête sous la voiture. Augustin aperçoit des filets d'eau qui s'écoulent du radiateur et, dans la seconde, il mesure l'étendue du désastre : la Peugeot immobilisée pour plusieurs jours, Bordeaux qui s'éloigne, son livre dans le même état que son radiateur.

— L'eau pisse de partout, reprend le gars. Si vous redémarrez, vous allez flinguer votre moteur.

— On est loin de Moulins ?

— Je peux vous tirer jusqu'à Trévol si vous voulez, cinq ou six kilomètres. C'est là que j'habite.

— C'est grand, Trévol ? Il y a un garage ?

— Là-bas, on doit pouvoir vous arranger ça.

Augustin tremble en se relevant. Il aurait besoin d'un moment pour réfléchir. S'il était seul, il rappellerait Curtis – La vérité, Curtis, c'est que j'ai perdu ma maison, que je suis dans la même situation que mes affaires, éparpillé ici et là, complètement largué, que je n'ai plus aucun endroit où me mettre pour écrire et que je viens de foutre en l'air ma bagnole, tout ce qu'il me restait d'à peu près *contenant*, d'à peu près habitable, je veux dire. Non, certainement pas. Surtout ne pas entamer l'image que Curtis a de lui. Tant qu'il continuera d'être l'homme d'avant dans le regard de Curtis, il pourra continuer de s'imaginer un avenir, de nier l'effondrement. Comme la mère avec le commandant, songe-t-il. Toto n'aurait jamais dû introduire le commandant dans le « taudis », c'est la preuve ultime qu'il n'a jamais rien compris à sa femme. Tenir son rang, n'est-ce pas, ou bien sauter par la fenêtre.

— Ça ne va pas ?

— Si, si, pardon, je pensais à autre chose.

— Le problème, avec ces voitures-là, c'est les pièces détachées. Elle a au moins vingt-cinq ans, la vôtre, non ?

— Vingt-quatre.

Un quart d'heure plus tard, comme ils roulent vers Trévol, Augustin à son volant, la Peugeot silencieuse tractée par le TUB Citroën, il songe que cet accident, c'est peut-être la chance de sa vie, que ce soir, se promenant dans ce bourg qu'il n'a pas trouvé sur sa carte routière, il va découvrir sa future maison, celle que les enfants aimeront aussitôt. Et dans quelques années il leur racontera comme une légende comment il est tombé dessus. « Je pensais à mon père, Toto était un type invraisemblable, je n'ai jamais compris comment ma mère... Je me demande s'il croyait lui-même à tout ce qu'il racontait. Qu'après le "taudis" on irait vivre dans le XVIe, alors qu'il n'avait même pas de quoi payer l'électricité. Enfin bref, je riais tout seul, un fou rire infernal, et je suis allé me foutre sur un tas de gravier, là-bas, sur la route de Moulins. Or il se trouve que le type qui m'a dépanné était de Trévol. » Un jour qu'il parlait comme ça, un peu trop volubile, Alice, qui devait avoir douze ou treize ans, lui avait soudain sorti qu'il disait « n'importe quoi » et Augustin s'était revu au même âge interrompant Toto : « Arrête, papa, tu dis n'importe quoi. » Il n'a pas envie d'y repenser, se frotte le front, s'agite sur son siège. Ah, mais voilà Trévol. Un village que la nationale coupe en deux. Plutôt joli, ma foi, bien qu'un peu plat. Au Pertus, ce qu'ils aimaient, c'étaient les montagnes, le vent qui se levait soudain à l'instant où le soleil plongeait derrière le bois sombre d'Oster, et les orages. Les orages terrifiants et somptueux vers la fin de l'été. Coline venait aussitôt le chercher et ils s'installaient dans la véranda pour ne rien en rater. Le gars s'arrête devant le café et lui fait signe d'attendre. Puis il revient et se penche à sa portière.

— Ça va, mon frère les connaît, ces voitures-là. On va la tirer jusque chez moi.

Il ne laisse pas à Augustin le temps de discuter. À la sortie du village il prend sur la droite, un chemin de terre, et il s'immobilise deux ou trois kilomètres plus loin dans une cour de ferme.

— On la poussera par là, sous le hangar, dit-il en revenant à la portière d'Augustin. Je vous offre une bière ? Au fait, moi, c'est Cyril.

— Augustin.

Ils se sourient vaguement et entrent dans la maison par la cuisine. Une femme se tourne vers eux dont Augustin ne distingue d'abord que la silhouette. Une femme avec un enfant dans les bras.

— Tu as mis du temps, dit-elle.

— J'ai dépanné ce monsieur. Ma femme, Nadine, ajoute-t-il pour Augustin tout en ouvrant le frigidaire et en attrapant deux bières. Et le petit, c'est Félix.

Les yeux d'Augustin se sont accoutumés à la faible clarté de la pièce : une seule fenêtre basse au-dessus de l'évier, la femme et lui échangent un regard.

— J'ai retardé votre mari, excusez-moi.

Elle hausse les épaules. Brune, la trentaine, quelque chose sur le visage qui ne se laisse pas entamer.

— Il a quel âge, Félix ?

— Bientôt dix-huit mois.

Elle s'assoit avec le petit sur les genoux. Commence à lui donner sa compote. Tout en avalant une gorgée de bière au goulot Augustin songe qu'il doit être dans les quatre heures. Il n'a pas déjeuné et il se sent un peu las. Se tient debout contre l'évier.

— Vous habitez ici depuis longtemps ?

— Depuis toujours, répond-elle. Enfin moi. La maison était à mes parents.

— Ici, avant, il y avait des vaches et des poules, ajoute son mari.

— Et vous n'avez pas voulu reprendre ?

— C'est Nadine qui n'a pas voulu. Ras la cafetière des bêtes. Elle m'a choisi parce que j'étais ferronnier-serrurier au départ.

— Pas seulement pour ça, dit-elle en lui souriant, et dans ce sourire Augustin devine combien elle peut être jolie.

— Et puis la boîte a fermé, poursuit l'homme, et maintenant, avec mon frère, on fait de tout – chauffage, toiture, machine à laver... Vous nous appelez et on répare.

— Et ça marche ?

— On commence à être connus dans le pays.

— Ils travaillent bien, intervient Nadine. Et quand les gens n'ont pas de quoi payer, ils donnent ce qu'ils peuvent. Ou ils payent plus tard.

— On a rompu avec toutes leurs conneries, reprend son mari, l'URSSAF, les caisses de retraite, les impôts, les banques, le chômage, les assurances... Quand ils ont fermé la boîte, à Moulins, ils nous ont virés à coups de pied dans le cul. Maintenant, on se débrouille entre nous et on est plus heureux comme ça.

— Je comprends.

— Ça fera bientôt deux ans et on n'a jamais laissé quelqu'un en rade, qu'il paye ou qu'il ne paye pas. Le principe, c'est qu'on répare d'abord et qu'on discute ensuite.

— L'autre jour, ajoute sa femme, une dame les a payés en pots de confiture. On a de la confiture jusqu'en 2020. Montre-lui, Cyril.

Mais il continue de boire sa bière sans bouger tout en souriant à son fils.

— Je vous admire d'avoir su inventer autre chose, dit Augustin.

— C'est plutôt un retour au Moyen Âge, non ? rétorque l'homme en riant. Et vous, reprend-il, vous faites quoi par ici à part escalader les tas de gravier ?

— Je vais à Bordeaux. Et je cherche une maison. Les maisons sont chères dans la région ?

Ils ne savent pas, ils en connaissent deux ou trois à vendre dont ils parlent un instant entre eux.

— Si vous voulez, propose la femme, je peux me renseigner.

— Avec plaisir, oui.

Elle lui adresse une ébauche de sourire.

— Mais vous allez jusqu'à Bordeaux pour trouver une maison ? s'étonne l'homme.

— Ah non, ce sont deux choses différentes. Bordeaux est la ville de ma mère, je cherche des témoignages sur elle, des gens encore vivants qui pourraient me parler d'elle.

Il y a un silence. Tous les deux le regardent tandis que le petit attend la prochaine cuillerée.

— Vous ne l'avez pas connue? s'enquiert l'homme.

— Si, si, j'aurais même tendance à dire que je l'ai trop connue. Elle est morte maintenant. Mais j'ai besoin de comprendre ce qui lui est arrivé pour qu'elle en vienne à bousiller sa vie et celle de ses enfants.

Augustin voit combien la femme est surprise par sa sortie. Elle le considérait avec sympathie un instant plus tôt, et soudain elle semble sur la réserve.

— Et vous allez passer du temps à ça, reprend l'homme.

Ce n'est pas une question, juste un constat.

— Oui, tout le temps qu'il faudra.

— Je ne me vois pas m'installant à Limoges pour retrouver des amis de ma mère, dit-il en riant tout en venant s'asseoir à côté de sa femme et de son fils.

— Ça t'avancerait à quoi? remarque-t-elle.

— Je ne sais pas. Peut-être à comprendre pourquoi elle s'est tirée avec son représentant.

— Son représentant? intervient Augustin.

— Un mec en fourgonnette qui vendait des produits pour la maison. Du jour au lendemain elle nous a quittés pour le suivre et, peut-être trois ou quatre mois plus tard, on a appris qu'elle avait été tuée dans un accident, sur la route.

Augustin et lui échangent un regard.

— Ça remonte à près de vingt ans, ajoute l'homme.

— Vous aviez quel âge ?

— Quinze, seize ans, mon frère deux de moins.

— Et votre mère n'a rien laissé d'écrit ? Des carnets, des lettres...

— Je ne sais pas. Après ça, mon père a rencontré sa femme actuelle et on n'a plus trop reparlé de cette histoire.

— Vous avez des photos de votre mère ?

— Même pas. Mon père, peut-être. Mais alors elles doivent être bien cachées, dit-il en riant de nouveau.

Augustin se tait. Il songe que pour sa part il serait parti depuis longtemps s'installer à Limoges, puis sur les traces du représentant. Enfin, depuis longtemps, non, à l'âge de Cyril, il en était encore à écrire son premier roman.

— Peut-être qu'un jour vous ferez comme moi, finit-il par dire lentement, avec prudence. Vous aurez envie de savoir et vous retournerez à Limoges. Au moment où j'en suis de ma vie, ma mère est le sujet qui m'intéresse le plus.

L'homme paraît chercher ses mots.

— Je ne sais pas, dit-il.

Puis après un silence :

— Ce n'est pas demain que j'aurai les moyens de passer du temps à ça.

Cette fois, Augustin ne veut pas confier qu'il est écrivain, qu'il va toucher de l'argent pour « ça » – un livre sur sa mère –, alors il s'invente une bienfaitrice.

— J'ai reçu un petit héritage récemment, mentil, et cet argent-là, j'ai décidé de le consacrer à ce travail, enfin, à cette recherche.

L'homme acquiesce, mais au fond il semble déjà être passé à autre chose. Tandis que la femme est contrariée.

— Moi, réplique-t-elle, je ne trouve pas normal qu'on puisse aller comme ça fouiller dans la vie des gens. Chacun a ses secrets. Je n'aimerais pas qu'on fasse ça sur moi après ma mort.

— Ces secrets-là nous concernent, dit Augustin.

— Je ne vois pas en quoi !

— En ce qu'ils expliquent pourquoi nous ne sommes pas tranquilles.

— Qu'est-ce que ça veut dire, « pas tranquilles » ? s'exclame-t-elle, au bord de la colère, le fusillant du regard. Cyril est tranquille, je suis tranquille. Nous n'avons pas besoin d'aller remuer tout ça pour être heureux.

Augustin pense qu'il vient de gâcher le timide intérêt que lui prêtait la femme et il est alors traversé du souvenir de Curtis essayant de lui expliquer pourquoi il perd ses lecteurs – « Vous les prenez à rebours, Augustin. Ils vous aiment dans un livre, et au lieu de ménager cette affection, vous leur faites un croc-en-jambe dans le livre suivant. Mais c'est votre façon d'avancer et vous avez raison de vous y tenir. Oubliez ce que je viens de dire. »

— La réparation, demande-t-il, coupant court à la conversation, et se tournant vers l'homme, ça va prendre combien de temps ?

— Ça dépend des dégâts, je vous dirai ça demain, quand on aura démonté.

— Très bien, alors ce que je vais faire, décide-t-il tout en parlant, c'est prendre un de mes vélos et aller visiter Moulins.

12.

« Jamais vu ça ! »

Cette idiote, songe-t-il, pédalant nerveusement sur son Singer en direction de Moulins. Sur le coup, elle lui a rappelé Agnès qui n'a jamais rien compris à ses livres, à ce travail monumental entrepris depuis trente ans pour dire la vie telle qu'elle est et non pas comme on nous la présente au catéchisme. « Je ne comprends pas comment tu peux écrire des choses pareilles, lui avait dit Agnès en refermant son premier roman. Tu vas tuer ta mère, et après ça tu seras bien avancé. » Agnès l'avait quitté au lendemain de la publication de ce texte, et vingt ans plus tard, quand elle avait appris qu'Esther le quittait à son tour, elle avait été assez bête pour s'exclamer : « Il l'a bien cherché avec ses livres ! Quand il se retrouvera seul au monde, qu'il ne vienne pas se plaindre. » Une oie. Et Nadine, pareil. « Ça t'avancerait à quoi ? » – tout ce qu'elle trouve à dire quand son mari effleure l'idée de retourner à Limoges enquêter sur sa mère. Cette femme les abandonne, son frère et lui, elle quitte leur père du jour au lendemain et « ça l'avancerait à quoi » de savoir ce qui a pu la traverser ? Nadine ne se demande pas à quoi ça avance son mari de réparer des radiateurs et des machines à laver à longueur de journée, mais elle se pose la question quand il s'agit de dévoiler les secrets qui ont fait de lui l'homme qu'il est. Là, elle n'est plus d'accord, elle « ne trouve pas normal qu'on puisse aller comme ça fouiller dans la vie des gens » et ragnagna et ragnagna. Ce ne sont pas « les gens », pauvre tarte, c'est *sa* mère. Et la voilà qui ramène son bonheur. Lui et elle sont bien tranquilles, n'est-ce pas, bien bien tranquilles, pas besoin d'aller « remuer tout ça » pour être heureux. C'est quoi, le bonheur ? Réparer des radiateurs qui fuient pour se distraire du malheur ?

Il est entré dans Moulins sans même s'en rendre compte. Avec le soleil à l'oblique, les pierres des maisons lui semblent rouges. Il aperçoit les flèches de la cathédrale, franchit un large pont sur l'Allier et, presque aussitôt, se retrouve dans un quartier piétonnier parmi des gens que rien ne semble presser, des mères avec des enfants qui s'arrêtent devant les devantures, des couples de grands adolescents qui fument et s'embrassent, des hommes qui rentrent du bureau, la veste sur l'épaule. En passant devant la terrasse d'un café, il a soudain envie de s'y arrêter. Il n'est plus en colère, subitement, il vient de décider qu'il aime cette ville, et comme il n'a rien mangé depuis son petit déjeuner, la promesse d'un repas se confond en lui avec un débordement de reconnaissance envers Moulins. Le serveur est d'accord, il peut entrer le Singer sur la terrasse à condition de choisir une table à l'une ou l'autre des extrémités, et ainsi il va pouvoir garder un œil sur son vélo. Il commande une salade auvergnate avec du jambon de pays, des pommes de terre et du cantal. Et avec ça, qu'est-ce qu'on boira ? Très sympathique, ce garçon, décidément, mais quand il lui demande d'où il arrive « comme ça », Augustin ne sait plus, il s'entend bégayer de Bretagne, puis de Nevers, enfin non, de Verdun exactement, et le gars demeure un instant perplexe, l'air de se demander. Alors, en dépit du vertige que lui provoque la faim, Augustin fait un effort pour rétablir la situation.

— Excusez-moi. Avec le vélo, là, j'arrive de Trévol.

— Ah, d'accord. Je préfère. Et qu'est-ce qu'on boira ?

— Un verre de vin rouge et une carafe d'eau.

C'est quand il a fini sa salade et bu son vin qu'il s'aperçoit qu'il a oublié ses cigarettes. Oui, mais pas seulement ses cigarettes, sa trousse de toilette également. Il est parti comme il était, chemise et jean, et maintenant que le soleil ne chauffe plus la terrasse, il frissonne. Il aurait dû prendre un pull ou quelque chose. Bon, mais il a pensé à son portefeuille. La terrasse, qui était pratiquement vide lorsqu'il est arrivé, se remplit doucement. On doit approcher de l'heure du dîner. Ah ben tiens, il a aussi oublié son téléphone. Il demande l'heure au couple qui s'est installé à la table voisine – sept heures dix. Il va payer et aller s'acheter des cigarettes avant que le tabac soit fermé.

Il marche un moment à travers les rues commerçantes en poussant son vélo, et puis il se décide à demander pour le tabac. Il faut qu'il revienne sur ses pas et prenne la première à droite. En tournant au coin de la rue, le vent s'engouffre sous sa chemise et il se dit qu'avant les cigarettes il ferait mieux de s'acheter de quoi se couvrir. Alors il hésite un moment et retourne vers la rue principale.

Devant un magasin de vêtements, il fait signe à la personne de bien vouloir sortir.

— J'aimerais vous acheter un pull mais je ne peux pas laisser mon vélo dehors, je n'ai pas de quoi l'attacher, est-ce que je peux le rentrer une minute dans la boutique ?

— Vous plaisantez ?

C'est une dame plutôt ronde que le problème d'Augustin n'intéresse en rien visiblement.

— Alors pouvez-vous m'apporter un pull à ma taille et je vous le prends tout de suite. Quelque chose de simple, col en pointe, noir de préférence.

— C'est un commerce, ici, monsieur, je ne vends pas à la sauvette sur le trottoir. Et puis quoi encore ! D'ailleurs, je ferme dans dix minutes.

Augustin voit bien que la question n'est pas là, qu'elle n'a pas confiance, en réalité, et comme il l'observe silencieusement, il regrette de ne pas s'être rasé, de ne pas être allé chez le coiffeur.

— Si je paie d'avance, dit-il en sortant son portefeuille et en lui tendant sa carte de crédit, vous accepterez de m'apporter un pull ? Ou même un blouson, peu importe.

— Jamais vu ça! dit-elle en se frottant les mains et en regardant à droite à gauche comme si elle espérait l'apparition d'un témoin quelconque. Jamais vu ça! Vous entrez comme tout le monde, en laissant votre vélo dehors, ou vous partez d'ici. Vous encombrez le passage, si un client veut entrer, il ne le peut même pas. Au revoir monsieur, bonne nuit.

Un instant plus tard, comme il a repris machinalement la direction du pont, se repassant la façon dont cette femme l'a reçu, il observe soudain que les rues se sont vidées. Alors il grimpe sur son vélo et tente de trouver rapidement le tabac avant qu'il soit trop tard. Fermé, comme toutes les boutiques maintenant. Il regarde autour de lui, un début de crépuscule tombe sur la ville, donnant une soudaine présence aux enseignes lumineuses. Ce qu'il va faire, c'est chercher une terrasse chauffée où il pourra s'asseoir avec son Singer, commander un chocolat chaud et demander si on ne pourrait pas lui vendre des cigarettes. Il tourne un moment, et comme aucune terrasse ne semble chauffée, il se résout à prendre celle qui se présente.

— Ça ne va pas être possible avec le vélo, là, monsieur.

Cette fois, ce n'est pas le serveur, mais le patron lui-même, un homme cravaté au ventre rond.

— Et si je me mets tout à fait sur le bord?

— Vous imaginez si chaque client entrait avec son vélo?

— D'accord, d'accord, je m'en vais. Vous ne vendriez pas des cigarettes, par hasard?

— Ah non. À cette heure-ci, vous n'en trouverez plus qu'à la gare. Rue de la Flèche, puis rue des Courteliers et toujours tout droit, lui indique-t-il d'autorité en tendant le bras, vous ne pouvez pas la rater. Voilà, bonne soirée.

La gare, bien sûr. Là-bas, il pourra prendre un chocolat chaud, et peut-être même trouver une boutique de foulards ouverte. Rien qu'un foulard et il aurait moins froid. Il grelotte en pédalant vers la gare. Après les rues sombres, pénétrer dans le hall illuminé lui réchauffe furtivement le cœur. Le tabac-presse est ouvert et les rares clients semblent se moquer qu'il y entre avec son vélo. Il achète des cigarettes et un briquet. Pas de boutique de vêtements, mais une machine à boissons. Il se sert un chocolat chaud dans un gobelet et regagne le parvis. Il est réconforté d'avoir trouvé des cigarettes, et maintenant il fume debout, adossé au mur, son Singer à côté de lui, tout en buvant son chocolat. Il est conscient de se retenir à cette cigarette comme à une corde au-dessus du vide. Après s'être fait éconduire par la commerçante, puis par l'homme du café, il a soigneusement évité de se mettre en colère. Il se connaît, il peut s'enflammer d'un seul coup, insulter les gens, casser deux ou trois choses aussi bien, et ensuite il ne sait plus à quoi se raccrocher. Une fois, devant Coline, il a sorti à son professeur principal tout ce qu'il pensait vraiment de lui, la voix de plus en plus altérée et tremblante, et même Coline, qui détestait ce professeur, avait émis l'idée qu'on ne pouvait pas tout dire, que certaines choses devaient êtres gardées secrètes pour que la vie soit encore possible.

— En même temps, mon papou, j'aime bien comme tu es, lui avait-elle avoué plus tard.

Le monde à l'envers, songe-t-il, elle avait quatorze ans cette année-là et c'était elle qui était venue le réconforter. Il aurait dû faire de ce professeur un personnage de son livre. À quoi bon venir l'insulter? Cela étant, le professeur avait eu peur de lui et il avait cessé de martyriser Coline. Il n'y a que dans les livres que tout peut être dit. Si la mère avait eu l'idée d'écrire, elle ne serait pas devenue folle. Son intranquillité, c'était le poids des secrets, l'interdiction de dire. Lui, Augustin, n'était pas devenu fou parce qu'il s'était mis très tôt à écrire. «Tu vas tuer ta mère, et après ça tu seras bien avancé.» Très avancé, oui, pauvre nouille, c'est même grâce à ce livre que je suis encore vivant. Il mourait de la mère, se haïssant de l'avoir supportée silencieusement, de s'être laissé humilier sans un mot, par peur, par lâcheté, il mourait de honte, et par bonheur il avait découvert l'écriture. Dès l'âge de seize ou dix-sept ans. Ainsi il ne finirait pas comme Toto. Des textes assassins qu'il cachait dans un tiroir. Quand Curtis avait demandé à les lire, vingt ans plus tard, Augustin avait prétendu les avoir perdus. De la merde, en vérité. D'ailleurs, il les avait jetés de peur que ses enfants tombent dessus. Il rallume une cigarette. Il va inviter Agnès à déjeuner et lui expliquer une bonne fois pour toutes. Ou lui téléphoner, tiens, ça ira plus vite. Ce qui est fait n'est plus à faire. Demain matin, quand il aura récupéré son téléphone. Il s'adossera au soleil dans la cour de Nadine et Cyril, et il lui expliquera très calmement pourquoi il n'en peut plus de ses commentaires à la con. Dès le jour où je t'ai rencontrée, Agnès, je t'ai dit que j'écrirais. J'écrivais déjà. Et tu étais d'accord. Et tu m'as aimé pour ça. Qu'est-ce que tu croyais? Que j'allais écrire des *Martine à la plage*? De nouveau il grelotte. Maintenant qu'il a des cigarettes, pourquoi ne va-t-il pas se coucher au lieu de rester planté là? La perspective d'une chambre lumineuse et chauffée lui sourit soudain. Il prend son vélo à la main, traverse la rue et pousse la porte de l'hôtel.

— Nous sommes complet, monsieur, dit l'homme avant de le laisser parler. Et, malheureusement, je ne peux pas vous laisser entrer avec un vélo.

— Pourriez-vous m'indiquer un hôtel qui ne soit pas complet?

— Ça ne va pas être facile, nous recevons toute la semaine les rencontres de la philatélie, les chambres sont réservées depuis des mois. Mais peut-être pourriez-vous tenter votre chance dans la zone industrielle.

L'hôtelier sort un plan et lui trace dessus la route à suivre. Au feutre rouge.

Augustin est tenté de lui demander s'il ne pourrait pas lui prêter quelque chose pour se couvrir. C'est un homme avenant, qui a choisi de prendre sur lui pour le vélo, a-t-il noté.

— Voilà, allez-y sans perdre de temps, vous ne devez pas être le seul à chercher une chambre ce soir.

Bon, tant pis pour le vêtement.

La moitié du tour de la ville, pratiquement, s'il suit le plan. Il se félicite d'avoir fait installer la lumière sur le Singer. Le mieux, pour ne pas mourir de froid, c'est de pédaler comme un forcené. L'effort lui procure une légère ivresse, et comme il se sent mieux après quelques minutes, il se surprend à chanter son air préféré de *Madame Butterfly*, « Un bel di vedremo », interprété par Maria Callas, évidemment. D'où ça lui vient ce retour soudain de *Madame Butterfly*, alors que depuis des mois il n'écoutait plus que *La Traviata* ?

Mais voilà, il y est, des hangars illuminés au bord d'une nationale et d'énormes enseignes qui se montent l'une sur l'autre. Il a bien roulé, il n'a plus froid. Ici, les hôtels ne laissent pas entrer comme ça les visiteurs, il faut s'annoncer derrière une grille, dans l'œil d'une caméra. Les deux premiers sont complets mais le gardien du second l'envoie vers un établissement qui vient d'ouvrir, derrière La Halle aux chaussures.

— Vous voyez La Halle aux chaussures ? aboie-t-il dans son micro pour couvrir le passage d'un camion sur la nationale.

— Non, je ne la vois pas.

— Sur votre gauche, au-dessus du McDonald's.

— Ça y est, oui.

— Eh bien vous la contournez, c'est juste derrière.

— D'accord, merci.

Le bâtiment est insolite, construit en marge de la zone industrielle et regardant un terrain vague où stationnent quelques poids lourds. Trois étages, les chambres desservies par des galeries ouvertes, chaque porte signalée par un petit fanal et affichant une couleur différente : jaune, vert, bleu, rouge. Ici, ni grille ni caméra. Le hall d'entrée, lui aussi, est zébré de couleurs vives. Personne à la réception qui baigne dans une lueur d'aquarium. Ah si, le type est dans une pièce attenante, devant un écran de télévision. Augustin tape avec son briquet sur le comptoir.

— C'est pour une seule nuit ?

— S'il vous plaît.

— Pas de femme, pas de chien ?

— Juste mon vélo.

— Ça ne compte pas pour une personne, ça, le vélo. Ça te fait quarante-cinq euros, petit déjeuner compris. Payable tout de suite. Comment tu règles ?

Chambre 26, deuxième étage. Il faut ressortir pour emprunter l'escalier. Le Singer se laisse porter sans difficulté et cependant Augustin éprouve soudain un profond abattement. Il a eu tort de renoncer si vite, de venir jusqu'ici. Les lumières chaudes de Moulins lui manquent, l'éclat de la ville, les terrasses des cafés. Il s'était figuré tomber sur un vieux palace en quittant Trévol, comme à Verdun, comme partout où il va, mais à cause de cette commerçante il a perdu le fil, il s'est laissé mettre à la porte. D'abord poussé vers la gare sous le prétexte des cigarettes, puis vers la zone industrielle, dans cet endroit impossible. Il ouvre la porte et ce qui le frappe en allumant, c'est son lit :

un moulage en plastique qui inclut la table de nuit et une lumière blanche incandescente incrustée au-dessus de l'oreiller. Un ensemble vert, lisse comme une baignoire, dans lequel est encastré le matelas. Puis deux murs orange, et le troisième zébré de vert, comme pour faire écho au lit. Mais oui, le même vert. Toutes ces couleurs... Ah, et le bureau, un autre moulage en plastique, orange cette fois, sous la fenêtre. Il lui semble que la pièce sent la transpiration, une odeur d'aisselles, mais peut-être est-ce lui. Toutes ces couleurs, oui, voilà, lui rappellent son émerveillement en découvrant la cité ouvrière, l'année de ses neuf ans. Un mur jaune, l'autre rouge, l'autre vert. Ça changeait de l'appartement de Neuilly et il s'était entendu dire : « C'est joli, ici », de sorte que la mère l'avait observé fixement avec l'envie de le tuer. Des années plus tard, il avait constaté qu'on mettait volontiers de la couleur dans les crèches et chez les pauvres, tandis que chez les riches on livrait en blanc, comme si l'esprit des pauvres avait encore besoin d'être stimulé. Il est tenté de ne pas entrer, de retourner à Moulins, et peut-être serait-il reparti s'il n'avait pas entendu un bruit de pas. Alors il précipite le Singer à l'intérieur, ferme sa porte. Il entend qu'on pénètre dans la chambre voisine et il se tient un moment interdit. Il entend que la personne urine, il devine que ce doit être un homme. C'est durant ces secondes interminables qu'il perçoit l'affolement de son cœur. Il ne veut pas être ici, enfermé ici. Il étouffe. Il se voit déboutonnant machinalement sa chemise et se malaxant le sein gauche. La peau de son torse est moite, il entend qu'il halète. Peut-être est-ce dans cet endroit qu'il va mourir du cœur, finalement. Tomber là, sur le sol en plastique, comme Toto chez les religieuses, et mourir. Cet endroit sordide. Tout est misérable ici, on dirait l'intérieur d'une roulotte, en levant le bras, il pourrait toucher le plafond. Il étouffe. S'il avait son téléphone, il appellerait quelqu'un au secours. Il ne voit pas qui, mais il trouverait bien en faisant défiler ses « contacts ». Pourquoi pas la pharmacienne de la rue de Belleville, tiens ? Cathy. Cathy Laveau. Au temps où il vivait avec Esther, il adorait aller à la pharmacie. Elle lisait ses livres, le regardait entrer avec un imperceptible sourire d'admiration et de désir. « Je vous ai entendu à la radio, hier soir », lui glissait-elle tandis que son mari servait un autre client. Une grande femme aux yeux verts. Ils auraient sans doute fini par coucher ensemble si l'occasion s'était présentée, quoique Augustin trouve très bien que les choses en restent là. Coucher avec Esther continuait d'être passionnant, et d'ailleurs, sur la fin, il n'y arrivait plus. C'est Augustin, madame Laveau, Augustin Revel, vous vous souvenez de moi ? Ça ne va pas du tout, dites-moi quelque chose s'il vous plaît, n'importe quoi. Non, attendez, attendez un peu, je vais d'abord m'asseoir, essayer de respirer moins vite, de me calmer, et vous allez me parler. D'accord ? Ça n'a pas d'importance ce que vous allez dire, j'ai juste besoin d'entendre une voix amie. Envie de mourir, oui, que tout s'arrête, que tout s'éteigne. Vous aussi, parfois ? Ah, tant mieux, tant mieux. Non, il n'y a aucun risque parce que la fenêtre donne sur la galerie. De la galerie? (Il s'entend rire.) Mais c'est à peine si je me foulerais la cheville, Cathy. Vous me faites rire. Voyez, ça va déjà mieux. Quel soulagement de vous entendre! Il a parlé tout haut. Comme si elle était à l'autre bout, vraiment. Mais qu'est-ce qu'il lui a pris d'envisager de sauter par la fenêtre? Une seconde plus tôt, il n'y pensait pas. C'était venu comme ça, dans la conversation, pour qu'elle comprenne à quel point. Cathy Laveau. Il l'avait complètement oubliée, celle-ci, et d'un seul coup, comme *Madame Butterfly*. Pourquoi les choses nous reviennent-elles subitement? Une partie de nous va les repêcher dans les profondeurs de notre mémoire, et aussitôt l'autre partie veut croire au miracle. Où êtes-vous, Augustin? Ne bougez pas, je serai là avant le lever du jour. La Jaguar de mon mari, oui, bien sûr. Moulins n'est pas si loin de Paris par la nationale 7, vous savez. Non, il ne sait pas, peut-être trois ou quatre cents kilomètres. Il l'appellera demain. Au besoin, il fera le détour par Paris pour la revoir. Ce qu'il faut, c'est qu'il tienne jusque-là. Mais comment a-t-il pu l'oublier? Elle doit se demander ce qu'il est devenu. Il va prendre une douche et se coucher sur ce truc infect. Pour bien faire, il faudrait éteindre, ne plus rien voir, oublier, se mouvoir avec une lampe électrique. Ou une bougie! C'est le mot «bougie» qui le ramène soudain à la mère. Sauter par la fenêtre, il n'a pas réagi, mais bougie, si, dans la seconde. «Ne reste pas là à trembler, maman, allume deux ou trois bougies et mets-toi à écrire.» Essaie donc d'écrire toi-même dans cette boîte, crétin, à supposer que tu trouves du papier et un stylo.

Un moment, il croit qu'il va pouvoir se raccrocher à cette expérience inédite : partager l'effroi de sa mère la première fois dans la cité ouvrière, l'espace d'une nuit. L'expérience du « taudis », n'est-ce pas. Il croit qu'il va pouvoir. Il éteint, puis il fait jaillir la flamme de son briquet. Il ne va pas se laver, il va s'allonger et tâcher de dormir. Il y était presque, le cœur au repos, emporté déjà dans des associations d'images où Esther lui apparaissait descendant des alpages pendant que lui sortait du chalet des Houches où ils passaient tous leurs étés, enfants. Lui, petit, Esther, déjà grande, mais Esther qui devenait par bonheur sa cousine Gwenaëlle à l'instant de l'embrasser – quand la sonnerie du téléphone l'a réveillé. Il rouvre les yeux. Ça vient de la chambre d'à côté. Pourquoi le gars ne décroche-t-il pas ? De l'avoir entendu pisser si longuement, tout à l'heure, Augustin l'imagine avec un polo rayé de camionneur à manches courtes, des bras comme des poteaux télégraphiques, une haleine de mangeur de hareng et avec ça dormant la bouche ouverte. La sonnerie s'interrompt, puis reprend. Merde, il ne va pas décrocher, ce con ! À la troisième sonnerie, il expédie un grand coup de poing dans la cloison. « Putain, hurle le type, ça va pas de cogner comme ça ! Tu recommences et je te démonte la gueule, moi. »

Le cœur d'Augustin a bondi dans sa poitrine. « Baronne de mon cul, oui, glapissait M. Kérivel, même pas capable de respecter le sommeil des autres.» Maintenant il n'ose plus bouger sur son matelas. Et c'est le moment que choisit sa mémoire pour lui rappeler l'homme qu'il fut dans sa maison du Pertus. Si Mathilde le rejoignait, c'était en début d'après-midi. Elle entrait par la porte de derrière qu'il laissait toujours ouverte. Elle traversait la cuisine et s'annonçait depuis le bas de l'escalier.

— C'est moi, Augustin, je peux monter?

— Oh oui, bien sûr!

Son bureau était à l'étage. Il finissait généralement d'écrire à cette heure-là, ou parfois il avait arrêté depuis un moment et il fumait sa première cigarette, se demandant s'il allait manger quelque chose avant de partir à vélo, ou partir le ventre vide et manger au retour. L'arrivée de Mathilde résolvait son problème. Elle apparaissait dans l'encadrement de la porte avec ce sourire qui le faisait fondre. Ne soufflait mot, attendait qu'il se lève et vienne l'accueillir – ou la cueillir, comme elle l'avait formulé un jour : «Non, je ne veux pas venir jusqu'à toi, j'aime que tu viennes me cueillir à ta porte.» Ils s'embrassaient debout, commençaient à se déshabiller, et souvent ils faisaient l'amour dans son bureau. Elle disait qu'elle se sentait déchirée entre son mari et lui. Les premiers temps, elle en pleurait. «Si je rencontrais Yves aujourd'hui, il ne m'intéresserait pas. Son affairisme, sa volonté de vouloir toujours occuper le devant de la scène. Nous nous sommes connus si jeunes. C'est toi que j'aime, Augustin, ta liberté, cette façon si particulière de conduire ta vie, tout ce que nous partageons autour des livres aussi, bien sûr, et cependant je ne peux pas envisager de quitter Yves. » Il songe que si Mathilde le croisait aujourd'hui elle ne le reconnaîtrait pas. Et si elle le reconnaissait ne s'approcherait sans doute pas, effrayée par son allure. Qui conduit sa vie désormais ? Il lui semble qu'il ne s'est jamais trouvé dans une telle détresse, dans un tel dénuement également. À cet instant, tout ce qu'il possède se résume à son Singer. Ses photos et ses manuscrits sont restés dans la Peugeot, et la Peugeot chez ce couple dont il ne sait même pas le nom. Le reste est entassé dans un garde-meuble à Aurillac. Peut-être pillé à l'heure actuelle. Nous mettons des années à construire ce qui peut être défait en quelques heures. La mère haletant dans le vestibule, comprenant qu'elle vient de tout perdre. C'est alors qu'elle avait déclaré qu'elle allait se jeter par la fenêtre. Pourtant huit petits chiots, n'est-ce pas, dont le dernier encore au sein. Mais comment les aimer, comment se présenter seulement devant eux quand on a perdu ce qui nous tenait debout ? Elle, le faste de Neuilly ; lui, l'écriture. Pas une ligne depuis des jours. Songer à ses enfants fait que brusquement son corps nu se couvre de transpiration. Laetitia et Alice qu'il n'a toujours pas rappelées, Coline et Jonas qui ont préféré s'éloigner, qui préfèrent se taire. Son cœur cogne si fort que même ses jambes en sont agitées de soubresauts. Il n'a pas idée de l'heure qu'il peut être, une heure ? deux heures ? mais il ne va pas tenir comme ça jusqu'au matin et il aurait honte qu'on le découvre mort dans cet endroit. Il va se lever, dénicher la pharmacie de garde et croquer une barrette de Lexomil.

Il fait très doucement, maintenant il a peur que l'autre brute bondisse de sa chambre et aussi bien le frappe. La mère s'enfuyant et se tordant la cheville à l'instant de passer devant la porte entrouverte des Kérivel. « Mon Dieu, c'est bien ma chance ! » – il croit l'entendre, il l'entend pour ainsi dire. La mère terrifiée. Il sort délicatement le Singer, prenant garde à ne rien cogner, et puis il laisse la porte de sa chambre ouverte plutôt que de la claquer. Parvenu en bas, il respire plus librement et aussitôt s'élance en direction de Moulins. La nuit est automnale, mais il a noué autour de son cou la plus petite des serviettes éponge, tandis que de la grande il s'est fait une cape. Il se félicite d'y avoir pensé et, en dépit de sa situation, il se surprend à sourire. Malin, le gars, songe-t-il. Il n'a pas froid, et on dirait bien que ces deux serviettes ont suffi à lui rendre confiance. N'empêche, il aurait payé cher pour les avoir la veille au soir, songe-t-il encore, décidément soucieux de s'autocélébrer. Une barrette ou deux de Lexomil et il s'endormira, soudain détaché de lui-même, aux abonnés absents. Durant son divorce avec Esther, toutes les nuits. Shooté des mois durant au Lexomil. Tiens, il va prendre sur la droite, en direction du centre-ville, et ainsi gagner sûrement quelques kilomètres. Comme propulsé par le doux vrombissement de sa dynamo, le Singer semble négocier tout seul le virage et Augustin en éprouve une imperceptible jouissance.

Voilà, il entre dans les faubourgs. Il s'arrête devant la première pharmacie qu'il croise pour prendre l'adresse de celle qui assure la garde. Quartier de la cathédrale, en plein centre, au moins il n'aura pas à chercher bien longtemps. Il reconnaît la terrasse où il a dîné, et dans le même instant il aperçoit la croix verte, à quelques pas de la commerçante qui n'a pas voulu lui vendre un pull. Il sonne à l'espèce de guichet ménagé dans la devanture, à droite de la porte d'entrée fermée par une grille.

— Oui, c'est pourquoi ?

Une voix d'homme, mais il est impossible d'apercevoir qui que ce soit.

— Pour du Lexomil.

— Glissez l'ordonnance par la trappe.

— Je n'ai pas d'ordonnance.

— Alors je ne peux pas vous vendre le médicament.

— J'en ai vraiment besoin, sinon je ne vous aurais pas dérangé.

— Dans ce cas, allez à l'hôpital, aux urgences.

— Attendez une seconde.

Augustin sort un billet de cinquante euros qu'il glisse dans la trappe.

— Je vous achète une barrette pour cinquante euros. Je ne vais pas me tuer avec une barrette, vous ne risquez rien.

Il y a un silence, aucune main ne vient prendre le billet mais en même temps l'homme ne l'éconduit pas.

— Tenez, entend-il enfin, prélevée sur ma réserve personnelle. Et gardez votre argent. Bonne nuit.

Tandis qu'il s'éloigne de la pharmacie, sa barrette dans la poche, l'idée qu'il pourrait trouver une chambre au Grand Hôtel l'illumine. Toutes les villes de France n'ont-elles pas possédé leur Grand Hôtel dans les années 1920 ? Pourquoi Moulins ferait-il exception ? Il ne va pas retourner dans le « taudis », sûrement pas, mais chercher le vieux palace, prendre une chambre, une suite au besoin s'il n'y a plus de chambres, bouffer sa barrette de Lexomil, et s'endormir comme un bienheureux dans un lit Napoléon III.

Il est sur le point de remonter à vélo quand il croit reconnaître la sonnerie de son téléphone. Personne autour de lui, d'où ça peut-il venir ? Et brusquement il se rappelle : il l'a glissé dans la petite trousse de réparation, sous sa selle. Putain, c'était donc son propre téléphone qui sonnait tout à l'heure dans la chambre ! Et il avait réveillé le type ! Tu m'étonnes qu'il l'ait mal pris. Dix-huit appels en absence. Entre-temps, la sonnerie s'est interrompue. Trois heures dix. Qui peut bien le chercher à trois heures dix du matin ?

Il hésite un instant, puis rappelle.

— Allô ? fait une voix qu'il ne connaît pas.

Il entend que la personne renifle à l'autre bout.

— Augustin Revel, dit-il. Vous venez de m'appeler mais je ne sais pas qui vous êtes.

— Augustin ! J'ai eu tellement peur. Où êtes-vous ?

— À Moulins. Mais qui êtes-vous ?
— Sarah. Vous ne reconnaissez pas ma voix ?
— Sarah, Sarah... l'amie de Laetitia ?
— Sarah Saber, de Verdun. Vous m'aviez promis de décrocher...

Ça y est, il se souvient. Dans les dernières heures, il a pensé à Agnès, à Nadine, à Mathilde, à Cathy Laveau, à Madame Butterfly, à Esther, à Gwenaëlle, à sa mère bien entendu, mais pas une seconde il n'a pensé à Sarah. Au point de l'oublier. Au point de croire que l'amie de Laetitia, également prénommée Sarah, une gamine de vingt-cinq ans, pouvait avoir besoin de l'appeler à trois heures du matin.

— Mais vous pleurez, Sarah ?
— J'ai pensé que vous ne vouliez plus me parler, ou que vous aviez eu un accident.
— Je me suis fichu sur un tas de gravier, oui, mais rien de grave.
— Pourquoi vous ne décrochiez pas ? Je vous appelle depuis hier soir.
— J'étais certain d'avoir oublié mon téléphone. Je suis désolé. Arrêtez de pleurer, s'il vous plaît, je ne sais pas comment faire avec les gens qui pleurent.
— Pardon, oui, voilà, j'arrête... Je peux vous parler encore un peu, là, ou je dois vous laisser dormir ?
— Je ne dors pas. Allez-y.
— Pendant que je vous imaginais à l'hôpital, j'ai fait un vœu. J'ai fait le vœu, si vous me rappeliez, de venir vous rejoindre. Vous accepteriez ?

— Mais me rejoindre où, Sarah ?

— À Bordeaux. Vous m'avez dit que vous alliez à Bordeaux.

— Oui.

— J'ai imaginé que je pourrais passer quelques jours avec vous.

— Pourquoi pas.

— Ça vous ferait plaisir ?

Il la revoit patientant dans le salon de l'hôtel avec son petit haut fuchsia et ses lèvres du même rose. Adorable. Et cependant, il a pu l'oublier, songer qu'il allait appeler Cathy Laveau, rue de Belleville, plutôt qu'elle qui n'attendait que cela. Il est embêté, quelque chose de lui-même lui échappe, alors il décide que l'entêtement de Sarah le touche, devrait le toucher en tout cas.

— Ça me ferait plaisir, oui, bien sûr.

— Quand vous serez arrivé à Bordeaux...

— Je vous préviendrai, Sarah. D'accord.

— Je suis heureuse. Merci de m'avoir rappelé.

— Dormez bien, maintenant.

13.

La chance de sa vie

Toto avait absolument tenu à lui présenter « la fille formidable » qu'il avait rencontrée. Une petite bonne femme terrifiante à la peau tirée qui avait expliqué à Augustin pourquoi son père avait complètement raté la première moitié de sa vie. Élevé pour ainsi dire sans père, un homme revenu des tranchées à moitié fou et qui devait très vite mourir (oui, merci, je sais, avait-il songé en l'écoutant, sauf qu'il n'était pas dans les tranchées mais à cheval), Théophile avait grandi dans le seul souci de ne jamais contrarier sa mère. Il avait poursuivi le même idéal avec Suzanne, n'ayant jamais appris à dire non, croyant qu'il trouverait le bonheur dans la satisfaction des souhaits les plus extravagants de sa femme. C'était comme cela que la famille avait atterri à Neuilly et que dix enfants étaient nés de ce mariage « absurde ». Durant tout le repas, Toto avait acquiescé, y compris au mariage « absurde », sa fiancée s'emparant fermement de son poignet pour le faire taire chaque fois qu'il entendait apporter une précision. De nombreuses années avaient donc été perdues pour lui mais l'expression « trop tard» n'entrant pas dans le vocabulaire d'Odette Lavigne, directrice du contentieux à l'Abeille-vie (la compagnie d'assurances), on pouvait compter sur elle pour que Théophile réussisse la seconde moitié de sa vie.

Ah, et encore une chose : c'en était désormais fini de ce surnom grotesque de «Toto». Odette vivante, plus personne n'appellerait son «homme» autrement que Théophile. «N'est-ce pas, mon amour?» Toto avait opiné gravement.

Augustin avait immédiatement détesté cette femme et le couple ridicule que son père formait avec elle – lui désormais habillé par Ted Lapidus comme Alain Delon, elle ponctuant toutes ses phrases d'un sourire mécanique de proviseur. Il n'avait pas été question une seule fois des petits, abandonnés avec la mère. Dans les heures qui avaient suivi cette rencontre, saisi de remords pour avoir encouragé son père à s'enfuir avec cet alien, Augustin avait retourné sa veste et pris le parti de sa mère. Le lendemain, il s'était pointé en bon fils dans l'appartement familial. Il avait découvert la mère au lit, le visage boursouflé par les larmes, et les petits errant en pyjama entre les chambres et la cuisine. Aucun n'était à l'école, la vaisselle n'avait pas été faite depuis plusieurs jours, le cours de la vie semblait s'être interrompu chez les Revel de Pranassac.

Au volant de la Peugeot, traversant en somnambule la commune de Guéret, dans la Creuse, Augustin songe qu'il va devoir s'arrêter et s'allonger quelque part dans les pâturages. Il connaît bien cette douleur qui le prend certains matins devant son manuscrit, lorsqu'une scène lui résiste trop longtemps. Son estomac se met mystérieusement à durcir, puis il pèse, pèse, au point qu'Augustin en vient bientôt à rentrer les épaules, jusqu'au moment où il est obligé de quitter son bureau, cassé en deux comme un petit vieux, pour aller s'effondrer sur son lit. En vérité, il n'a jamais compris comment il avait pu être ce bon fils, et devoir revivre cet épisode peu reluisant de sa biographie le rend malade. Alors qu'il écrivait déjà dans sa chambre de bonne la première version du livre qui allait tuer sa mère (selon le frère aîné et cette andouille d'Agnès), il s'était présenté devant celle-ci en sauveur. S'était dédoublé, en quelque sorte, commençant à l'assassiner là-bas tandis qu'ici il se penchait à son oreille pour lui murmurer des mots de réconfort.

Il avait obtenu qu'elle se lève, lui avait fait couler un bain brûlant comme elle les aimait et, pendant qu'elle s'y trempait, avait fait habiller les petits avant de les expédier à l'école avec un mot d'excuse. Quand la mère était apparue dans la cuisine, amaigrie mais debout, il lui avait expliqué qu'elle allait devoir se prendre en main désormais, apprendre à survivre avec les seules allocations familiales, à régler les factures, à gérer la scolarité des petits, à conduire une voiture, etc., etc., et que lui, Augustin, serait là pour l'aider. Elle avait acquiescé, sans doute confusément honteuse d'apparaître dans cet état devant un fils de vingt ans aussi loyal et entreprenant (occupé, d'ailleurs, à écluser huit jours de vaisselle sale).

— Tu vas y arriver, maman, et je serai là. Demain matin, je te donne ta première leçon de conduite, sur le parking, derrière l'immeuble.

— Oui. Merci Augustin, merci.

Cela dit dans un souffle à peine audible.

Cependant, ni lui ni elle n'avait respecté le contrat. Il l'avait trouvée le lendemain sanglotant devant un courrier d'huissier, elle l'avait menacé de s'ouvrir les veines, exactement comme il l'avait vue faire avec Toto, et il n'était plus revenu. Merde, elle lui avait déjà bousillé son enfance, elle n'allait pas aussi lui bouffer sa vie d'homme. Après tout, il n'était pas son mari, il ne lui devait rien. Quelques jours plus tard, il avait appris par la sœur aînée que la mère s'était enfuie, abandonnant les petits.

Là, le chemin sur sa droite. Augustin y engage la Peugeot et, deux cents mètres plus loin, s'en extrait péniblement pour aller rouler dans l'herbe. C'est fini, il n'y a rien d'autre à dire de cet épisode pitoyable et à aucun autre moment de sa vie il n'a feint de jouer le bon fils. C'est une faute qu'il ne se pardonne pas, mais c'est une faute qu'il n'a pas renouvelée – tout le monde peut se tromper, comme aimait à le répéter Toto. Ce qu'il va faire, maintenant, c'est respirer calmement, penser à autre chose, une chose agréable de préférence, de façon à dénouer son estomac.

Il n'avait pas trouvé le Grand Hôtel et, finalement découragé, s'était affalé sur un banc, le

Singer appuyé contre un arbre dans son champ de vision. Il avait allumé une cigarette, résolu à attendre là l'ouverture des cafés pour prendre un petit déjeuner. Il commençait à somnoler, grelottant sous sa serviette éponge, quand il avait senti qu'on lui tapotait l'épaule.

— Il fait bien trop froid pour passer la nuit dehors, monsieur. D'où venez-vous comme ça?

— Ah pardon, oui. J'avais trouvé un hôtel mais je ne veux pas y retourner.

Une dame âgée, enroulée dans une robe de chambre, dont le long visage osseux l'observait avec sympathie. D'où sortait-elle?

— Vous ne voulez pas entrer un moment prendre quelque chose de chaud?

— Si. Le problème, c'est mon vélo.

— Eh bien vous le prenez avec vous!

— Dans ce cas je veux bien.

Elle habitait la maison derrière le banc. Elle avait dû l'apercevoir depuis sa chambre.

Elle lui avait servi du café, beurré des tartines, s'affairant autour de lui en répétant «là, là», comme pour meubler la conversation.

Il s'en était tenu à raconter son accident.

Quand il s'était levé pour partir, elle avait ouvert une porte à gauche du vaisselier.

— Il y a une chambre, ici, qui ne sert plus à personne, allez donc vous allonger un peu au lieu de ressortir par ce froid.

— Ça ne vous dérangera pas, vous êtes sûre?

— Si je vous le propose.

Il avait dormi jusqu'à onze heures, détaché de lui-même grâce au Lexomil, en chien de fusil sous l'édredon. Elle lui avait laissé un mot dans la cuisine, lui expliquant qu'elle n'avait pas voulu le réveiller, que le café était chaud et qu'en partant il n'avait qu'à claquer la porte derrière lui. Comme le crayon était resté posé à côté du papier, il avait écrit « Merci ». Après avoir bu un bol de café, et sur le point de s'en aller, il avait ajouté son nom et son numéro de téléphone.

À son retour à Trévol, la Peugeot était prête. Les frères avaient réussi à colmater à la soudure les trois ou quatre fissures du radiateur, sans avoir à le démonter. Il avait bu une bière avec eux, payé, salué poliment Nadine et repris la route.

Allongé dans l'herbe, le soleil lui chauffant agréablement le plexus, il essaie maintenant de se rappeler ce qu'il avait dit exactement à Curtis au cours de ce déjeuner. « Les gens ne gagnent pas à être connus, Curtis. À la première rencontre, ils vous donnent le meilleur d'eux-mêmes, à la deuxième ils commencent déjà à vous emmerder avec leurs petits arrangements. Vous avez remarqué ? Pour bien faire, il faudrait s'en tenir à la première fois et s'interdire catégoriquement de revoir qui que ce soit. » Curtis avait préféré en rire (d'autant qu'Augustin et lui se voyaient depuis bientôt trente ans). C'était sans doute idiot, mais ça n'était pas faux. Nous sommes tous capables d'incarner la beauté, le désintéressement, songe Augustin, mais brièvement, car notre besoin de médiocrité est impossible à rassasier. Sans même parler de notre malignité. Flûte, il ne voulait plus penser à l'épisode du bon fils et voilà que ses réflexions viennent de l'y ramener. Il n'aura pas feint d'être un bon fils plus de vingt-quatre heures, il ne faut pas non plus en faire un fromage. Mais il faut reconnaître plus de constance à la mère qui, elle, n'aura pas feint une seule seconde d'être une bonne mère. Cela le fait sourire et il sent que son estomac se relâche.

Tiens, il regrette d'avoir laissé son nom et son téléphone à la vieille dame. Elle a été tout simplement merveilleuse, pas un mot de trop, pas une fausse note. L'expression de ce que l'humanité peut produire de meilleur. Et au lieu de partir là-dessus, cohérent avec lui-même, il lui a donné son téléphone, comme s'il souhaitait la revoir. Or il est prêt à parier sa Peugeot qu'à la deuxième entrevue elle se montrerait affreusement décevante.

La mère s'était donc enfuie, abandonnant les petits que la sœur aînée avait récupérés chez elle. Durant cinq ou six semaines elle n'avait donné aucune nouvelle et Toto avait commencé à se faire du souci. À deux ou trois reprises il était passé demander son avis à Augustin, sapé comme un jeune homme dans son Ted Lapidus à fines rayures.

— Mon vieux, je finis par me demander si elle ne s'est pas fichue en l'air.

Il ne disait plus « la pauvre vieille », on le sentait réellement embêté.

— On ne peut pas l'exclure.

— Tu crois que je préviens la police ?

— Pourquoi pas ?

Augustin avait surtout envie qu'on lui foute la paix.

Puis l'affaire s'était dénouée de façon inexplicable. Un matin, il avait reçu un coup de fil de son père l'invitant à déjeuner le dimanche suivant.

— Où ça ? s'était-il enquis. Chez ton amie Odette ?

— À la maison, pomme à l'eau.

— Chez nous, tu veux dire ?

— Avec ta mère et tes frères et sœurs. Tu veux que je te fasse un dessin ou quoi ?

— Je ne savais pas qu'elle était revenue.

— Eh bien maintenant, tu le sais.

Manifestement agacé, Toto lui avait raccroché au nez.

Poussant la porte de l'appartement familial, Augustin n'avait retrouvé aucun signe du cataclysme dont il avait été le témoin. Plus de traces de vaisselle sale, des petits, certes pâles et neurasthéniques, mais habillés et coiffés. Toto fagoté comme à l'ordinaire dans un costume du Secours catholique, élimé aux poignets et lui découvrant les chevilles. Seule la mère portait les stigmates d'un « ailleurs » et Augustin s'était demandé si elle ne rentrait pas tout simplement d'une « retraite de chrétienté ». Toto et elle adoraient ces réclusions volontaires durant lesquelles le prédicateur les donnait en exemple pour leurs dix enfants. Ils en revenaient plein de gouaille pour ces « ménages » égoïstes qui se satisfaisaient de deux ou trois gosses quand l'encyclique *Casti connubii* sur le mariage chrétien condamnait résolument toute forme de contraception. Toto était intarissable sur *Casti connubii*, et la mère abondait – c'était même l'un des rares sujets à propos desquels elle semblait éprouver de la considération pour son mari. À moins, s'était dit Augustin, qu'elle se soit fait tirer la peau comme Odette Lavigne. Toutes voulaient se faire tirer la peau depuis que Danielle Darrieux, ou Michèle Morgan, enfin l'une des deux, était apparue plus jeune de dix ans à son retour des États-Unis. De fait, la mère paraissait rajeunie, les traits détendus, légèrement hâlée. Elle portait une robe noire qu'il ne lui connaissait pas et qui la mincissait. Augustin avait dû convenir que sa mère était une femme, et la chose l'avait mis mal à l'aise. D'autant plus que Toto en rajoutait, mon petit par-ci mon Minou par-là, lui tournant autour comme au temps de Neuilly et profitant de ce qu'elle surveillait la cuisson des frites pour lui caresser les fesses.

Il n'avait plus été question d'Odette Lavigne et ce n'est que vingt ans plus tard, alors qu'il avait convaincu Toto de lui montrer les lieux de son enfance et qu'ainsi ils se promenaient tous les deux dans les rues de Bordeaux, qu'Augustin avait osé interroger son père.

— Cette Odette que tu m'avais présentée, papa, tu l'as aimée ?

— Je n'ai jamais aimé que ta mère.

— À ce moment-là, tu l'avais quittée pour Odette Lavigne. Tu te souviens ?

— Mon vieux, ça nous arrive à tous de faire des conneries dans la vie.

— Tu n'en pouvais plus de maman.

— Elle n'a pas toujours été marrante, tu es bien placé pour le savoir.

— Odette prétendait que tu avais fait un mariage « absurde » et tu ne l'avais pas contredite.

— Qu'est-ce que tu vas chercher là...

— Je n'invente rien, elle l'avait dit au cours de ce déjeuner dans un restaurant du quartier Saint-Lazare, et je me souviens que tu avais acquiescé.

— Tu veux que je te dise une chose ? Tu commences à me faire braire avec tes histoires.

— Bon, excuse-moi. Tiens, viens, entrons là si tu veux, on va prendre un verre et parler d'autre chose.

C'était en plein mois de juillet, ils s'étaient installés à l'intérieur plutôt qu'en terrasse pour trouver un peu de fraîcheur.

— Je n'ai jamais aimé que ta mère, avait répété Toto une fois attablé devant un demi.

Cette fois, Augustin n'avait pas relevé, et comme le silence se prolongeait, son père avait soudain repris la parole.

— J'ai bien failli la perdre, si tu veux tout savoir, et je te fiche mon billet que, si ç'avait été le cas, je ne serais plus là aujourd'hui pour te raconter ma vie.

— Tu as bien failli la perdre au moment d'Odette ?

— Oui, par ma faute.

— Et pourquoi tu dis que tu ne serais plus là ?

— Parce que jamais je ne m'en serais remis. Ta mère a été l'unique chance de ma vie. Je vais te faire une confidence : je ne comprends toujours pas comment elle a pu me voir. Je ne pouvais prétendre à rien dans ma situation, à vingt-trois ans, fauché comme les blés, petit gratte-papier chez Peugeot, tandis qu'elle avait tout pour elle – la beauté, la renommée d'une grande famille, et l'argent. Comment a-t-elle pu poser son regard sur moi ? Je ne sais pas, mais j'ai su tout de suite qu'une telle chance ne se reproduirait pas deux fois. Et je l'ai saisie.

— Tout de même, papa, je ne parlerais pas de « chance » à propos de votre mariage.

Plutôt d'une entreprise de démolition, avait-il failli ajouter, se retenant par compassion pour le vieil homme malade qu'était devenu Toto.

— Pense ce que tu veux, mais moi, je te répète que ta mère a été la chance de ma vie.

Un peu plus tard, Augustin avait osé demander à son père s'il savait ce qu'était devenue Odette Lavigne.

— Elle n'a pas eu de pot, la malheureuse, avait-il répondu distraitement, manifestement préoccupé par autre chose, elle a fait un cancer qui l'a emportée en quelques mois. Rideau ! Basta !

— Ah bon. Mais longtemps après votre séparation ?

— Ça, mon vieux, tu m'en demandes trop. Je l'ai appris complètement par hasard par un type de l'Abeille-vie avec lequel j'étais en affaires. Dubourelet. Un drôle de zèbre, celui-là aussi. Je me demande même s'il n'a pas fini en prison.

« La chance de sa vie », reprend Augustin à voix haute en se massant l'estomac. Qu'aurait répondu la mère, interrogée dans le même contexte, alors que tout semblait s'être apaisé entre eux ? Elle n'aurait sûrement pas prétendu que Toto avait été la chance de sa vie, elle qui aurait pu connaître un destin de princesse, et cependant elle lui était restée fidèle jusqu'à la fin, ou presque. Pourquoi ? Était-ce seulement que la mère manquait d'imagination pour se projeter dans autre chose ? Ou qu'elle n'en avait plus ni la force ni le désir ? Il vient un moment..., songe Augustin. Mais il ne va pas au bout de sa pensée. Oui, comme moi aujourd'hui, tranche-t-il. Comme moi. Plus ni la force ni le désir. Deux ans peut-être après ce pèlerinage à Bordeaux, on leur avait saisi la maison dont Toto ne remboursait plus les traites depuis longtemps, ils avaient été de nouveau expulsés, puis recueillis par les religieuses, et ils étaient morts l'un et l'autre peu après, à quelques jours d'intervalle, mais chacun dans une chambre et sans s'être revus. La mère abrutie de neuroleptiques et perdant complètement la boule, au point de confondre Augustin, venu lui dire adieu, avec le frère aîné, ce sale con. Toto lâché par son cœur au milieu d'une nuit pluvieuse de mars. Mais merde, il ne va pas revenir là-dessus, d'autant que son estomac va mieux.

Il va repartir et, arrivé à Limoges, il s'arrêtera boire un diabolo menthe au soleil et fumer une ou deux cigarettes. Qui ne voudrait pas d'un tel programme ?

D'autant plus qu'entre Guéret et Limoges, la route est magnifique. C'est écrit partout, des panneaux signalent même les points de vue. Et puis la Peugeot tourne comme une horloge. Au fond, il pourrait très bien adopter ce mode de vie : parcourir l'Europe toute l'année au volant de sa voiture, prendre des verres ici et là, dormir à l'hôtel, se promener dans des villes qu'il ne connaît pas. Qu'est-ce qui le retient de se mettre en vacances? Il a de l'argent, sans doute assez pour les quelques années qu'il lui reste à vivre, et ses enfants n'ont plus aucun besoin de lui. «Depuis que je vous connais, Augustin, je vous vois souffrir. Vous n'avez jamais pensé à vous faire plaisir? — Comment ça, me faire plaisir? — Je ne sais pas, moi, partir vous promener avec Esther, voyager, profiter de votre succès... — Et ne plus écrire vous voulez dire? — Tout de suite les grands mots! Je ne vous dis pas d'arrêter d'écrire, je suis simplement en train de vous suggérer... — De partir en vacances. — Oui, voilà. — Je déteste les vacances, Curtis, elles me précipitent dans la dépression. Je me souviens avoir essayé d'en prendre une fois, au temps d'Agnès, quelque part au sud de la Tunisie, c'est elle qui avait tout organisé et j'étais rentré de là complètement perdu et tremblant. Avec une terrible envie de mourir. Il n'y a qu'en écrivant... — Bon, bon, oubliez cette conversation et prenez un dessert. Je vous trouve un peu pâle, est-ce que quelque chose ne va pas?» Tout allait très bien, au contraire. Il était exactement au milieu d'un roman, la meilleure place :

désormais certain que le livre existerait et, dans le même temps, assuré qu'il en avait encore pour plusieurs mois avant de le finir. Il n'aimait jamais tant Esther que lorsqu'il était dans cette position : confortablement logé à l'intérieur de son manuscrit, bien à l'abri de la dépression et des intrus. Ne tremblant plus, se prenant pour le roi du monde, s'imaginant que rien ne pouvait plus l'atteindre. Même quand la mère l'avait traité d'assassin, au téléphone, il n'avait pas tremblé. Elle pouvait bien le taxer de tous les noms d'oiseaux, il s'en foutait, il s'était remis à écrire depuis deux ou trois semaines. « Assassin ! » avait-elle hurlé dans le combiné, avant de raccrocher précipitamment. Pendant des années, il l'avait entendue faire le même coup à Toto : « salaud ! », « menteur ! » et vlan ! que je te raccroche au nez. Surtout que l'autre ne puisse rien lui répliquer. Pas une once de courage chez la mère. Elle n'était pas morte de son livre, mais d'avoir perdu sa dernière maison. Son livre, elle ne l'avait même pas ouvert, trop contente de se plier aux injonctions du frère aîné et de passer pour une martyre. « Je t'interdis de lire ce torchon, maman. » Ce sale con qui avait joué au bon fils après avoir traité la mère de conne durant toute leur adolescence.

Oh, mais il n'en peut plus de ressasser toujours les mêmes histoires. « Dites-moi une chose, Curtis, sommes-nous tous habités d'un récit qui ne cesse de se répéter et dont nous n'avons aucun moyen d'arrêter le défilement ? » Il avait préparé la question mais n'avait pas osé la lui poser. Peut-être.

Augustin ne sait pas car personne ne semble s'en plaindre. Il n'a jamais entendu qui que ce soit lui dire : « Je n'en peux plus de devoir m'écouter, je veux parler de cette voix qui n'arrête jamais de me répéter ce que je ne sais que trop. C'est ma vie, n'est-ce pas, je suis bien placé pour la connaître, alors pourquoi faut-il qu'une voix me la serine indéfiniment ? J'en sais tous les épisodes, tous les détours, toutes les insatisfactions, tous les inachèvements, il n'y a plus aucun suspense, et cependant je sens que je vais devoir écouter les mêmes salades jusqu'à mon dernier souffle. Dites-moi, vous qui êtes écrivain, est-ce que ça ne serait pas cela, l'enfer ? »

Attends voir, il va prendre sa *Traviata* sur la plage arrière et lui clouer le bec, à la ritournelle. Et puis non, *Madame Butterfly*. Maria Callas en Madame Butterfly. Seule Callas aura le pouvoir de faire le silence en lui, croit-il. À cet instant, il a complètement oublié dans quelles circonstances il a découvert l'opéra, ainsi que l'émotion tout à fait particulière qu'éveille en lui la voix de Callas. De sorte qu'il glisse le CD dans son appareil tout en se réjouissant, l'air d'un homme qui vient de jouer un bon tour au diable. Mais quand la voix de Callas s'élève, si déchirante, si dramatique, c'est sa mère qu'il reconnaît aussitôt. Sa mère dans ces moments où elle ne se contrôlait plus et se mettait à hurler. Augustin avait appris à distinguer les deux façons qu'elle avait de hurler. Elle pouvait être affreusement vulgaire, insulter la terre entière, une véritable poissonnière, et dans ce cas il s'enfuyait de l'autre côté du palier pour ne plus l'entendre. Mais d'autres jours, il arrivait à la mère de perdre complètement les pédales de sorte que ses cris le retenaient car ils exprimaient une douleur terrifiante qui éveillait sa curiosité tout en le faisant trembler de peur. La voix de la mère s'envolait, puis s'élevait, s'élevait, comme si elle ne devait plus jamais redescendre. Augustin pressentait alors que la mère ne s'appartenait plus, que son âme était en train de s'enfuir, tant sa souffrance était intense, pour tenter d'atteindre ceux qui habitaient le ciel et étaient censés lui porter secours – Dieu, la Vierge Marie, et probablement son père, Henry Verbois, le héros de 14-18.

Tandis qu'il écrivait son premier livre, songeant qu'il était sur le point de régler son compte à sa mère, il était tombé complètement par hasard sur un disque de *La Traviata* que quelqu'un avait offert à Agnès. Jamais il n'avait écouté un opéra et il avait été surpris d'éprouver une telle émotion au troisième acte. Une telle émotion qu'il s'était mis à pleurer. Par la voix de Callas, Violetta chantait « Addio del passato » (« Adieu les joyeux rêves des jours passés, le rose à mes joues a déjà pâli, l'amour d'Alfredo me manque »). Par la suite, se repassant *La Traviata*, Augustin avait de nouveau pleuré, se demandant pourquoi, puisqu'il n'en comprenait pas les paroles. Et soudain, il avait su : sous le désespoir de Violetta, si justement porté par Callas, il avait reconnu celui de sa mère. Peu importaient les mots, et d'ailleurs la mère n'en avait aucun pour dire sa souffrance, ce qui le touchait, c'était cette manière si déchirante d'exprimer la détresse. Sans le savoir, s'était-il imaginé, Maria Callas avait attrapé quelque chose du malheur si profond de sa mère.

Et voilà qu'elle occupe de nouveau tout son espace, tout l'habitacle de la Peugeot tandis qu'il roule vers Limoges. Elle n'est plus Violetta, mais Madame Butterfly, la petite geisha de Nagasaki, transie d'amour pour son beau lieutenant américain et continuant d'espérer son retour. « Un bel di vedremo », chante-t-elle (« Un beau jour nous verrons une fumée s'élever aux confins de la mer, et puis le navire apparaîtra, et puis le navire sera blanc et il entrera dans le port. [...] Il appellera de loin : “Butterfly !” Sans y répondre, je resterai cachée. Un peu par plaisanterie, un peu pour ne pas mourir à la première rencontre. Tout cela arrivera, je te le promets. Sois sans peur, avec confiance je l'attends »).

Augustin avait oublié que ce qui le ramenait à l'opéra, c'était en vérité le désir de revivre ces moments de son enfance où il avait approché de tout près le désespoir de sa mère, secrètement satisfait de pouvoir encore en pleurer.

Ainsi, rien ne semblait pouvoir le distraire.

14.

Il aimerait qu'une voix amie
lui dise quelque chose

Pendant que la mère et Mica s'étreignaient, Joseph finissait de décharger les valises. Augustin se souvient de tout, et ici, par bonheur, rien n'a changé en un demi-siècle. Le vent chaud de midi continue de charrier l'odeur entêtante des pins à laquelle se mêlaient, à Pâques, des effluves de crottin et de feu de bois. L'odeur des pins et du crottin, associée dans son souvenir à l'apparition de Gwenaëlle. Il se tenait à cette place exactement, debout sur le gravier blanc éblouissant, jambes nues dans son costume marin, espérant de toutes ses forces qu'elle allait surgir derrière Mica. Par la double porte-fenêtre qu'il contemple à cet instant. Close, comme toutes les autres portes et fenêtres du château, en dépit de la forte chaleur. Peut-être ses lointains cousins travaillent-ils à Bordeaux et ne regagnent-ils Cestas qu'en fin de journée. Il lui semble qu'un jardinier a ratissé récemment le gravier. En tout cas, c'est une chance qu'il n'y ait personne.

À peine arrivé à Bordeaux, après une nuit à l'hôtel Bristol de Périgueux à boire du café pour soigner sa migraine, il a voulu revoir le château. Seulement de loin, s'est-il dit, et puis je reviendrai me présenter plus tard, habillé à leur façon – Lacoste jaune sur pantalon de toile vert pistache en cette saison. Pour les chaussures, il verrait, peut-être des mocassins de daim portés sans chaussettes. Les cheveux soigneusement coupés et huilés, rasé de frais. Il a donc laissé la Peugeot au bord de la nationale, enjambé la barrière blanche et emprunté l'allée secondaire, celle que prenait Joseph après les avoir déposés pour aller remettre la Traction au garage. Il a reconnu le garage, un pavillon de brique à pans de bois au fond duquel sommeille à présent une vieille Citroën SM affaissée sur ses amortisseurs et couverte de poussière. Ses deux frères étaient souvent fourrés dans le garage à respirer les odeurs de la Traction quand lui tournait autour du château sur son petit vélo bringuebalant, guettant le moment où Gwenaëlle apparaîtrait et l'applaudirait. Il ne comptait pas s'avancer plus avant que le garage mais, n'entendant aucun bruit, et constatant que rien ne bougeait autour du château, il a poursuivi à pas de loup jusqu'à se retrouver à l'emplacement même où Joseph les déposait.

Puisque c'est comme ça, il va faire le tour du château, tenter de retrouver l'endroit où Gwenaëlle se postait, et surtout la fontaine près de laquelle se tient sa mère sur la photo de juillet 1942. Il est parvenu devant la fontaine et, les yeux au sol, il cherche stupidement s'il ne découvrirait pas dans l'herbe une trace du passage de sa mère, plus de soixante-dix ans après les faits, n'est-ce pas, quand il entend que quelqu'un tousse à proximité de lui.

— Puis-je vous demander la raison de votre présence ici, monsieur ?

Se redressant, il se trouve face à un homme d'une cinquantaine d'années, grand, visage émacié, curieusement couvert par cette température d'une veste noire de velours côtelé sur une chemise blanche ouverte.

— Excusez-moi, j'ai pensé qu'il n'y avait personne, et du coup je n'ai pas pris la peine de sonner. Je suis venu ici, enfant, je voulais simplement revoir cet endroit.

— Ce serait supposer que nous nous sommes connus. Qui êtes-vous donc ?

— L'arrière-petit-neveu de Joseph, le chauffeur de votre aïeule, s'entend répondre Augustin.

Il se demandera plus tard pourquoi il n'a pas pu dire sa véritable identité – « Je suis le fils de Suzanne et de Toto, "Toto-Tornado", comme vous l'appeliez ici » – et il comprendra qu'il aurait eu plaisir à le faire s'il avait été habillé d'un Lacoste jaune et d'un pantalon de toile vert pistache, mais que ficelé comme un vagabond, cela aurait été donner raison à ceux du château : ils n'étaient décidément qu'une famille de merdeux, les enfants ne valant guère mieux que leurs parents.

— Ça alors, c'est une surprise ! s'étonne l'homme avec bonhomie. J'ai connu Joseph dans les toutes dernières années de sa vie, il est d'ailleurs mort sur la propriété, dans une dépendance. J'ignorais qu'il avait un frère.

— Une sœur, le corrige Augustin. Mon arrière-grand-mère.

Il éprouve une violente excitation à mentir. Un instant plus tôt, il n'aurait pas imaginé se ranger du côté des domestiques, mais il mesure à présent combien cela lui épargne de tracas. Dans le feu de l'improvisation, l'idée qu'il pourrait être confondu ne l'a pas traversé.

— Ah bien, bien. Et il vous est donc arrivé de venir ici dans vos jeunes années.

— Pour de très brefs séjours, oui. J'ai même eu le plaisir de saluer une fois celle que tout le monde appelait Bobo, votre arrière-grand-mère, je suppose.

Mais l'homme diffère sa réponse car on l'appelle – « Jean ! Jean ! Enfin, qu'est-ce que tu fais ? On t'attend pour passer à table... ».

Alors Augustin voit s'avancer une femme gracile sur le parterre de gravier.

— Figure-toi que ce monsieur a connu Bobo, explique Jean. Il est l'arrière-petit-neveu de Joseph.

— Excuse-moi, mais je ne sais pas qui est Joseph.

— Pardonne-moi, ma chérie, Joseph était le chauffeur de Bobo.

— Eh bien ?

— Eh bien rien, notre visiteur revient sur les pas de son enfance. Je te présente... mais vous ne m'avez pas dit votre nom, monsieur.

— Dangre. Luc Dangre.

— Je te présente monsieur Dangre, ma chérie. Ma femme, Sabine. Et moi, c'est Jean, ajoute-t-il en tendant une main chaleureuse à Augustin.

La femme le salue également, mais d'un sourire à peine ébauché.

— Nous t'attendons pour passer à table, répète-t-elle, avant de tourner les talons.

— J'arrive, ma chérie. Et revenant à Augustin Puis-je vous être utile à quelque chose ?

— Oui, sûrement, je cherche du travail. J'ai pensé qu'ici, au château, on aurait peut-être de quoi m'employer.

— Ah ça, c'est autre chose. À ma connaissance, nous n'avons besoin de personne, mais je peux me renseigner.

— Je sais à peu près tout faire dans une maison : plomberie, chauffage, électricité, maçonnerie, toiture... Et je ne vous demanderai en échange que le logement et le couvert.

Cependant que l'homme l'observe avec une certaine réserve, prenant le temps de réfléchir, Augustin se félicite d'avoir emprunté le nom de son plus beau vélo, son merveilleux Dangre (en y ajoutant ce prénom de Luc qu'il donnait à son narrateur dans ses premiers romans). Il a le sentiment délicieux et vertigineux de vivre une fuite en avant – jusqu'ici menée sans faute.

— Vous dites vous débrouiller dans tous ces métiers ?

— Oui. Avec succès jusqu'à présent. Et, de toute façon, nous pourrions convenir d'une période d'essai, vous ne prendriez aucun risque.

— Écoutez, tranche son interlocuteur, ce n'est ni le bon moment ni le bon endroit pour en discuter. D'autant plus qu'on m'attend. Voulez-vous repasser dans l'après-midi ? Disons vers dix-sept heures ?

— Avec plaisir. Merci de me le proposer.

— Pour le moment, je ne vous propose rien de plus, n'est-ce pas, mais voyons cela tout à l'heure.

Augustin se présente à dix-sept heures à l'entrée principale. Entre-temps, il a loué une chambre au Grand Hôtel, pris une douche, changé de chemise, mais il a gardé sa barbe et ses cheveux longs. Puisqu'il est le descendant du chauffeur de Bobo, le voilà dispensé de devoir «paraître». Pendant qu'il se douchait, il s'est demandé s'il n'avait pas commis une bourde : comment interroger tous ces gens sur sa mère s'il n'est qu'un domestique ? Mais d'un autre côté, que rêver de mieux pour pénétrer les secrets d'une famille ? S'avançant sous sa véritable identité, il aurait été reçu, oui, sans doute, mais fraîchement. On se serait méfié, s'interrogeant sur ce qu'il venait revendiquer par ici, éludant ses questions, se dérobant. Puis tous se seraient probablement donné le mot pour faire barrage au rejeton de cette branche pourrie qui avait bien failli jeter l'opprobe sur la famille. Quant au château, il n'en aurait revu que le salon, tandis que dissimulé en homme à tout faire il va pouvoir accéder à chacune des pièces, découvrir la chambre de jeune fille de sa mère, et peut-être surprendre quelques conversations ici ou là. Enfin, dans l'hypothèse où ce Jean, au demeurant sympathique, lui proposerait quelque chose... Sinon, se figure-t-il sans trop y croire, je pourrai toujours me raser, changer de coupe et de couleur de cheveux, de lunettes également, et revenir à la charge en fils de Suzanne et de Toto. C'est à tout cela qu'il songe, attendant qu'on vienne lui ouvrir après avoir agité la cloche et notant avec agacement qu'en dépit du désastre qu'est devenue sa vie son cœur peut encore cogner violemment dans de telles circonstances.

— Ah oui, fait Jean en le reconnaissant. Entrez donc.. Je vous précède.

Augustin n'a conservé aucun souvenir de la pièce où son hôte le fait entrer – son bureau, visiblement, aux murs chargés de livres.

— Asseyez-vous, je vous en prie. Café ? Thé ?

— Café, s'il vous plaît.

« Juliette, soyez gentille de nous porter deux cafés », commande l'homme par le biais d'un interphone posé à droite de son écran d'ordinateur.

Puis tous deux se dévisagent un instant, l'un derrière sa table de travail, l'autre dans le fauteuil du visiteur.

— Bien, commence Jean, maintenant que nous sommes tranquilles, dites-m'en un peu plus sur vous. À ma grande honte, je ne savais pas que Joseph avait une famille. Qu'il n'avait pas eu d'enfants, oui, mais pour le reste...

— Je ne sais pas grand-chose de mon arrière-grand-mère, si ce n'est qu'elle a dû s'établir dans la région d'Aurillac, puisque c'est là que se sont mariés mes parents. J'ai grandi près d'Aurillac, sur le Mont-Pertus, entre un père bricoleur et une mère neurasthénique. Je dois beaucoup à mon père qui m'a tout appris. Par la suite, j'ai vécu dans différentes villes d'Europe et je n'ai jamais eu de difficultés pour trouver du travail. Quand vous êtes capable de tout réparer dans une maison et que vous offrez aux gens la possibilité de discuter votre prix, vous êtes généralement bien accueilli.

— C'est donc comme ça que vous vivez, sans attaches nulle part ?

— Il m'est arrivé de m'attacher, si, mais ça n'a jamais duré très longtemps.

— Pas de femme ni d'enfants ?

— Des femmes, oui, parfois.

— Pardonnez-moi, je ne voulais pas être indiscret.

Il y a un silence.

— Et là, précisément, reprend l'homme d'un ton qu'il veut enjoué, d'où arrivez-vous ?

— D'une petite ville du nord de l'Allemagne. Husum. Vous connaissez ?

— Jamais entendu parler.

— Entre la mer du Nord et la mer Baltique. Je viens d'y passer une année.

Mais on frappe.

— Entrez Juliette !

Pendant que Juliette, une femme entre deux âges, dépose les cafés, Augustin sourit en songeant qu'il vient de livrer pour argent comptant la trame de son dernier livre où son narrateur s'installe à Husum pour écrire la suite du roman de Siegfried Lenz, *La Leçon d'allemand.*

— Vous m'avez l'air d'un drôle de type, observe l'homme après le départ de Juliette tout en adressant à Augustin un sourire à la fois amusé et bienveillant. Et qu'est-ce qui vous a pris de revenir soudain sur les traces de notre Joseph ?

— En quittant Husum, j'ai eu très envie de revoir la France. Je me suis demandé où j'aimerais vivre, et la première image qui m'est venue est celle de Cestas, enfin de votre propriété. J'y ai très peu séjourné, mais il faut croire que ce que j'ai ressenti ici m'a profondément marqué.

— Je comprends. D'une certaine façon je partage votre émotion, puisque je suis né ici, dans cette maison, et y suis toujours revenu.

— Je vous vois entouré de livres, quel est votre métier si ce n'est pas indiscret ?

— Un métier qui me permet, comme le vôtre, de beaucoup voyager. Je suis anthropologue. Je travaille depuis bientôt trente ans sur la culture des premiers occupants de la Nouvelle-Calédonie et de certaines parties de l'Océanie, ces gens que nous appelons les Canaques.

Alors Augustin doit prendre sur lui pour garder son calme. Il connaît la Nouvelle-Calédonie, il y a vécu quelques semaines au moment des affrontements de 1988 qui ont opposé Canaques et colons, et il en a rapporté un livre. Un texte qui se trouve peut-être sur l'une de ces étagères. Il ne doit pas oublier qu'il est ici sous une fausse identité, pour une place de domestique, et que l'avenir de son prochain roman repose sur l'obtention de cette place. C'est en tout cas ce qu'il s'efforce de croire, s'accrochant à l'idée qu'une fois dans le château la première phrase lui viendra.

— Où se situe exactement la Nouvelle-Calédonie ? croit-il opportun de demander.

— Dans le Pacifique, à mille cinq cents kilomètres environ de la côte australienne. Mais laissons cela. J'ai pris le temps d'appeler les quelques personnes concernées, comme moi, par l'entretien de cette maison. Ce que vous apporteriez peut représenter pour nous un réel intérêt dans la mesure où vous remplaceriez plusieurs corps de métier auxquels nous faisons régulièrement appel. Gain d'argent et gain de temps, n'est-ce pas. Mais nous ne vous connaissons pas et, au fond, si vous n'étiez pas de la famille de Joseph, nous n'aurions aucune raison de vous faire confiance.

— Je comprends.

— Cela dit sans vouloir vous être désagréable. D'autant que vous m'êtes plutôt sympathique...

L'homme lui sourit.

— Comme je vous l'ai dit, reprend alors Augustin, mon engagement repose toujours...

— ... sur une période d'essai, oui, j'allais y venir. Voici donc ce que nous pouvons vous proposer : par égard pour une de nos tantes, décédée récemment, nous n'avons jamais entrepris de travaux dans son appartement. Cet endroit est devenu à ce point dangereux que nous en avons coupé définitivement l'eau et l'électricité. Il faudrait tout remettre aux normes et, une fois cela fait, reprendre un des plafonds qui a pris l'humidité. Et repeindre l'ensemble, naturellement. Nous estimons qu'il y en aurait pour environ un mois. Si vous acceptiez, vous seriez logé dans une pièce située juste au-dessus du chantier, sous les combles, une chambre petite mais confortable. Et pour les repas, vous les prendriez avec les personnes que nous employons : Juliette, que vous avez vue, qui sert à table et fait le ménage, Louise et Loretta qui se partagent la cuisine et le linge, et Paul-André, notre garde forestier. Qu'en pensez-vous ?

— Je veux bien voir les lieux avant de vous répondre.

— Bien sûr. J'ajoute que dans l'hypothèse où vous mèneriez à bien ce chantier, nous vous proposerions un contrat d'embauche.

— Ça me semble équitable.

— Eh bien, allons voir l'appartement.

Quand l'homme a évoqué cette tante décédée, Augustin a d'abord enregistré l'information sans y prêter le moindre sentiment, pourtant un instant plus tard il a songé à Gwenaëlle et il a cessé d'écouter la suite, saisi d'une émotion qui a brusquement réveillé sa migraine. Se peut-il que Gwenaëlle... ? Il pense que ce Jean, qu'il suit à présent à travers un dédale de corridors et d'escaliers, est son cousin, mais finalement il n'en sait rien. Si c'était le cas, Gwenaëlle serait sa tante. À moins qu'elle soit sa cousine. Il avait huit ans la dernière fois qu'il a vu tous ces gens de Bordeaux, et par la suite la mère ne leur a plus jamais reparlé de sa famille.

Voilà, ils arrivent enfin sur le lieu du chantier. L'appartement n'est pas bien grand, une jolie chambre à coucher dont la fenêtre donne sur le parc, derrière le château, un salon baigné de soleil à cette heure avancée de l'après-midi et, au fond d'un étroit couloir, une salle de bains minuscule, fâcheusement située à l'opposé de la chambre.

— Voyez l'état de l'électricité, déclare l'homme en arrachant un fil gainé de tissu d'un commutateur en céramique.

— Oui, ça ne date pas d'hier. L'électricité ne sera pas un problème, il faudra simplement que vous me disiez combien vous voulez de prises de courant et où les placer. Pour le plafond, vous êtes certain que ça ne fuit plus au-dessus ?

— Absolument certain. L'eau provenait de la chambre que je vous destine et qui vient d'être entièrement restaurée.

— Ça va être un gros travail, ce plafond, il est très abîmé.

— Eh bien...

— J'aimerais revoir la salle de bains. Il m'a semblé que les conduites étaient encore en plomb.

— Absolument. Nous aurions dû les changer il y a au moins dix ans.

La salle de bains ne bénéficie d'aucune aération, la peinture s'écaille, des traces de moisissure sont visibles autour de la baignoire et du lavabo.

— Avant de repeindre, dit Augustin, il faudrait installer un système de ventilation.

— Ah bon, vous croyez ?

— Sinon la peinture ne tiendra pas six mois.

Augustin s'agenouille sous le lavabo, ouvre un placard dont l'intérieur est également taché d'humidité.

— C'est à la limite de l'insalubrité, ici, constate-t-il.

— Je suis bien d'accord, rétorque l'homme, mais notre tante s'en fichait. Elle avait travaillé pendant des années dans un orphelinat de Bombay et elle prétendait que c'était bien assez luxueux pour elle.

— Elle était religieuse ?

— Tante Gwenaëlle, religieuse ? Ah non, pas du tout, elle a été longtemps mariée et c'est après son divorce qu'elle a décidé de partir.

Augustin a la sensation qu'un fluide glacial lui paralyse soudain la poitrine, prenant son cœur en étau, et tandis qu'il se redresse, se retenant au lavabo, il sent que le froid gagne sa nuque.

— Ça ne va pas ? s'inquiète son hôte.

— Pas très bien, non. J'ai dû me relever trop vite.

— Vous êtes très pâle. Venez, sortons de cette pièce, vous serez mieux au salon. Appuyez-vous sur moi si vous voulez.

Il fait asseoir Augustin.

— Vous êtes sujet aux malaises ?

— Pas du tout, non.

— Qu'est-ce qui a pu provoquer ça ?

— Je ne sais pas... Pour une première visite de chantier, c'est raté, s'efforce de plaisanter Augustin.

— Je vous en prie. Je vais nous faire monter quelque chose de fort. Voulez-vous un cognac ?

— Avec plaisir.

Cette fois l'homme appelle Juliette avec son téléphone portable. « Soyez aimable de nous porter du cognac, Juliette. Et quelques morceaux de sucre [...]. — Non, chez tante Gwenaëlle. »

— Ce devait être une femme singulière, votre tante Gwenaëlle, reprend doucement Augustin, profitant de ce que son prénom vient de nouveau d'être prononcé.

— C'est le moins qu'on puisse dire. Premier sujet de notre honorable famille à avoir osé divorcer. Et puis partir pour Bombay à trente-cinq ans, en laissant tout derrière soi, il faut tout de même le faire.

— Elle n'avait pas d'enfants ?

— Une fille. Dont elle a confié l'éducation à son ex-mari.

— Et cet homme est toujours vivant ?

— Toujours bon pied, bon œil, oui. Gwenaëlle nous avait demandé de ne pas l'exclure et il a conservé sa place dans la famille. Ça va mieux, non ? Il me semble que vous reprenez des couleurs.

— Oui. Excusez-moi, je suis vraiment désolé.

— Ce sont des choses qui arrivent. Dites-moi plutôt si ce chantier vous intéresse.

— Bien sûr qu'il m'intéresse !

— Eh bien vous m'en voyez ravi. Il va de soi qu'en plus du gîte et du couvert nous souhaitons vous payer. Vous me ferez une proposition et nous en discuterons.

En sortant du Grand Hôtel pour aller dîner ce soir-là, Augustin tente d'élaborer une stratégie pour se procurer une photo de Gwenaëlle et, si possible, la voler. Si la nouvelle de sa mort l'a pris de court, et même assez fortement secoué, c'est qu'il lui est arrivé ces dernières années, surtout après sa rupture avec Esther, de se remettre à rêver de Gwenaëlle. Il pense qu'il n'a jamais cessé de l'aimer tout en étant conscient qu'elle est entrée dans sa vie comme la mère qu'il aurait voulu avoir. Ce n'est qu'ensuite, à l'adolescence, qu'il s'est surpris à la désirer, enfin à désirer l'image qu'il avait gardée d'elle – ses cheveux blonds vaporeux, ses yeux pâles, les ailes roses de son nez, sa bouche. Est-ce que les garçons qui avaient des mères aussi aimantes et jolies que Gwenaëlle finissaient tous par avoir envie de coucher avec elles ? La question continuait de le préoccuper, étant entendu qu'elle ne s'était pas posée pour lui. À part Toto, se demande-t-il encore aujourd'hui, qui aurait pu avoir envie de coucher avec sa mère ? Certainement pas lui en tout cas. Mais Romain Gary ? mais Albert Cohen ? s'était-il interrogé en achetant leurs livres quand il avait appris que l'un et l'autre étaient fondus d'amour pour leur « maman ». *La Promesse de l'aube* l'avait pas mal agacé, mais rien à côté du *Livre de ma mère* qu'il avait entrepris de déchirer au-dessus d'une corbeille, boulevard Raspail, une heure après l'avoir payé et bien avant d'être arrivé au bout. Comment pouvait-on écrire de telles niaiseries et, de surcroît, se faire encenser par la critique ? « C'est vers Toi que j'appelle, Dieu de ma mère, mon Dieu que j'aime malgré mes blasphèmes de désespoir. Je T'appelle au secours. Aie pitié de ce mendiant abandonné au coin du monde. Je n'ai plus de mère, je n'ai plus de Maman [*sic* pour la majuscule], je suis tout seul et sans rien et j'appelle vers Toi qu'elle a tant prié. Donne-moi la foi en Toi, donne-moi la croyance en une vie éternelle. Cette croyance, je l'achèterais au prix d'un milliard d'années en enfer. Car après ce milliard d'années en cet enfer où l'on Te nie, je pourrai revoir ma mère qui m'accueillera, sa petite main timidement à la commissure de sa lèvre. » Ce malheureux Cohen, qui avait tout de même écrit *Belle du Seigneur*, sombrait dans une profonde débilité et ne savait même plus aligner trois phrases décentes quand il s'agissait de sa mère. Ni sa lecture ni celle de Gary n'avait éclairé Augustin sur la question du désir : avait-on, oui ou non, envie de coucher avec sa mère quand on l'aimait, comme lui avait eu envie de coucher avec Gwenaëlle ?

Tandis qu'il marche sur les allées de Tourny, à la recherche d'une brasserie, il éprouve de nouveau dans la poitrine cette sensation de glaciation en se rappelant que la veille encore, alors qu'il roulait en direction de Périgueux, il s'était figuré que retrouvant Gwenaëlle ils tomberaient dans les bras l'un de l'autre – et que lui en profiterait pour l'embrasser sur la bouche. Depuis le temps qu'il en rêvait, n'est-ce pas. Or elle était morte depuis longtemps déjà ! Il trouve invraisemblable, et même scandaleux, qu'aucun indice ne nous permette de savoir si la personne dont nous rêvons est encore bien présente sur la Terre. Qu'il en profiterait pour l'embrasser sur la bouche, oui, et qu'elle consentirait à tout, s'était-il imaginé, mariée ou non, devant la force de son amour.

S'il avait sa photo avec lui, il demanderait une table isolée, attendrait d'être servi, et aurait enfin tout le loisir de la contempler. Il attraperait sûrement deux ou trois secrets avec sa grosse loupe. Avait-elle, toute sa vie, continué de penser à lui, comme lui à elle ? Mais il est soudain frappé d'une évidence : Gwenaëlle, pas plus que les autres, n'a cherché à leur venir en aide, ou même seulement à prendre de leurs nouvelles. S'il calcule bien, elle avait à peu près vingt ans quand ils ont été expulsés de Neuilly, puisqu'elle en avait dix de plus que lui. Or, pas un mot. Pas un mot pour lui, en tout cas. Il s'en souviendrait, il l'aurait gardé comme un trésor. Elle avait dû se marier cette année-là, ou la suivante, et elle ne les avait pas invités. Elle aussi leur avait donc tourné le dos. C'est une telle déconvenue, brusquement, qu'il s'immobilise sur le trottoir. Il cherche ses cigarettes, en allume une. « Merde ! s'entend-il murmurer. Et c'est seulement maintenant... Seulement maintenant que j'en prends conscience, après toutes ces années. »

Quand lui croyait compter pour elle, elle l'avait en réalité chassé de sa mémoire. Il repère un banc, va s'y asseoir et tire longuement sur sa cigarette. Elle n'avait pas pu ignorer pour l'expulsion – et pas un mot ! Il n'en revient pas. Alors qu'aux vacances de Pâques, l'année d'avant, il se rappelle exactement leur conversation tandis que le dîner venait de sonner et qu'ils regagnaient le château en se tenant par la main : « Quel dommage que vous n'habitiez pas Bordeaux, petit Augustin (lui serrant plus fort la main). — Pourquoi tu dis ça ?

— Parce qu'on se verrait plus souvent, tiens ! » Elle lui avait souri de sa hauteur et Augustin en avait éprouvé un léger tournis. Il avait attendu d'être rentré à Neuilly et que Toto l'emmène un matin à l'école sur le porte-bagages de son Solex pour en avoir le cœur net. « Est-ce qu'un jour on retournera à Bordeaux, papa ? — Naturellement, qu'on y retournera, pomme à l'eau. Monte là-dessus et accroche-toi. — Non, mais pour habiter, hein, pas seulement pour les vacances. — Ah, ça sûrement pas ! Ta mère déteste Bordeaux. — Et toi aussi ? — Moi, mon petit vieux, je suis le mouvement. Ta mère veut vivre à Neuilly, on vit à Neuilly. Rideau ! Basta ! » Et là-dessus il avait lancé le moteur et s'était mis à siffloter dans le vent d'avril.

Sarah ! Il avait promis de l'appeler. S'il l'avait fait en arrivant à Bordeaux, songe-t-il, elle aurait pu être là ce soir. Il serait allé la chercher à la gare et l'aurait emmenée directement dîner. C'est la première fois qu'il aimerait qu'elle soit là. Il n'a pas pensé à elle de tout l'après-midi, et soudain il aimerait... Non, pas exactement la première fois. Il avait ressenti quelque chose d'un peu semblable l'autre soir, avant d'arriver à Nevers, comme il regardait le soleil décliner en se remémorant combien les enfants étaient excités et joyeux à cette heure du soir, quand ils voyageaient en famille. Puis, soudain, la prairie s'était éteinte, le vent s'était levé, et il avait su que plus rien ne reviendrait jamais de ce bonheur-là. C'est le moment qu'avait choisi Sarah pour lui téléphoner et ce n'est qu'après avoir raccroché qu'il avait éprouvé le désir de la rappeler. Mais furtivement, au point d'oublier de le faire. Quelque chose avait donc commencé à céder en lui. Et voilà que ça recommence. Jusqu'ici, seul le livre sur sa mère le reliait encore au désir, à la vie, rien ne devait le distraire de ce grand projet, pas même ses enfants auxquels il évite soigneusement de penser. Or il est en train d'admettre qu'il désire la présence de Sarah. Il est suffisamment lucide pour voir qu'il s'est mis à penser à elle quand il a compris qu'il s'était complètement trompé sur Gwenaëlle. Comme s'il attendait de Sarah qu'elle la remplace. Puisqu'elle lui répète qu'elle l'aime. « Je vous aime, Augustin, je ne peux pas vivre sans vous. » Mais, dans le même temps, il craint qu'elle le dérange, qu'elle le déconcentre, qu'elle l'empêche d'écrire. Que fera-t-il d'elle quand il sera enfermé au château sur les traces de sa mère ?

Il tergiverse, sort son portable de sa poche, l'y remet. Et puis non, il va l'appeler comme prévu. Il aimerait qu'une voix amie lui dise quelque chose.

— Bonsoir Sarah, c'est moi, Augustin.

— J'attendais que vous m'appeliez. Vous êtes arrivé à Bordeaux ?

— Oui. J'ai passé l'après-midi dans la maison où a grandi ma mère.

— Et c'était bien ? Vous êtes content ?

— Je ne sais pas encore. Je pensais à l'instant que si vous aviez été là, j'aurais aimé vous en parler.

— Vraiment ?

— Puisque je vous le dis.

— C'est la première fois que vous pensez à moi, Augustin. Jusqu'ici, vous n'avez fait que m'oublier.

— Nous ne sommes pas à égalité, vous le savez bien. C'est la première fois que j'aimerais que vous soyez là, oui. On serait allés dîner quelque part et on aurait dormi ensemble.

— Vous aimeriez aussi dormir avec moi ?

— Oui. Attendez une seconde, j'allume une cigarette.

— Redites-le-moi.

— Quoi ?

— Que vous aimeriez dormir avec moi.

— Vous voyez bien, c'est moi qui vous appelle.

— À quel hôtel êtes-vous descendu ?

— Au Grand Hôtel, place de la Comédie.

— Vous y êtes, là ?

— Non, je suis sorti pour dîner, je cherche un restaurant.

— Vous voulez bien retourner au Grand Hôtel ?

— Pour quoi faire ?

— Parce que j'y serai dans dix minutes. Moi aussi, je suis à Bordeaux.

15.

On ne dira jamais assez le poids des mères

Pour l'achat et le transport de tout le matériel nécessaire au chantier, Jean Verbois a demandé au garde forestier de se mettre à la disposition d'Augustin avec le vieux pick-up Chevrolet de la propriété.

Paul-André est un homme d'une soixantaine d'années, apparemment peu loquace, mais qui se découvre bavard en présence d'Augustin. Jamais personne ne s'est intéressé à lui avec cette acuité, ne lui a posé autant de questions sur son enfance, sa famille, l'origine de sa passion pour les arbres.

— Vous savez, Luc... je peux vous appeler Luc ?

— Bien sûr.

— Je vous raconte des choses que je n'ai même jamais dites à ma femme.

— Ah bon. À quel âge l'avez-vous rencontrée, votre femme ?

— Vingt-deux, vingt-trois.

— Et vous étiez déjà garde forestier au château ?

— Non. À l'époque, j'étais cantonnier sur la commune de Cestas. C'est grâce à ma femme que je suis entré au service des Verbois. Gaston et Marc.

— Lequel est le père de Jean ?

— Monsieur Gaston. De Jean et de ses trois sœurs. Vous les verrez certainement, et puis vous verrez aussi leur mari.

— Parce que votre femme était employée sur la propriété ?

— Sa mère. C'est sa mère qui tenait la cuisine en ce temps-là. Monsieur Gaston la respectait beaucoup, il disait qu'à sa retraite il en faudrait trois pour la remplacer, vu le travail qu'elle abattait toute seule. Coulala. J'ai même jamais su son vrai nom, ni pourquoi on lui avait donné celui-ci.

Augustin se souvient très bien de Coulala, combien il l'aimait. Au milieu de la matinée, Gwenaëlle et lui descendaient aux cuisines et Coulala leur servait des brisures de sablés et un verre de jus d'orange. Elle répétait que Gwenaëlle était la plus gentille de toute la famille, « un ange du bon Dieu », et Gwenaëlle riait – « Ne dis pas ça, Coulala, tu ne sais rien de toutes les mauvaises pensées qui me traversent ».

Ainsi Paul-André est le gendre de Coulala.

— C'est vrai qu'il a fallu deux femmes pour la remplacer, reprend Augustin. Louise et... comment s'appelle la seconde, déjà ?

— Loretta. Louise et Loretta. Aujourd'hui, les gens ne travaillent plus comme autrefois.

— Et Coulala est toujours vivante ?

— Non ! Ça lui ferait plus de cent ans. Ma femme va sur les soixante-cinq, vous savez...

Les deux hommes regagnent Cestas, le pick-up chargé de sacs de plâtre et d'enduit, de tubes de cuivre, de rouleaux de fil électrique, de peinture, de bâches... Ils ont passé la journée à Bordeaux, dans la zone industrielle. Augustin a dû se constituer en plus une caisse à outils à ses frais et cela leur a pris une bonne partie de l'après-midi. Il a prétendu s'être fait voler la sienne dans une gare, en Allemagne. Le choix de chacun des outils les a confortés dans le plaisir qu'ils éprouvent à être ensemble.

— Il faudra que vous veniez manger un soir à la maison, dit le garde forestier comme ils remontent l'allée principale vers le château. Comme ça, vous ferez la connaissance de ma femme.

— Avec plaisir.

Ses achats déposés sur le lieu du chantier, Augustin s'en retourne à Bordeaux au volant de la Peugeot. Il en a vidé le contenu dans sa chambre d'hôtel, l'a donnée à nettoyer, de sorte que personne ne soupçonnerait dans quel état de saleté se trouvait sa voiture ces derniers temps.

Alors qu'il s'apprêtait à quitter le château, un quart d'heure plus tôt, il a vu Sabine Verbois descendre le perron d'honneur sur ses talons hauts et marcher jusqu'à sa portière.

— Monsieur, mon mari me dit qu'il a oublié de vous donner ceci : la clé de votre chambre, et celle de l'office, si vous rentrez tard.

— Ah oui, merci. C'est très aimable à vous de vous être déplacée.

Elle l'a considéré un assez long moment, Augustin attendant qu'elle veuille bien s'éloigner pour mettre son moteur en marche, et puis elle est finalement repartie sans un mot de plus. Belle, les yeux gris, les traits délicats, à cet âge où le visage des femmes commence juste à se faner, comme si la lumière s'en retirait mystérieusement. Bien moins sympathique que son mari, songe-t-il, tout en prenant garde à ne pas se perdre dans les faubourgs de Bordeaux. En tout cas, peu curieuse de lui. Quoiqu'il ne sache pas – il a eu le sentiment qu'elle voulait lui dire quelque chose, peut-être un mot de bienvenue justement, mais que, ignorant comment s'adresser à lui, elle a préféré renoncer.

En remontant du parking vers sa chambre d'hôtel, il se sent tranquille comme il ne l'a plus été depuis qu'il a dû quitter sa maison du Pertus. Il a retrouvé une place désormais : celle d'homme à tout faire au château des Verbois. Durant tout le temps que durera le chantier, et même au-delà s'il le décide, il saura chaque matin quoi faire, ne souffrira plus de ne pas écrire. Il est au château pour éclaircir le mystère de la mère et, ce faisant, il a devant lui un bon mois de travail à piocher du plâtre, tirer du fil électrique, couder et souder du tube de cuivre, enduire, poncer, peindre... Le risque, c'est évidemment qu'il oublie le livre. Cela lui est déjà arrivé vingt-cinq ans plus tôt alors qu'en pleine dépression après la publication de son premier roman il s'était fait embaucher dans une usine de décolletage, à Roubaix, pour écrire un roman que Curtis avait accepté de financer. Il s'était senti si bien dans la peau d'un ouvrier, répétant toujours les trois mêmes gestes devant sa machine-outil, qu'il avait fini par oublier jusqu'à la raison qui l'avait conduit à Roubaix. Il avait retrouvé le sommeil, ne lisait plus, n'écrivait plus. Il s'était acheté une télévision qu'il regardait parfois le soir avant de se coucher. Si Curtis ne l'avait pas sorti de ce long abrutissement, il y serait sans doute encore. L'abrutissement est le plus sûr moyen de traverser la vie sans souffrir, en avait-il conclu. Il sourit dans l'ascenseur en songeant que ces semaines au château vont être ses premières vacances depuis Roubaix – en vingt-cinq ans, il a publié vingt et un romans, autant dire qu'il ne s'est jamais arrêté d'écrire plus de huit jours.

Il frappe à la porte de sa chambre et Sarah lui ouvre aussitôt.

Il se demandait si elle allait encore le faire, et oui, elle le refait : elle jette ses bras autour de son cou et son visage tout près du sien, comme illuminée, elle répète.

— Mon chéri ! Mon chéri !

Elle ne semble pas en revenir qu'il soit là, et lui ne se rappelle pas, de toute sa vie, avoir jamais éveillé une telle attente, une telle impatience, si ce n'est peut-être chez Agnès durant les premières semaines de leur rencontre.

La veille, quand il est retourné à l'hôtel pour l'attendre, il l'a « vue » pour la première fois. Elle est entrée si précipitamment dans le grand hall qu'elle a heurté un groom qui en sortait, puis s'est immobilisée, a cherché Augustin des yeux, les joues roses d'avoir couru, ses cheveux courts dressés sur le front, haletante, et lui qui se trouvait en partie dissimulé ne s'est pas manifesté immédiatement, comme retenu. Jusqu'ici, elle l'avait embêté, il était trop préoccupé pour l'écouter, mais là, soudain, quelque chose d'elle a éveillé une émotion en lui. Il dirait son absence absolue de calcul, ou plutôt cette façon de ne rien dissimuler. L'observant au milieu du grand hall, les lèvres entrouvertes, oscillant sur ses talons hauts, il a vu comment la petite troupe des réceptionnistes affichait un étonnement poli en la considérant, deviné que dans un instant ils se moqueraient d'elle, et il s'est approché pour la prendre par le bras.

— Je vous attendais, Sarah. Venez, allons dîner.

Cette fois-ci, c'est elle qui veut l'emmener dans un restaurant qu'elle a repéré l'après-midi même en se promenant.

Il l'écoute lui parler de son enfance à Nancy entre un père sans cesse en voyage dont elle a vainement attendu un mot d'amour, et une mère aimante et apeurée qui lui aura répété toute sa vie, et jusqu'à dimanche dernier : « Pourvu qu'il ne t'arrive rien, ma petite chérie ! »

— Et vous voyez, dit-elle en riant, jusqu'à vous, il ne m'était rien arrivé.

Ce n'est pas totalement vrai. À seize ou dix-sept ans, elle a découvert Marguerite Duras et compris en la lisant que la vie était bien plus intéressante et imprévisible que celle qu'elle connaissait à Nancy. Elle s'est mise à écrire tout ce qui lui passait par la tête dans des carnets, mais aujourd'hui encore elle se demande si une personne sans histoire, comme elle, peut intéresser qui que ce soit. Elle raconte à Augustin les vacances qu'organisait son père, deux semaines de visites au mois d'août à travers une région de France choisie par ses soins. Les chambres d'hôtel réservées à l'avance et chaque jour une église, un château, un ou deux musées dont le père dévoilait par avance les secrets en lisant à sa femme et à sa fille ce qu'il avait trouvé dans son guide. La mère amoureuse et docile, veillant à ce que rien ne vienne contrarier les plans de son mari. La mère effondrée et confuse quand d'aventure ils se perdaient car c'était elle qui était en charge de l'itinéraire arrêté le matin même durant le petit déjeuner. « Même pas capable de lire une carte ! » pouvait alors lâcher le père, excédé. Il s'arrêtait sur le bas-côté, s'emparait de la carte routière tout en continuant de maugréer. Dans ces moments-là, Sarah partageait le désarroi de sa mère, priant silencieusement le ciel pour que les choses s'arrangent.

Ces moments où ils se perdaient, elle prétend que c'est le pire qui lui soit arrivé dans les vingt premières années de sa vie. Ses parents n'ont *jamais* cessé de s'aimer, dit-elle, le père a toujours gagné suffisamment d'argent pour faire vivre les siens, la mère n'a *jamais* quitté son foyer, *jamais* travaillé, ils n'ont *jamais* déménagé, Sarah n'a *jamais* redoublé une classe. Elle pense que si son père avait su lui dire qu'il l'aimait elle aurait sans doute grandi sans *jamais* se retourner. C'est l'attente du père, auquel le chaos de Marguerite Duras a fait écho, qui l'a conduite à soupçonner que ses parents lui mentaient. Son baccalauréat en poche, elle est partie s'installer à Strasbourg pour y étudier la littérature. A obtenu un poste d'assistante à l'université. A rompu avec un garçon de son âge qui voulait l'épouser et lui faire un enfant, s'est prostituée durant plusieurs mois par l'intermédiaire d'une agence de call-girls, a vécu plusieurs années avec un homme marié qui voyageait sans arrêt, comme son père. Un représentant en hélicoptères qu'elle rejoignait à Kiev, à Ankara, à Tel-Aviv. À douze ou treize ans, regardant en famille les films que rapportait son père de ses voyages, elle avait remarqué qu'il était souvent entouré de très jolies femmes et elle s'était mise à lui imaginer des liaisons clandestines. Elle dit que durant toutes ces années avec son marchand d'hélicoptères elle a sûrement choisi, sans jamais se le formuler, d'être l'amante plutôt que l'épouse. Puis l'homme est mort prématurément d'un accident cardiaque et c'est alors qu'elle a décidé d'arrêter l'enseignement pour ouvrir une librairie à Verdun.

Même si elle a peu de temps pour lire, elle explique à Augustin que c'est une illusion délicieuse d'être au milieu de ces milliers de destins offerts, posés là sur les tables et les étagères, comme si se promenant dans une ville on pouvait entrer librement dans la tête de telle ou telle personne dont le regard vient de vous toucher et tout apprendre d'elle. Après Marguerite Duras, elle a lu Dostoïevski, Fitzgerald, Musil, Hamsun, Zamiatine,

Bellow, Pessoa, Dagerman, Kertész, Bernhard, Lobo Antunes, Zorn.

À propos de Fritz Zorn, justement, elle s'est longtemps demandé si le croisant dans la rue sans rien savoir de son unique livre, *Mars*, elle aurait eu envie de le connaître. Un visage banal, dit-elle, joufflu, sans charme particulier, le regard dissimulé derrière de grosses lunettes de myope. Non, elle croit qu'elle l'aurait aussitôt oublié, qu'elle l'aurait «raté».

— Et si vous m'aviez croisé, moi, sans avoir lu aucun de mes livres? s'enquiert abruptement Augustin.

— Vous, je vous avais vu à la télévision avant de vous lire. Je vous l'ai dit : j'ai longtemps hésité. Je pense que quelque chose me faisait peur dans votre façon de parler. Si je n'aimais pas vos livres, vous alliez me détester – j'ai dû penser quelque chose comme ça. Or plus je vous regardais, plus je vous écoutais, moins j'avais envie que vous me détestiez.

Augustin se tait car la dernière phrase de Sarah fait curieusement écho à une autre qu'il se souvient avoir écrite quelque part. Ah oui, dans son premier roman. «Sans doute s'efforce-t-elle de m'aimer, de s'en persuader en tout cas, mais plus elle me regarde, plus je la déçois.» À propos de sa mère, bien sûr. Il a six ou sept ans, joufflu, le front bas, il pense que le combat est perdu, qu'il ne trouvera jamais une place dans le cœur de sa mère. C'est pourquoi la question de son visage ne va plus cesser de le hanter. Il imagine qu'on ne peut pas être aimé si l'on a de grosses joues et le front bas. Sarah vient d'ailleurs de le lui confirmer, elle aurait «raté» Fritz Zorn parce qu'il n'était pas beau, en dépit de son fort désir de rencontrer l'auteur de *Mars*.

— Enfant, j'étais un petit gros, Sarah. Pas une seconde je ne vous aurais intéressée, vous vous seriez complètement foutue que je vous déteste.

Elle le regarde attentivement.

— Pourquoi vous mettez-vous en colère?

— Je vous montrerai des photos. Il m'arrive de penser que si j'avais été beau, comme mes deux imbéciles de frères, je ne me serais jamais mis à écrire. L'immense déception que je lisais dans le regard de ma mère a contribué à me mettre très tôt au travail. Bien avant l'expulsion et tout ce qui allait survenir. Ce sont ces années de travail souterrain, à six ans, à sept ans, ces années d'intranquillité qui m'ont conduit par la suite à écrire tous ces livres. Pour exister dans le regard des autres, je suppose, puisque je mourais dans celui de ma mère.

— Je vous ai aimé en vous lisant, mais j'aime aussi votre visage, et vous ne me faites plus peur.

— Le miracle, c'est que petit à petit, au fil des livres, moi aussi je me suis mis à aimer mon visage. Le travail l'a creusé, façonné, transformé au point que ceux qui m'ont connu enfant, puis adolescent, ne me reconnaîtraient pas. Moi-même, je ne me reconnais pas. Je vous montrerai des photos de moi à Neuilly, dans ce costume marin ridicule, et vous me direz. Il n'y a pas si longtemps, terminant de me raser dans la maison que je viens de perdre, j'ai pensé qu'aujourd'hui ma mère me trouverait enfin beau. Peut-être même plus beau que mes deux frères dont je vois sur Internet combien ils se sont empâtés. Ainsi, il m'aura fallu tous ces livres, toute cette vie d'inquiétude et de labeur pour parvenir à plaire à cette idiote, et quand enfin je suis en état de me présenter devant elle, elle n'est plus là, morte depuis plus de vingt ans. On arrive innocents et confiants sur la Terre et on peut être de la sorte sanctifiés ou condamnés par sa propre mère avant même d'avoir pu envisager ce qu'on allait faire de notre vie. Et le comble, voyez-vous, c'est que nous allons traîner ce boulet jusqu'à la fin quand bien même nous avons acquis la conscience d'avoir été jugés par une imbécile. On ne dira jamais assez le poids des mères. Regardez ce pauvre Cohen ! À tout prendre, je crois que je préfère ma mère à la sienne. Bon, mais je m'étais promis d'arrêter de la traiter d'idiote et voilà que je recommence.

— En vous écoutant, je me demandais si vous aviez commencé à écrire.

— Vous savez bien que non ! Je n'ai même pas déballé mes photos. Vous avez bien vu ma chambre, hier soir, tout est en tas, posé par terre, je n'occupe pas le bureau... Pendant le temps du chantier, je ne veux plus entendre parler de ce livre, Sarah, je suis fatigué, j'ai besoin de vacances.

— Et après, quand vous n'aurez plus rien à faire à Bordeaux, allez-vous revenir à Verdun ?

Ils ont fini de dîner et cela fait un moment déjà qu'il aimerait sortir pour fumer.

— J'ai envie d'une cigarette, on s'installe en terrasse ?

Elle acquiesce. Avant de sortir ils commandent des cafés qu'ils prendront dehors.

— Vous ne m'avez pas répondu : allez-vous revenir à Verdun quand votre chantier sera fini ?

Il a été sur le point de dire : « Pourquoi Verdun ? », se sentant encore en colère, puis il s'est repris, vaguement apaisé par la première bouffée de sa cigarette.

— Qu'est-ce que je ferais à Verdun, Sarah ?

Elle en reste un moment sans voix.

— Et moi, qu'est-ce que je fais ici à votre avis ?

Sur le point de se lever, les yeux déjà noyés.

— Vous m'aimez, vous suivez votre idée, je ferais sûrement la même chose à votre place si j'étais amoureux.

— Vous l'êtes. Vous l'êtes au moins un peu. Sinon vous ne m'auriez pas appelée. C'est vous qui vouliez dormir avec moi.

— Je le veux toujours. Mais regardez-nous, Sarah ! Regardez-nous ! Vous êtes très jolie, encore jeune, vous pourriez rencontrer un homme qui vous donnerait un ou deux enfants, qu'est-ce que vous voulez faire avec moi ? Je suis vieux, je n'ai plus aucun endroit où me poser, j'ai déjà été marié deux fois et, les deux fois, ça s'est mal fini, j'ai le cœur fragile, une maladie des yeux qui va finir par me rendre aveugle, je ne dors plus, je ne parviens plus à écrire, quand je pense à mon avenir...

— Et le foie ? Vous êtes sûr que vous n'êtes pas malade du foie en plus ? Parce que le foie, c'est mortel, vous savez, encore plus que le cœur.

Elle s'interrompt une seconde pour essuyer une larme.

— On dirait mon père en train d'essayer de me dissuader d'acheter une maison qui me plairait, reprend-elle : la toiture prend l'eau, les fenêtres ne ferment pas, la cave est pleine de rats... Je ne suis pas en train de faire un placement immobilier, pauvre crétin ! Quand bien même il ne vous resterait que six mois à vivre, je voudrais les vivre avec vous. Je vous aime, Augustin. Vous comprenez ? Je vous aime, j'aime tout ce que vous êtes, y compris votre bêtise, ce n'est pas un sentiment qui se discute en fonction de votre âge ou de l'état de vos yeux.

Il y a un nouveau silence durant lequel ils se dévisagent.

— Quand je pense à mon avenir, reprend-il, comme s'il n'avait pas entendu, je suis satisfait si je parviens à me projeter jusqu'au lendemain à la même heure. Vingt-quatre heures, c'est déjà immense. Le plus souvent, je n'envisage rien au-delà des trois minutes et demie qu'il me faut pour griller une cigarette.

— Ça, c'était avant de me rencontrer. Quand je vous ai vu entrer dans la librairie, la première fois, j'ai tout de suite compris que vous alliez mal. Mon associé s'est approché pour vous parler et vous ne l'écoutiez pas, vos mains tremblaient. D'ailleurs, vous êtes parti sans même nous dire au revoir et en oubliant le livre de Brautigan que vous aviez sorti. Je suis venue vous voir le lendemain matin à votre hôtel. J'ai osé. Toute la nuit je n'avais fait que penser à vous. Dans plusieurs de vos livres, vous écrivez que vous avez souvent eu envie de mourir. Je n'arrivais pas à dormir, je revoyais vos mains, votre visage – celui d'un homme qui aurait voulu qu'on le débarrasse de lui-même. Et vous m'avez accueillie tellement gentiment... Vous vous souvenez ? Un autre m'aurait congédiée, mais vous, non. Vous m'avez proposé de prendre le petit déjeuner avec vous, et puis vous m'avez écoutée. Vous ne vous êtes pas moqué quand je vous ai parlé de cette lettre que je vous ai écrite dix fois et ne vous ai jamais envoyée. À la fin, je vous ai dit que j'allais venir vous voir chez vous et vous m'avez répondu que vous aviez dû vendre votre maison, que vous n'habitiez plus nulle part. « Alors je viendrai vous voir à l'hôtel. » Vous vous souvenez ? Je n'en revenais pas de m'entendre le dire, de mon audace. « Je viendrai vous voir à l'hôtel. » Et c'est ce que j'ai fait.

Elle se tait pour laisser passer un couple de promeneurs.

— J'aimerais que le temps s'arrête à cette seconde, poursuit-elle plus doucement, et que dans dix ans, dans vingt ans, nous soyons encore là tous les deux à cette terrasse, vous en train d'allumer une autre cigarette et moi vous embrassant du regard en sachant que dans un moment on regagnera votre hôtel et que je m'endormirai près de vous.

— Oui, voilà, comment avez-vous deviné ? J'aimerais moi aussi que le temps s'arrête maintenant, à cette terrasse, dans la promesse de la nuit à venir, et que dans dix ans, dans vingt ans, nous soyons encore en train de rêver à la promenade que nous allons faire durer pour regagner l'hôtel dans la douceur de cette fin d'été, à notre impatience en attendant l'ascenseur, au moment où nous allons refermer la porte, nous prendre dans les bras, commencer à nous déshabiller. Que tout cela puisse demeurer une illusion, un rêve que rien ne viendra jamais contrarier, ou abîmer, puisqu'il restera inaccompli.

16.

Madame Suzanne

Le chantier l'absorbe complètement. Il a commencé par dégager les conduites en plomb dans la petite salle de bains. Une saignée de trois mètres de long dans le plâtre pour parvenir à atteindre la descente des eaux à laquelle il va se raccorder. Dès le premier jour, à la pause du déjeuner, il était à son affaire, en lutte contre ce gros intestin de plomb et se projetant déjà dans le moment où, parvenu à l'extraire, il glisserait à la place son tube de cuivre proprement coudé. Paul-André est monté le chercher à midi pile pour le conduire au sous-sol, dans la pièce attenante aux cuisines où les domestiques prennent leurs repas. Il l'a présenté à Louise et Loretta, et Juliette est venue d'elle-même le saluer, lui rappelant qu'elle l'avait aperçu dans le bureau de « Monsieur Jean ».

Les domestiques ne sont pas bavards pendant le déjeuner, ils s'en tiennent à échanger des informations sur la marche du château. Les Guy seront absents durant deux semaines et « Madame » a demandé à ce qu'on en profite pour faire le ménage à fond chez eux et pour encaustiquer le plancher.

En ce cas, il semble entendu que Loretta est détachée de la cuisine pour prêter la main à Juliette. Les Vincent se sont de nouveau plaints de la présence du chat des Patrice chez eux, or « Madame » est allergique aux poils de chat, il faut prendre garde à bien refermer les portes, etc.

Augustin s'est permis de demander des éclaircissements à la ronde et Louise, la plus âgée des trois femmes, lui a expliqué que quatre couples, dont trois avec de grands enfants, se partagent le château : « Monsieur Jean et ses trois sœurs, Éloïse, Cécile et Marie, toutes les trois mariées », certains couples y venant rarement car ils préfèrent vivre à Bordeaux où les enfants poursuivent leurs études. Voyant qu'Augustin s'y perdait, Paul-André lui a décliné les prénoms des quatre couples : Jean et Sabine, les seuls à n'avoir pas d'enfants et à habiter exclusivement le château, Guy et Éloïse, Patrice et Cécile, enfin Vincent et Marie, cette dernière souffrant de multiples allergies. « Vous aurez sûrement l'occasion de les croiser, Luc », lui a redit Paul-André. Les femmes n'ont pas renchéri, ne prêtant à Augustin qu'une attention distraite.

À l'issue de la première semaine, les choses n'ont guère évolué : à tous les repas, les femmes se communiquent des informations pratiques, sans se préoccuper d'Augustin qui apparaît à midi précise couvert de poussière de plâtre dans un bleu de travail informe, et Paul-André, toujours prévenant, les écoute et acquiesce en se dispensant la plupart du temps d'ajouter son mot. Peut-être se méfie-t-il de l'une ou l'autre car Augustin a noté qu'il a attendu d'être seul avec lui pour l'inviter à dîner le samedi suivant et lui glisser un petit carton avec son adresse.

Le seul événement notable de la semaine a été la visite sur le chantier de Jean Verbois, accompagné d'un long vieillard voûté qu'il a présenté à Augustin comme «Pierre, l'ex-mari de Gwenaëlle». Augustin a craint que son trouble soit perceptible mais le vieil homme ne l'a même pas regardé et lui et Jean sont allés directement ouvrir un placard encastré dans l'un des murs de la chambre à coucher devant lequel ils sont restés un moment à bavarder à voix basse. Puis l'ex-mari est reparti sans dire au revoir et Jean Verbois a appelé Augustin, qui se trouvait alors dans la salle de bains, pour lui indiquer où il voulait qu'il place les futures prises électriques. Jean Verbois, toujours habillé de sa grosse veste noire de velours par plus de vingt-cinq degrés.

— Je vais devoir m'absenter durant quelque temps, a-t-il dit à Augustin une fois l'emplacement des prises marqué d'une croix, si vous avez le moindre problème n'hésitez pas à vous adresser à Sabine.

— Très bien.

— Évitez mes sœurs et mes beaux-frères, c'est le genre de question qui les enquiquine. Ils ne vous seraient d'aucun secours, a-t-il ajouté en souriant.

Augustin a été tenté de lui demander la clé du placard, arguant qu'il lui faudrait repeindre les champs des portes, si ce n'est l'intérieur, et secrètement certain d'y découvrir des photos de Gwenaëlle, peut-être même de lui, enfant, avec Gwenaëlle, mais il a renoncé de crainte d'éveiller les soupçons. Peut-être la réclamera-t-il plus tard à Sabine, ou forcera-t-il discrètement la serrure. La seule perspective de mettre bientôt son nez dans ce placard le remplit d'excitation. Et ce n'est qu'un début, songe-t-il en sifflotant à la manière de Toto. Depuis le premier jour, il se trimbale du matin au soir avec une besace de plombier dans laquelle il a fourré deux tournevis et une pince, de façon à pouvoir embarquer à tout moment telle ou telle photo, ou document, utile à son livre. C'est une façon de se faire croire qu'il continue d'y penser tout en se dispensant d'y travailler, il en est bien conscient, mais pour le moment cela lui va.

Chaque soir, il repart pour le Grand Hôtel après avoir échangé son bleu de travail contre des habits de ville. Pas une seule nuit il n'a dormi dans sa chambre sous les combles, mais personne ne semble s'en émouvoir. Il retrouve Sarah, qui le couvre de baisers, et généralement il prend une douche avant de se laisser conduire dans un bistrot qu'elle a repéré en se promenant. Finalement, c'est elle qui occupe le bureau de la chambre, noircissant jour après jour plusieurs pages de son carnet.

— C'est bien, ce que tu écris ?

— J'écris tout ce que j'aimerais faire avec toi et qu'on ne fait pas.

Marchant au bras d'Augustin sur ses talons aiguilles, le rose de ses lèvres assorti à son chemisier fuchsia.

— Je ne comprends pas. Qu'est-ce qu'on ne fait pas ?

— L'amour dans la salle de bains, par exemple.

— Ah non, c'est vrai. Et quoi d'autre ?

— Des choses que tu n'imagines même pas.

Elle rit. Lui aussi. À part le premier jour, ils n'ont pas fait l'amour de toute la semaine. Il n'a plus aucun désir et il se sent très bien comme ça. Il la prend dans ses bras le soir et il s'endort aussitôt, le nez dans ses cheveux. Il ne fait aucun effort pour la contenter. Il y a des années, il a vécu la situation inverse avec Agnès qui n'avait plus aucun désir pour lui et l'abandonnait sur un « bonsoir mon chéri » – comme il la comprend aujourd'hui : quel ennui de devoir faire l'amour quand on n'en a pas envie ! Il lui arrive de penser qu'un soir, en rentrant, il ne trouvera plus Sarah, repartie découragée pour Verdun, mais il a le sentiment que sa disparition lui serait indifférente.

— Je me repose, Sarah, il y avait des mois que je n'avais pas si bien dormi.

— Je suis heureuse. Tu ne peux pas savoir comme je suis heureuse.

Ah bon. Alors c'est sans doute qu'elle ne lui en veut pas. D'ailleurs, elle n'évoque pas son retour à Verdun et ils n'ont plus reparlé de ce qu'il ferait après le chantier.

Paul-André et Claudine habitent une de ces petites maisons ouvrières du Sud-Ouest, sans étage, de plain-pied sur la rue, en plein centre du bourg de Cestas.

— Eh bien, je te présente monsieur Luc Dangre, mon nouveau collègue, dit maladroitement le garde forestier à sa femme tandis qu'on se marche un peu dessus dans l'étroit vestibule.

Augustin n'est pas mécontent d'avoir pensé aux fleurs. Claudine s'en empare en rougissant, avant de lui tendre la main et de l'inviter à entrer. C'est une femme un peu forte avec, sur le visage, la même expression de timidité avenante que son mari.

Quand ils sont tous les trois au salon, devant un verre de porto, il y a un silence embarrassé que Paul-André rompt en demandant à Augustin s'il se plaît « à la propriété ».

— Il est un peu tôt pour l'affirmer, rétorque celui-ci. En une semaine, je n'ai vu que Jean – et vous tous, bien entendu, aux repas de midi...

« Vous tous », a-t-il improvisé pour parler des domestiques, ne sachant trop comment les nommer.

— Oui, oui, convient le garde forestier, Monsieur Jean est celui qui s'intéresse le plus.

— Qui parle le plus volontiers, vous voulez dire ?

— Voilà, oui. Parce que les autres... Les autres sont bien polis, ce n'est pas la question, mais dans le fond ils n'ont guère de temps pour bavarder.

— Ils travaillent tous dans l'entreprise familiale ?

— Sauf Monsieur Jean, justement. Lui est différent de ses beaux-frères. Le plus occupé est Monsieur Patrice qui passe une partie de l'année au Gabon, je crois qu'ils ont du pétrole, là-bas. Les deux autres, Messieurs Guy et Vincent, sont souvent à Paris.

— Et les trois sœurs ne travaillent pas ?

— Madame Éloïse est tout de même adjointe au maire de Bordeaux !

— Ah pardon, je ne savais pas.

— On la voit souvent à la télévision, renchérit Claudine. Il paraît même que Monsieur Guy dit en riant que, quand il veut avoir des nouvelles de sa femme, il a plus vite fait d'allumer la télévision que de lui téléphoner.

— Oui, oui, confirme Paul-André.

— Eh bien, quelle famille ! fait Augustin.

— On peut dire que vous n'êtes pas tombé chez n'importe qui, acquiesce en souriant le garde forestier. C'est vrai, poursuit-il en se tournant vers sa femme, des personnes de cette importance, il n'y en pas tant que ça à Bordeaux.

— Bien avant la guerre de 14 ils étaient déjà là, approuve Claudine, avec des bateaux à voiles et à vapeur qui couraient par le monde. Du reste, j'ai gardé de mes parents un livre sur eux, *Histoire de la famille Verbois*, on y voit plusieurs de leurs comptoirs aux Antilles, au Québec et en Afrique. Il est écrit qu'ils occupaient déjà à eux seuls la moitié du port de Bordeaux.

— C'est incroyable ! s'exclame Augustin. Et votre mère a travaillé chez eux, m'expliquait Paul-André.

— Toute sa vie, oui. Elle est entrée en cuisine en 1929, à l'âge de seize ans, embauchée par

Monsieur Albert et Madame Germaine, les grands-parents de Monsieur Jean, et elle a pris sa retraite en 1982.

Brusquement, les choses se bousculent dans la tête d'Augustin. Songer que cette femme lui parle de Coulala qui lui a servi des sablés et du jus d'orange, qu'elle vient d'évoquer distraitement la terrifiante tante Germaine, « cette garce », sur laquelle tout l'état-major allemand, etc. Il est pris d'une vive émotion qui le laisse un instant indécis, cherchant comment poursuivre dans cette voie sans se trahir.

— Coulala, reprend-il. Votre mari me disait qu'on l'appelait Coulala.

— C'est le surnom que lui avait donné Monsieur Gaston quand il était enfant, le père de Monsieur Jean.

— Monsieur Gaston qui a embauché votre mari, n'est-ce pas.

— Exactement. L'année de notre mariage, en 1971. Monsieur Gaston aimait beaucoup maman, je crois qu'il considérait qu'il avait une dette envers elle.

— Parce qu'elle tenait la cuisine à elle toute seule ?

— Oh non, non, proteste Claudine tout en se levant et en lissant discrètement sa robe, ça, c'était une chose normale à l'époque. Venez, passons à table si vous voulez.

Une salade, du magret de canard, un bon vin – ils reçoivent Augustin simplement et cela contribue à le mettre à l'aise. Du visage de Coulala, il ne se rappelle rien, et tandis que Claudine se sert de salade, il essaie vainement de retrouver dans ses traits un indice qui raviverait sa mémoire.

— Vous disiez que Monsieur Gaston considérait qu'il avait une dette envers votre mère.

— Oui, mais c'est une chose que je n'aime pas raconter parce que, au fond, Monsieur Gaston n'y est pour rien.

— Vous éveillez ma curiosité !

— Tu peux bien lui parler, intervient Paul-André, mon ami Luc n'est pas un bavard, j'ai vu ça tout de suite.

— C'est à cause du feu, à l'été 1949, lâche abruptement Claudine.

— Le feu ? Un incendie vous voulez dire ?

— Oh, bien plus que ça ! Vous ne savez pas ?

— Non, je suis désolé.

— Toute la forêt a brûlé, ici, au mois d'août 1949. Plus de cinquante mille hectares... Pendant des jours, ensuite, il est tombé des cendres sur la ville de Bordeaux.

— Mon Dieu !

Tandis qu'il s'étonne, Augustin se débat dans les ténèbres de sa mémoire. Ce feu ne lui est pas complètement inconnu, il revoit confusément sa mère évoquant avec colère l'oncle Armand et la tante Germaine à propos de terres brûlées. Au temps de Neuilly. Et Toto acquiesçant, tentant comme à l'ordinaire de satisfaire sa femme – « Mon petit, mon Minou... ».

— Mais le feu n'a pas atteint le château ? s'enquiert-il.

— Non, justement, parce que les pompiers et tous les hommes du village sont intervenus pour le protéger.

— Ah, je comprends.

— On sortait de la guerre, on n'avait pas l'équipement d'aujourd'hui, les hommes se sont lancés contre les flammes avec des branchages et des seaux d'eau. Des flammes de dix ou quinze mètres de haut...

— Une forêt de pins, je peux imaginer.

— Mon père était parmi les volontaires et Monsieur Gaston le connaissait bien, forcément.

— C'est pourquoi vous parliez d'une dette envers votre mère ?

— Oui. Parce que papa est mort dans cet incendie.

— Oh !

— En même temps que quatre-vingts autres. En tout, ils ont été quatre-vingt-deux à ne pas revenir.

— Mon Dieu, répète Augustin, mais c'est épouvantable ! Quatre-vingt-deux morts, et votre père était parmi eux.

— Voilà, oui. Maman était enceinte de moi, elle a failli me perdre quand elle a appris la nouvelle.

— Quelle tristesse.

— Après ça, Monsieur Gaston aurait tout fait pour elle. Maman me racontait qu'il est resté toute une nuit à pleurer. Il s'est bien occupé de moi par la suite, quand j'étais enfant, et quand j'ai commencé à fréquenter Paul-André, il a voulu le connaître.

C'est comme ça qu'il lui a proposé de devenir garde forestier sur la propriété.

— « Cette forêt qui nous a coûté tant de vies, eh bien, tu vas veiller sur elle, je te la confie. » Je me rappelle encore ses mots, dit Paul-André.

Il y a un silence que personne ne semble désireux de dissiper. Augustin essaie de se remémorer la tête de son oncle Gaston, sûrement présent parmi tous ces couples qu'il entendait pérorer à chaque repas autour de la vieille Bobo. Tous ces enfoirés, songe-t-il, qui n'avaient pas levé le petit doigt pour les sortir du « taudis » : Édouard et son Odile, Arnaud et sa Rita, Germaine et son Albert... Et parmi eux : Gaston. Il éprouve une sympathie toute neuve pour cet homme qu'il imagine pleurant auprès de Coulala, et maintenant il regrette de ne lui avoir prêté aucune attention, enfant. Cependant Gaston, lui aussi, avait dû refuser de les secourir. Il avait aidé Coulala et sa fille, mais il n'avait rien voulu donner pour sa cousine Suzanne et ses dix enfants. Augustin l'aurait su, la mère répétait que parmi tous ses oncles et tantes, tous ses cousins, « pas un, pas un... ».

— Ce feu a entraîné bien des querelles par la suite, laisse soudain tomber Claudine.

— Bien des querelles ? reprend poliment Augustin qui préférerait continuer de méditer.

— Chez les Verbois, je veux dire.

— Ah bon, et pourquoi ça ?

— Parce que les partages entre les enfants et petits-enfants ont été faits l'année suivante. Certains ont reçu des hectares de terre brûlée, d'autres des maisons, des chevaux de course, des parts de l'entreprise ou du château. Seulement, quelques années plus tard, les terres brûlées avaient été replantées et valaient peut-être cent fois plus que la valeur à laquelle elles avaient été estimées. Alors il y en a qui ont commencé à protester, disant qu'il fallait revoir les partages, mais Madame Bobo a refusé et finalement la plupart ont obéi.

— Ah, je vois, acquiesce Augustin.

— Sauf Madame Suzanne. Je me rappelle que Madame Suzanne, « la pauvre orpheline », comme la surnommait Madame Germaine, a fait écrire par un notaire, ou un avocat, pour obtenir qu'on rouvre les partages. J'avais dix ans, cette année-là, et maman racontait qu'au château tout le monde ne parlait plus que de cela – la façon dont Madame Suzanne osait tenir tête à Madame Bobo qui était en train de passer, la pauvre. Je crois qu'on l'a mise en terre l'année suivante.

« Madame Suzanne. » Merde, songe soudain Augustin, elle est en train de parler de maman ! Il lui a fallu plusieurs secondes – autant dire une éternité – pour reconnaître le prénom de sa mère dans ce discours alambiqué et que l'information lui enflamme brusquement le cortex avant de pénétrer plus profondément. Qu'a-t-elle dit ? Qu'est-elle en train de raconter ? Que sa mère se serait opposée à la vieille Bobo sur la question des terres brûlées. Le cerveau d'Augustin travaille maintenant à toute allure. Ça y est, il se rappelle mieux la colère de la mère contre l'oncle Armand et la tante Germaine qui avaient fait mine de « se sacrifier », disait-elle, en acceptant des centaines d'hectares de cendres et qui étaient devenus riches à millions. « Ces salauds, il n'y a pas d'autres mots ! — Oui, oui, mon petit, mon Minou, tu as parfaitement raison. — Dis-moi plutôt ce qu'on peut faire au lieu de me tourner autour, tu m'exaspères. — Commencer par envoyer une bonne lettre d'avocat. Je te fiche mon billet qu'ils vont changer de ton. »

— L'argent peut rendre fou, commente-t-il, tout en reprenant un peu de magret, soucieux de ne pas faire dévier Claudine de ce sillon.

— C'est ce que je dis souvent à ma femme, approuve Paul-André : ils ont de l'argent, mais ils ne sont pas plus heureux que nous.

— On ne peut pas empêcher les gens..., soupire Claudine. Enfin, je veux dire, dans toutes les familles il peut y avoir de la jalousie et des bisbilles.

— C'est dans la nature humaine, convient Augustin.

— Maman prétendait que ça ne l'avait pas étonné parce qu'elle avait toujours connu Suzanne envieuse. Toujours à se plaindre, tandis que son jeune frère, Armand, c'était la joie de vivre, paraît-il.

— Votre mère a dû en voir, des choses !

— C'est-à-dire qu'elle aimait beaucoup Madame Bobo et Monsieur Gaston. Alors quand Suzanne a envoyé cette lettre, ça lui a fait quelque chose. Elle pensait que de leur vivant jamais ses parents ne l'auraient laissé faire une chose pareille. Maman les avait bien connus, Monsieur Henry et Madame Eugénie. Lui avait été blessé en 14-18, il est mort jeune, et sa femme, qui était malade du cœur, ne lui a pas survécu bien longtemps à ce qu'elle racontait.

— Dans quelle famille n'y a-t-il pas un mouton noir ? s'interroge Augustin, songeant à sa propre personne.

— C'est aussi ce que disait maman. Depuis toujours, Suzanne était différente – quand son frère riait, elle pleurait. Elle ne faisait jamais rien comme les autres, paraît-il. On s'attendait qu'elle fasse un grand mariage, une fois la guerre finie – pensez, pour une demoiselle Verbois, les prétendants n'auraient pas manqué – et voilà qu'elle a ramené un garçon très ordinaire, que personne ne connaissait. Maman avait servi au mariage. Un baron. Les Verbois considéraient que tant qu'à faire d'avoir un titre, il fallait au moins que ce soit comte ou marquis. Un « petit baron », comme ils ont dit aussitôt. Mais enfin, ça, encore... Non, ce qui s'est passé, c'est qu'avec ce garçon ils se sont mis à avoir des enfants, des enfants... alors qu'on savait qu'ils n'avaient pas d'argent, que lui ne gagnait rien.

Elle s'interrompt. Augustin a le cœur qui cogne si violemment qu'il n'ose plus la regarder de peur de se dévoiler. Jusqu'ici, il maîtrisait bien son émotion, mais quand elle a évoqué les enfants, il a soudain perdu pied. Il souhaiterait qu'elle parle d'autre chose, pour lui donner un peu d'air, tout en voulant qu'elle continue. Ce qu'il aimerait, en vérité, c'est disparaître, être caché derrière une porte, l'oreille collée dessus, et que la conversation se poursuive sans lui.

— Du reste, reprend-elle, je me souviens d'eux. À une époque, ils sont venus au château. J'ai même joué dans la cuisine avec la fille aînée qui était à peine plus âgée que moi. Je trouvais Madame Suzanne très belle. Et puis ils ont disparu.

— Pourquoi nous racontes-tu tout ça ? s'étonne Paul-André.

— Parce que maman en parlait souvent. Elle avait pitié d'eux, je crois, de Suzanne et de ses enfants dont on n'avait plus aucune nouvelle. Elle disait que sans l'incendie, tout ça ne serait pas arrivé.

— Bien du malheur, approuve-t-il. Bien du malheur.

Claudine opine silencieusement, puis elle se lève pour changer les assiettes et apporter le fromage. Paul-André en profite pour remplir les verres.

— Le vin est délicieux, le complimente Augustin.

— Oui, on le prend à la propriété.

— Je change complètement de sujet, reprend-il alors plus vivement, espérant au contraire que ce qu'il va énoncer les y ramènera, mais avez-vous connu cette dame dont je refais l'appartement ?

— Madame Gwenaëlle ? Bien sûr, dit Paul-André. Elle aussi était différente du reste de la famille, comme Monsieur Jean d'une certaine façon. D'ailleurs, ils étaient très proches, tous les deux.

— Et cousins également, je suppose.

— Cousins germains, oui. Elle était la fille de Marc, le frère cadet de Gaston.

— Maman l'adorait, intervient Claudine. Elle répétait qu'elle aurait aimé avoir une fille comme elle, ce qui n'était pas très gentil pour moi. Mais je crois que c'était sa blondeur qui lui plaisait, parce que moi, c'était tout l'inverse.

Elle a un petit rire enfantin, comme un hoquet.

— Quand j'ai présenté Claudine à ma famille, pour nos fiançailles, se rappelle Paul-André, on l'a prise pour une Espagnole.

— Ah oui ?

— J'étais aussi brune que Gwenaëlle était blonde.

— Mais alors vous, Claudine, vous l'avez bien connue aussi, Gwenaëlle ? Excusez ma curiosité, hein, mais comme je passe mes journées dans le dernier endroit où elle a vécu, je ne peux pas m'empêcher d'essayer de l'imaginer.

— Moi, je l'ai connue jeune, au château, avant son mariage, disons à la fin des années 1950, tandis que mon mari l'a connue récemment, à son retour d'Inde. Elle venait de passer plus de trente ans dans un orphelinat, à Bombay.

— Oui, Jean me l'a expliqué. L'autre jour, il est passé sur le chantier avec son ex-mari.

— Monsieur Pierre, confirme-t-elle. Ils se sont séparés assez vite, après une dizaine d'années de mariage, je dirais.

— C'est un beau vieillard, observe Augustin, désireux de ne pas s'éloigner du sujet.

— Quatre-vingt-quinze ans, et il continue de faire son tennis tous les jours ! Il avait vingt ans de plus que Gwenaëlle. Au moins vingt ans.

— Ça aussi, ç'a été un drame dans la famille, poursuit Paul-André.

— Quoi ? s'étonne Claudine.

— Leur divorce.

— Ah oui ! Monsieur Gaston avait confié à maman que c'était le premier divorce dans toute l'histoire des Verbois. Monsieur Pierre était ambassadeur, on a raconté à l'époque que Gwenaëlle ne supportait plus la vie qu'ils avaient, dans le luxe, toujours en représentation, les robes longues, les réceptions...

— D'ailleurs, elle est repartie s'occuper des orphelins en Inde, alors qu'ils avaient été en poste à New Delhi, observe Paul-André. Ce n'est pas rien, quand on y pense : l'ex-femme de l'ambassadeur qui se retrouve à nourrir les gamins des rues.

— C'était ça, Gwenaëlle, reprend Claudine, la bonté même, « un ange du bon Dieu », répétait maman.

« Un ange du bon Dieu », oui, je me souviens qu'elle disait ça, songe Augustin, fixant maintenant Claudine comme s'il cherchait à pénétrer sa mémoire, à entrer en elle.

— Du reste, ajoute-t-elle, je me souviens qu'elle s'était entichée d'un des enfants de Suzanne. Un garçon. Elle passait ses vacances à s'occuper de ce gosse.

Augustin s'est figé, et comme Claudine à son tour le fixe, il a le sentiment vertigineux qu'elle l'a reconnu, qu'elle est en train de tout découvrir. N'a-t-elle pas énoncé cela à dessein ? Pour le confondre ? Un long moment ils se dévisagent, Augustin retenant son souffle.

Et puis non.

— Enfin, ajoute-t-elle, c'est maman qui me racontait ça. Moi, je n'ai jamais vu Gwenaëlle avec cet enfant.

Il se détend. Sourit. Si maintenant je lui annonçais que c'était moi, le petit, elle ne me croirait pas, pense-t-il avec délectation.

17.

Il y a quelque chose de profondément inquiétant dans le désir des femmes

Sabine, silencieuse, l'observant à la dérobée, il voit ça.

— Encore un peu de café ?

— Une goutte, s'il vous plaît, et je monte travailler.

En arrivant, ce matin-là, il l'a découverte plantée au milieu de son chantier. « Ah, bonjour, lui a-t-elle lancé sans manifester le moindre embarras, je me demandais si tout se passait bien, si vous n'aviez besoin de rien. — Non, tout va bien. Vous avez vu la salle de bains ? J'ai terminé la plomberie et la ventilation. — Oui, je viens d'y jeter un coup d'œil. Je peux vous proposer un café ? — Avec plaisir. »

Il a pensé qu'elle avait quelque chose à lui dire, est redescendu derrière elle jusqu'aux cuisines où ils se sont attablés sans façon, mais apparemment non, puisqu'elle ne fait même pas l'effort d'entretenir la conversation, le scrutant par instants de ses yeux gris.

— Votre mari m'avait indiqué que je pouvais m'adresser à vous en cas de difficultés, mais finalement je n'ai rencontré aucun problème.

— Eh bien.

— Il m'a dit qu'il devait s'absenter. J'ai pensé... Enfin, je ne voudrais pas être indiscret : est-il retourné en Nouvelle-Calédonie ?

— Non. Jean souffre d'une maladie du sang, il doit régulièrement faire des séjours à l'hôpital.

— Oh, je suis désolé.

— Le même mal a emporté sa cousine Gwenaëlle que nous aimions beaucoup. Les médecins avancent l'hypothèse que ce serait une chose héréditaire.

Elle le fixe, comme si elle attendait de lui un mot d'explication, ou peut-être de réconfort.

— Je suis désolé, répète-t-il. J'imagine combien cela doit être difficile.

Elle laisse planer le silence, observe la lumière du matin à travers l'un des vasistas perché à trois mètres du sol. Il lui en veut sourdement de l'avoir coincé dans ce tête-à-tête dont il ne saisit pas l'objet : qu'est-ce qu'il y peut, lui, si la maladie décime les Verbois ? Sa mère dirait qu'il y a une justice quelque part. Il est sur le point de se lever quand l'idée le traverse de demander à Sabine la clé du placard. Et puis non, ce serait prendre un risque inutile quand il peut parfaitement forcer la serrure.

— Aujourd'hui, j'entreprends de casser le plafond abîmé, lui annonce-t-il, je voulais vous en avertir pour que vous ne soyez pas surprise par le bruit.

— Très bien.

— Et pour éviter que la poussière ne se répande partout, je vais calfeutrer la porte d'entrée de l'appartement. Je vous demanderais, si vous le voulez bien, d'éviter d'entrer sur le chantier tant que je n'aurai pas retiré les gravats et tout nettoyé.

Elle acquiesce, se lève.

— Eh bien, bonne journée, dit-elle.

Il a noté qu'elle ne lui tend jamais la main, au contraire de son mari, et cela l'agace confusément.

Pendant peut-être une heure, chapeau sur la tête et lunettes de protection, il fait tomber du plafond le plâtre gâté par l'humidité. Puis, haletant et couvert d'une fine poussière blanche, il vient discrètement inspecter la serrure. Cette nuit, comme il ne dormait pas, revenant sur ce qu'il avait appris chez le garde forestier, il a trouvé de bonnes excuses à Gwenaëlle. Il l'avait crue au château, riant avec les autres, pendant qu'eux survivaient à la bougie, mais non, elle était à l'étranger, bien loin de tout ça. Il a découvert que Gwenaëlle a épousé un diplomate, et cela change tout. Elle n'a probablement jamais rien su de leur expulsion, sinon elle se serait manifestée, bien sûr. Comment n'aurait-elle pas eu pitié d'eux, alors qu'elle a consacré sa vie, par la suite, aux enfants de Bombay ? En somme, il s'est réconcilié avec Gwenaëlle, et maintenant il a hâte d'en apprendre plus, de voir des photos d'elle, de lire des choses qu'elle aurait pu écrire sur son enfance au château, sur eux deux peut-être (pourquoi m'a-t-elle choisi, moi, plutôt qu'un des deux crétins ? continue-t-il de s'interroger) sur ce qu'elle a pensé de la vie durant ce demi-siècle où il n'a plus rien su d'elle. Et il se surprend à rire tout en s'agenouillant pour scruter de son œil valide l'intérieur de la serrure.

« Les serrures, c'est comme les veuves, prétendait Toto, une affaire de patience. Si tu t'énerves, elles te voient venir et elles ne veulent plus rien entendre. » On pouvait avancer sans se tromper que Toto avait tiré le meilleur parti des assurances vie versées aux veuves, mais Augustin n'aurait pas su dire lesquelles, des veuves ou des serrures, lui avaient le mieux enseigné l'art de la patience. Jamais il n'avait vu son père opérer avec une veuve, mais il avait admiré son calme lorsqu'il s'attaquait à une serrure. Pour le modèle de celle-ci, à peu près ce qu'on faisait de plus grossier sous le Second Empire, un simple clou recourbé à angle droit sur trois millimètres ferait l'affaire.

Un placard de vieille dame, c'est l'image qui lui vient lorsque les portes cèdent, alors même qu'il se surprend encore à éprouver du désir pour sa grande cousine (à moins qu'elle soit sa tante, il n'a jamais trop su). Des empilements de boîtes métalliques, des chemises cartonnées fermées par des rubans, une vierge, une collection d'étuis à lunettes, un encrier, quelques crayons dans un plumier, une loupe ronde au cuivre patiné, un coupe-papier, un buvard, des chapelets... Il soulève quelques dossiers, ouvre une boîte métallique au hasard – des fleurs séchées sous une image pieuse. S'il veut inspecter le contenu de chaque étagère, cela va lui prendre plusieurs heures. Mais qu'espérait-il ? Découvrir un album de photos dans lequel il n'aurait eu qu'à se servir, tiens ! Alors il repense à la visite de « Monsieur Pierre », le long vieillard : si le placard avait un jour renfermé des photos, on pouvait compter sur lui pour s'en être emparé. Cependant, un curieux désordre l'intrigue sur l'étagère la plus haute. Il va chercher son escabeau, le traîne parmi les gravats, l'ajuste contre le placard : des cadres. Quelqu'un a remisé là les encadrements qui devaient décorer l'appartement avant que la décision soit prise de le refaire : des aquarelles d'enfants, la photo d'une religieuse sous le fichu blanc à rayures bleues de mère Teresa, une feuille de papier bible portant des caractères indéchiffrables, et soudain, sous le regard incrédule d'Augustin : une photo de mariés dans un cadre en argent. À la seconde, il l'a reconnue. À la fois éblouissante et habitée d'une grâce qui lui serre le cœur. « Un ange du bon Dieu », oui. La photo a été prise dans le parc du château, il devine au fond, et dans un joli flou, les dépendances où il rangeait son vélo. Elle se tient chastement au bras d'un homme d'une quarantaine d'années, une tête de plus qu'elle, en lequel Augustin cherche à retrouver le vieillard qu'il a croisé quelques jours plus tôt. Le même front haut, les mêmes joues allongées, et ce nez en bec d'aigle qui aurait pu faire de lui un Verbois. Elle a choisi un homme du sérail, songe-t-il, un frère de sang de tous ses oncles – autant dire que je n'aurais eu aucune chance. Il en éprouve une pointe de tristesse, tout en se disant qu'aujourd'hui il aurait pu lui plaire, avant de se souvenir qu'elle est morte, qu'il ne l'entendra jamais lui dire de quelle façon elle l'a aimé, et pourquoi. Pourquoi lui ? Bon, mais cette photo-là, on pourrait le poursuivre jusqu'en Australie qu'il ne la rendrait pas. Il l'a bien méritée depuis le temps. Il redescend dans les gravats avec son cadre, l'enroule dans du papier journal avant de le glisser dans sa besace.

Ce soir-là, il est satisfait que Sarah ne l'attende pas – elle lui a laissé un mot qu'il lira tout à l'heure. Il dégage hâtivement le bureau de toutes ses petites affaires, ses boucles d'oreilles, son ordinateur, ses bonbons, son carnet, ses stylos, pour y déposer son trésor. Depuis le matin qu'il espère ce moment. Il peut entendre battre son cœur, prend cependant le temps d'approcher la chaise, de s'y asseoir. Voilà, il y est enfin, les mains posées bien à plat sur le papier journal. Il s'efforce de respirer calmement. Alors il ouvre le journal, le déroule avec précaution, voit apparaître le cadre, et quand de nouveau la photo lui saute aux yeux, l'émotion le submerge. C'est elle, bien sûr, sa grâce, sa lumière qu'il aura cherchée toute sa vie dans la lumière d'autres femmes (comme Gary et ce pauvre Cohen la lumière de leur chère « Maman », songe-t-il), mais c'est aussi la conscience d'avoir manqué le rendez-vous. Comment a-t-il pu laisser passer toutes ces années quand le souvenir de Gwenaëlle n'a jamais cessé de l'accompagner ? Comment a-t-il pu, rêvant secrètement d'elle, ne rien tenter ? Si seulement il avait osé, n'est-ce pas. Il aurait appris qu'elle avait divorcé, qu'elle vivait à Bombay, même sans se dévoiler il aurait bien fini par l'apprendre. Il y serait allé, aurait sonné à la porte de l'orphelinat, on l'aurait conduit jusqu'à elle... Mon Dieu, rien que de se figurer la scène, il en éprouve des frissons. Après, il ne sait plus, il est trop ému, il n'a plus la force d'imaginer. Comment a-t-il pu ne rien tenter ? Le plus grand rendez-vous de sa vie d'homme. Le seul, peut-être.

Il se relève, cherche ses cigarettes. Quand il ouvre la fenêtre, un tramway est en train de glisser silencieusement place de la Comédie, au milieu des promeneurs et des badauds, et déjà le Grand Théâtre est illuminé. Il lui semble que les jours raccourcissent, et pourtant c'est encore septembre. Mais tiens, il se rappelle soudain une photo qui faisait la fierté de sa mère, prise sur cette même esplanade et représentant le général Weygand et le héros de 14-18. Le premier en uniforme, le second en habit. « Papa adorait Weygand, c'est lui qui l'avait décoré de la croix de guerre en 1916. » Quand le général passait à Bordeaux, il était reçu à dîner chez les Verbois, rue Esprit-des-Lois. Elle a connu tout ce faste, songe-t-il, les soirées à l'Opéra, les réceptions en l'honneur de gens illustres, et elle est morte dans la misère et la honte, loin des siens et de sa ville, si endettée que ses enfants ont dû refuser l'héritage. Avant que l'huissier pose les scellés, Augustin était allé récupérer dans le petit appartement toutes les photos qu'il avait pu. Mais celle-ci, non, il n'avait pas dû la trouver. Et c'est seulement ce soir qu'elle lui revient.

Le tabac l'a réconforté. Pendant quelques minutes il n'a plus pensé à Gwenaëlle, mais quand il referme la fenêtre et revient vers le bureau, son émotion est intacte. Lui débarquant à Bombay, le cœur rempli de Gwenaëlle. Comment a-t-il pu manquer ce rendez-vous ? Il retourne le cadre, entreprend de faire pivoter les fines pattes de cuivre pour en détacher le fond, et enfin il accède à la photo. « Gwenaëlle et Pierre, 21 mars 1959 ». C'est inscrit au crayon noir. Il s'entend pousser un « Oh ! » de stupeur. Puis un autre de satisfaction. Quel détective il aurait fait ! C'est une information considérable, pense-t-il, considérable. Ils se sont donc mariés quelques jours seulement après l'expulsion, survenue le 15 ou le 16 mars dans son souvenir, ce qui explique pourquoi il n'en a jamais rien su. La mère avait dû recevoir l'invitation, commencer à entreprendre les préparatifs pour un de ces retours parmi les siens qui sonnerait comme un défi, se réjouissant déjà de les écraser de son bonheur, de sa réussite, flanquée de son Toto en frac et des huit petits chiots en robe à smocks et costume marin, quand le sol s'était dérobé sous ses pas. La nouvelle de leur expulsion avait dû arriver au château, pendant que Gwenaëlle était en voyage de noces.

Il plonge son regard dans le sien, est traversé d'une pensée érotique qu'il s'efforce de ne pas mettre en mots et entreprend alors de replacer la photo dans son cadre. Voilà, c'est fait, quel bonheur de l'avoir ! Il la dispose sur le bureau, la contemple encore un moment, puis, comme il se demande ce qu'il va faire, maintenant, il aperçoit le mot que lui a laissé Sarah.

Elle n'a pas cacheté l'enveloppe.

« Augustin, mon chéri,

« Ce matin je me suis fait conduire en taxi jusqu'à ton château. J'avais envie de voir l'endroit où tu passes tes journées. J'ai enjambé une barrière, me suis approchée par les bois pour ne pas être repérée mais malgré tout je l'ai été. J'ai prétendu m'être perdue et le gardien m'a remise sur la route forestière de Cestas.

« Sur les 77 862 résultats que l'on trouve à ton nom sur Internet, je n'en ai exploré jusqu'ici qu'un peu plus de 600. Pendant que tu es au château, je ne fais pratiquement que ça. Seules les photos et les vidéos m'intéressent. Je me fiche de ce que les gens écrivent sur tes livres, aucun ne t'a lu comme je t'ai lu, aucun ne t'aime et ne te désire comme je t'aime et te désire. L'INA a mis en ligne des images de toi dans les Aurès tournées par la télévision algérienne. On te voit aussi, un peu plus tard, en Nouvelle-Calédonie. Puis à la télévision française, dans différentes émissions littéraires, en particulier chez Pivot pour la sortie de ton premier roman. Je te regarde intensément, je t'écoute parler, et tu sais ce que je fais ? Je me caresse. Ainsi, à tant d'années d'intervalle, nous faisons déjà l'amour sans que tu le saches. Je remonte le temps, je reprends ce que la vie ne nous a pas donné. J'aurais voulu te connaître petit garçon, au château, et être la première fille dont tu as regardé la bouche en rêvant secrètement d'y poser tes lèvres. J'aurais voulu être ta première femme, quand tu es rentré d'Algérie et de Nouvelle-Calédonie. J'ai cherché des photos d'Agnès pour connaître le visage qui t'occupait dans l'avion, au retour, mais je n'en ai trouvé aucune. Je me souviens qu'à la fin de ton premier roman, justement, tu écris que tu vas l'emmener à l'hôtel car il n'y a que dans les hôtels que tu as vraiment du plaisir à faire l'amour (on ne dirait pas, hein ? Mais j'aime que tu aies eu envie de le croire).

J'aurais voulu être à la place d'Esther quand elle a découvert le livre que tu lui as consacré. Comme moi, maintenant, elle devait se demander ce que tu pouvais bien penser toute la journée, assis à ton bureau, pourquoi tu ne la touchais pas la nuit, se réjouir aussi de te voir dormir comme un bébé, et soudain elle a pu lire combien tu l'aimais et la désirais. Quelle bonne surprise ! Je me mets à sa place. J'ai vu plein de photos d'elle et je me demande si tu as regardé cette vidéo où une journaliste la fait parler de toi : "Il écrit pour ne pas sombrer dans la folie, dit-elle. S'il n'écrivait plus, il partirait..." Elle ne finit pas sa phrase, elle décrit un tourbillon ascendant avec son index tout en levant les yeux au ciel.

« Tu n'écris plus, et je me demande si tu n'es pas parti, en effet. Certains soirs, je ne sais même pas si tu me vois. Je croise ton regard et j'ai le sentiment qu'il me traverse. À qui parles-tu, mon chéri ? À qui souris-tu ? Bon, mais quel que soit l'endroit où tu es, je veux y être avec toi. Ne m'oublie pas de nouveau, je t'en supplie.

« Outre ta mère, il y a une femme sur laquelle tu n'as jamais écrit que quelques phrases ici ou là, c'est cette grande cousine qui t'a appris à faire du vélo. Quand on voit l'importance qu'a pris le vélo dans ta vie, on devine la place que doit y tenir cette fille. J'imagine que tu penses à elle quand tu es au château. J'adorerais voir sa photo, mais ce que j'aimerais, surtout, c'est remplacer dans tes yeux toutes les femmes que tu as aimées.

Sarah »

Elle a dû courir car elle est essoufflée quand elle entre dans la chambre.

Il se lève pour la prendre dans ses bras.

— Pour une fois, je voulais rentrer après toi, dit-elle, pour voir si ça te rendrait triste que je ne sois pas là, mais en même temps j'ai compté les minutes.

— Tu as guetté mon retour, tu veux dire ?

— Oui, j'étais à la terrasse du café, derrière l'hôtel, je t'ai vu passer dans ta voiture et entrer dans le parking.

Elle rit.

— Tu me trouves idiote, hein ?

Elle est suspendue à son cou, ses yeux verts larmoient un peu, sa bouche est écarlate. Il la voit de tout près. Elle attend qu'il dise quelque chose, ou qu'il l'embrasse peut-être.

— Tu es très jolie, Sarah.

Elle ne rit plus, continue d'attraper son regard, de le retenir.

— Emmène-moi danser quelque part, demande-t-il, tu veux bien ?

Il a formulé la chose en même temps que l'idée lui en venait.

— Je croyais que tu n'aimais pas ces endroits.

— Je ne les aime pas, mais, là, j'ai envie d'y être avec toi.

Il l'a trouvée belle à la seconde où elle est apparue dans la chambre et c'est du trouble qui le déborde, dont il ne sait que faire, qu'est né son désir de se fondre avec elle dans un de ces lieux où l'on se donne en spectacle. Voilà, il a compris, c'est une vieille histoire, il se souvient d'Esther dansant toute seule, les bras en l'air, dans le grondement des basses qui lui faisait cogner le cœur. La beauté d'Esther offerte à tous les regards. À ce moment-là, il mesurait combien il tenait à elle, et c'était un sentiment si violent, si douloureux, qu'il prétendait être fatigué et rentrait se coucher seul après lui avoir murmuré à l'oreille qu'il l'aimait plus que tout. « Je t'aime, Esther. Je t'aime plus que tout. »

— D'accord, dit-elle, pendant que tu te douches, j'enfile une robe.

Mais alors elle aperçoit la photo des mariés sur le bureau. Se penche au-dessus, demeure un instant absorbée dans sa contemplation.

— Ce ne sont pas tes parents.

— Non. À quoi tu vois ça ?

— Ton père était plus petit que ta mère, tu l'écris partout. La jeune femme est assez jolie, quoiqu'un peu...

— Un peu quoi ?

— Un peu trop désincarnée à mon goût.

— Qu'est-ce que ça signifie désincarnée ?

Elle hausse les épaules.

— Est-ce que tu t'imagines en train de faire l'amour avec elle ?

— J'en ai rêvé, oui. À seize ans, je ne pensais qu'à ça. C'est Gwenaëlle.

— Oh ! Alors c'est peut-être mieux que tu te sois contenté de rêver.

De nouveau elle rit, mais différemment cette fois, comme une femme qui se moque d'un homme, et il va s'enfermer dans la salle de bains.

Il a bien voulu danser avec elle au début, puis très vite il a prétexté souffrir d'une cheville pour aller s'asseoir. À présent il la regarde tourner dans les bras d'un type épais et frisé, tout ce qu'il déteste en somme, jean et T-shirt noir, elle, perchée sur ses talons hauts dans une robe rouge qui lui moule le buste et lui découvre par instants l'intérieur des cuisses. Il les voit échanger quelques mots rapides, elle acquiesce, sourit, s'éloigne, puis revient, elle danse merveilleusement et lui est un bon cavalier. Quand la musique s'essouffle, pour reprendre aussitôt, elle est déjà dans les bras d'un autre. Plus grand, plus élégant, une chemise blanche sous une veste en lamé. Lui est un médiocre danseur mais peu de femmes lui résistent, c'est une évidence. Il ne perd pas un instant Sarah des yeux, son beau visage lisse impassible sous les cheveux huilés. Un hidalgo d'opérette. Elle répond à son regard, lui sourit, Augustin dirait qu'elle se moque gentiment de lui, de sa prétention, mais il n'en est pas tout à fait certain. Si, puisqu'elle retourne maintenant vers le frisé et rit carrément de ce qu'il lui glisse à l'oreille. Le lendemain, Esther n'évoquait jamais les hommes qui lui avaient tourné autour, et si Augustin l'interrogeait discrètement pour savoir si tel ou tel qu'il connaissait lui plaisait, elle prétendait que les garçons n'entraient pas dans le plaisir qu'elle éprouvait à danser. « C'est toi que j'aime, assurait-elle, comment peux-tu croire une seule seconde... » C'était un mensonge, naturellement, mais Augustin voulait l'entendre car en entretenant le secret autour de son désir, Esther ravivait l'immense curiosité qu'Augustin éprouvait pour elle. Ce qui le fait courir (et trembler) depuis l'enfance, c'est la question de savoir ce qu'attend une femme d'un homme. Il a vu Toto s'épuiser, puis se perdre, dans le désir de sa femme. Durant toute son enfance, sa mère lui a paru à la fois insatiable de son petit bonhomme et toujours profondément insatisfaite. De quoi est donc fait le désir d'une femme ? Qu'a-t-elle espéré que Toto n'a pas su lui donner ? Pour finir, comme mortellement déçue, elle l'a traîné plus bas que terre, lui crachant son mépris au visage, ne ratant jamais une occasion de l'humilier, jusqu'à ce que son cœur le lâche et qu'il meure dans la plus triste des solitudes. Pendant des années, chacune à leur tour, Agnès et Esther ont prétendu n'aimer que lui, Augustin. Il les a observées l'une et l'autre en la compagnie d'autres hommes, essayant de deviner ce qui les traversait tandis qu'elles dansaient dans leurs bras, se laissaient conduire et riaient en rejetant la tête en arrière. Continuaient-elles de ne penser qu'à lui dans ces moments-là ? De ne désirer que lui ? Bien sûr que non. Elles lui mentaient et se mentaient à elles-mêmes, comme la mère avec son petit Toto. Conscient qu'il serait à jamais impuissant à satisfaire un désir qui lui échappait, et d'autant plus transi d'amour qu'il se savait déjà condamné, il finissait par abandonner la partie pour rentrer se coucher seul. Un jour, parmi tous les hommes qu'il avait vus approcher Agnès, l'un avait paru soudain combler son attente, sa mystérieuse attente. Alors Augustin, auquel elle se prétendait si attachée, n'avait pas plus compté à ses yeux qu'un tas d'épluchures. Elle l'avait abandonné du jour au lendemain, emportée par une flamme qu'il avait croisée dans son regard et qu'il ne lui connaissait pas. Une flamme que rien ne semblait pouvoir souffler, même pas la menace de sa mort, comme il l'avait constaté, puisqu'il avait eu l'incroyable bêtise d'annoncer qu'il allait se tuer. Esther avait suivi exactement le même chemin, passant en quelques semaines d'un amour qu'elle disait inconditionnel au démantèlement meurtrier de tout ce qui les avait uni. Elle avait rencontré un homme qui lui aussi était en passe de satisfaire ses désirs les plus enfouis et Augustin, d'un seul coup, lui avait paru insupportable. Un jour de plus en sa présence et elle allait devenir folle, ou même peut-être le tuer. Si soudainement malmené et humilié, il était arrivé à Augustin de se sentir dans la peau de Toto. Il en avait conclu qu'il y avait quelque chose de profondément inquiétant dans le désir des femmes, une part secrète et meurtrière qui ne se révélait qu'au moment de la rupture. Il en avait conclu qu'on ne pouvait pas compter sur l'amour pour échapper à la solitude. Et d'ailleurs, quelle crédibilité accorder à l'amour si on pouvait revenir dessus ? De sa mère à Esther, toutes étaient revenues sur ce qu'elles avaient un moment cru – à moins que sa mère n'ait même jamais cru aimer tous ces enfants qu'elle n'avait pas demandés, à l'exception du frère aîné, bien entendu. « Ce sale con », s'entend-il dire. C'est à tout cela qu'il songe, assis seul à sa table et sans perdre un instant des yeux Sarah qui danse maintenant le tango sous la conduite experte du petit frisé.

18.

« Peut-être veniez-vous pour vous venger,
et aussi bien mettre le feu »

La lettre est signée « Ton père » et elle est adressée à Gwenaëlle. Assis sur la plus haute marche de son escabeau, Augustin la relit pour la troisième fois :

« Ma chérie, écrit Marc Verbois,

« Ta grand-mère n'avait pas à te révéler cette histoire, c'était à Pierre de t'en parler s'il le souhaitait.

« Je connais maman, elle l'a fait en toute innocence, pensant comme nous tous que tu étais au courant et voulant te rassurer sur la position de la famille. Si nous avons eu durant la guerre les plus graves réserves à l'égard de ton futur mari, au point que ton grand-oncle Henry, le père de Suzanne, lui avait interdit sa porte, les temps ont changé, Pierre également, je ne doute pas de sa sincérité à ton égard, et nous avons aujourd'hui pour lui une profonde affection, en dépit de divergences politiques qui demeurent.

« Il va donc de soi que lorsque tu nous l'as présenté, nous savions parfaitement tout cela. Nous n'avons pas été pour autant "déloyaux" en nous taisant, je regrette que tu puisses le penser, mais simplement respectueux de vos sentiments à tous les deux. Vous vous apprêtiez à écrire une nouvelle page de l'histoire familiale, que vous écrivez

d'ailleurs, puisque dans quelques semaines tu seras maman, ce n'était sûrement pas à nous de raviver cet épisode pénible, et je te répète que pour moi tu savais, Pierre t'avait parlé.

« Je te supplie de ne tenir rancune à personne, surtout pas à ta grand-mère qui est mortifiée d'avoir jeté sans le vouloir le trouble dans votre jeune ménage. Connaissant Pierre, je suis certain que s'il a choisi de se taire, c'est par amour pour toi, pour te protéger d'événements qui n'ont plus guère d'importance aujourd'hui. Ne lui en veux pas et reçois avec sagesse et bienveillance ce qu'il a à te dire.

« Je t'embrasse affectueusement. »

Fascinant de songer que ce Pierre, qu'il a croisé l'autre jour, a connu le héros de 14-18. Que les deux hommes se sont affrontés pendant la Seconde Guerre au point que l'un a mis l'autre à la porte en le priant de ne plus revenir. De quoi Pierre s'est-il donc rendu coupable ? Il traverse Augustin que cet homme a pu être un collabo notoire, ou un grand antisémite. Fidèle au Maréchal, le héros de 14-18 n'en haïssait pas moins les « boches » et la mère racontait qu'il quittait ostensiblement toute manifestation publique si des dignitaires du Reich ou de la Collaboration y étaient présents. En allait-il de même avec les antisémites ? « Papa avait pitié de ces malheureux Juifs. » La mère, qui elle-même se méfiait des Juifs comme de la gale, n'en avait jamais dit plus. Ce qui fait pencher Augustin pour l'antisémitisme de Pierre, c'est l'émotion de Gwenaëlle. À lire son père, elle semble bouleversée par ce que lui a révélé sa grand-mère, la vénéneuse tante Germaine, or il est évident que Gwenaëlle, généreuse et ouverte au monde comme il l'a connue, ne peut pas envisager de vivre sous le même toit qu'un antisémite.

Si Pierre lui a caché la chose, continue de réfléchir Augustin, c'est que la chose est honteuse. Cela dit, apprendre que son mari a été collabo... Oui, bon, il ne sait plus, mais vraisemblablement l'un ou l'autre. Ou les deux – antisémite et collabo. Les deux allaient souvent de paire sous l'Occupation. Ce qui l'amuse, au passage, c'est de songer que le secret a été trahi par « cette garce » de tante Germaine, elle-même bien au fait de la Collaboration, puisqu'elle fut un temps la maîtresse de Ribbentrop, le ministre des Affaires étrangères du Reich dont l'avion personnel venait la chercher pour l'emmener à Berlin avant de la ramener trois jours plus tard à Bordeaux, racontait la mère, ce pourquoi le héros de 14-18 avait cessé de la saluer.

Ayant vu partir Sabine ce matin-là au volant d'une élégante Mercedes A, Augustin a choisi de délaisser son chantier pour se livrer à une première inspection de toutes les boîtes et dossiers empilés dans le placard. Dans les premières, et contrairement à ce qu'il avait espéré, il n'a rien trouvé d'autre que des objets en bois ou en pâte à sel, grossièrement peints pour la plupart, et tous soigneusement étiquetés : Rajiv, Anji, Pashumath, Shankhi, Anasuya... Gwenaëlle avait donc conservé tous les cadeaux que lui avaient offerts durant trente ans les enfants de son orphelinat. Dans les dossiers, beaucoup de lettres écrites en anglais à l'adresse de l'orphelinat et provenant manifestement de religieuses, d'anciens de l'orphelinat ou d'amis rencontrés à New Delhi, Bombay, Calcutta ou ailleurs. Tout cela donnait la mesure de l'engagement de Gwenaëlle en Inde et du peu d'intérêt qu'elle avait prêté aux siens durant cette période essentielle de sa vie. Comme si elle avait voulu rompre avec tous ces gens du château, songe Augustin, ne trouvant parmi eux aucune place susceptible de porter l'idée qu'elle se faisait de sa présence sur la Terre. Il prend conscience de sa propre étroitesse d'esprit, lui qui a pu croire que Gwenaëlle les avait oubliés pour mener grand train entre les hôtels particuliers de sa famille et les réceptions à Cestas. Oui, elle nous a bel et bien oubliés, songe-t-il, mais pour voler au secours d'enfants autrement plus malheureux que nous. Et elle a eu raison. Pourquoi aurait-elle aidé Suzanne à récupérer sa place et sa fortune, Suzanne dont elle ne pouvait ignorer le mépris pour ceux qui n'étaient pas de son « rang » ? Envieuse et méchante, la mère ne valait pas qu'on lève le petit doigt pour elle. Elle était la seule responsable de sa chute et Gwenaëlle avait dû se contenter de prier le ciel pour que ce chemin de croix lui permette au moins de s'ouvrir aux autres. Raté, pense Augustin, la mère était morte en méprisant la Terre entière, et jusqu'à la femme originaire du Burkina Faso qui lui lavait les fesses – « Cette pauvre fille est d'une bêtise... ».

Gwenaëlle ne semblait pas avoir éprouvé plus d'intérêt pour les photos de famille que pour sa famille elle-même, à moins que Pierre ait fait main basse sur les albums. Excepté leur photo de mariage, Augustin n'a découvert qu'un mauvais cliché couleur dans le placard : une dame âgée et amaigrie, qui semble bien être Gwenaëlle, se tient au bras de Jean et sourit à l'objectif. Sans doute une image faite par Sabine avec son téléphone portable, alors que Gwenaëlle se savait condamnée par cette mystérieuse maladie du sang. Mon ange du bon Dieu devenu une vieille dame, observe-t-il avec tristesse.

Bon, et quoi d'autre dans la chemise où il a découvert cette étonnante lettre de Marc Verbois ? Des cartes de vœux aux formules convenues émanant d'inconnus, et tiens, un mot de Jean et Sabine : « Tu sais comme nous t'aimons », de Coulala : « Chaque jour, je prie pour toi, ma petite chérie », d'un certain Xavier : « Pierre est remarquable, votre Stéphanie ne manque pas d'affection, tu peux compter sur lui », de Gaston : « Tu me manques, ma petite nièce trois fois sainte », et là une enveloppe avion dont Augustin croit soudain reconnaître la grosse écriture bouclée et l'encre verte – mon Dieu, sa mère ! Il s'en veut, dans sa précipitation, d'avoir légèrement déchiré l'unique feuille de papier pelure.

« Ma chère Gwenaëlle,

« Sache que je n'ai que faire de tes conseils et encore moins de ta charité.

« Le fait que tu aies épousé Pierre de Brive et que tu vives aujourd'hui dans le luxe ne t'autorise pas à me donner des leçons. Ce dixième enfant est un don de Dieu et nous l'accueillons comme tel, quelles que soient nos difficultés. Il est facile de se poser en conseillère conjugale quand on a l'égoïsme de ne faire qu'un gosse et qu'on est

femme d'ambassadeur, mais au jour du Jugement dernier, je suis bien certaine que le Seigneur ne s'y trompera pas.

« Tu ne vaux pas mieux que les autres, ma petite. Tu feins, toi aussi, de croire que nous sommes des irresponsables et que nous n'avons qu'à nous en prendre à nous-mêmes de ce qui nous arrive, tout cela pour décharger ta conscience. La vérité, c'est qu'aucun d'entre vous n'a eu l'honnêteté de reconnaître que j'avais été volée dans les partages. Alors il est plus rassurant de nous regarder de haut et de nous faire passer pour deux imbéciles.

« Comment oses-tu m'envoyer un chèque, comme maman le faisait autrefois quand une domestique accouchait ? Pour qui te prends-tu ? Et sur le compte en banque de Pierre, en plus du reste. Ça ne doit pas trop te priver, n'est-ce pas. Maman avait l'élégance de n'en rien dire à papa et de prendre sur ses revenus personnels. Tu le sais ou tu ne le sais pas, mais je peux t'assurer que Pierre n'a pas toujours été le grand homme qu'il est aujourd'hui et qu'il fut un temps où les Verbois l'avaient rayé de leurs relations. Cela devrait au moins t'inciter à la modestie.

Suzanne »

« Celui-là, avait dit la mère en le jetant sur son lit, je n'aurai pas la force. » Le dixième. Augustin revoit la scène, ses parents rentrant de la maternité, petit Toto nerveux et livide, la mère enjambant le chantier pour se précipiter dans leur chambre, ni bonjour ni comment ça va, les enfants déjà excédée. Ils venaient de quitter le « taudis » pour emménager dans un immeuble de banlieue un peu mieux fréquenté, deux appartements de nouveau pour les contenir tous, et pendant qu'elle accouchait, Toto et ses trois grands fils avaient commencé à abattre les cloisons. Les gravats s'accumulaient partout, c'était un spectacle de guerre, et voir la mère surgir dans ce désastre avec ce nouveau-né dont elle ne savait que faire avait plongé Augustin dans une telle impuissance qu'il s'était mis à pleurer.

Un demi-siècle plus tard (et de nouveau dans les gravats), il sourit des mots de sa mère. « Don de Dieu », mon œil, oui, si elle avait pu le balancer par la fenêtre, et nous avec, elle n'aurait pas hésité une seconde. « Tu ne vaux pas mieux que les autres, ma petite. » Il la reconnaît bien là, amère et fielleuse. Elle avait dû s'enfermer dans la chambre conjugale pendant qu'ils continuaient de cogner dans les murs – « Attends un peu, elle va l'avoir, son paquet, celle-ci, non mais ce culot d'aller me faire l'aumône ! Après m'avoir volée ! Pour qui se prend-elle, cette grenouille de bénitier ? Toto, apporte-moi du papier à lettres ! — Oui mon petit, oui mon Minou, tout de suite. »

Penser que ses parents ont touché cette feuille de papier, qu'un peu de poussière de plâtre a dû s'y déposer... Précieuse lettre, qu'il se surprend à respirer, qui le ramène au Toto de cette époque, écrasé par la mère, certes, mais tellement courageux pour tout le reste. « C'est vrai, papa, qu'on va casser les murs ? — Si je te le dis, pomme à l'eau. — Mais on a le droit ? T'as demandé la permission ? — La permission, la permission, et pourquoi pas essayer d'enculer les mouches aussi... Je vais te dire une chose qui te servira quand tu auras du poil au menton : dans la vie, mon petit vieux, on se sert d'abord et on demande la permission ensuite. »

Augustin sourit, reprend la lettre au début, la relit tranquillement. « Tu le sais ou tu ne le sais pas, mais je peux t'assurer que Pierre n'a pas toujours été le grand homme qu'il est aujourd'hui... » Eh bien oui, songe-t-il, elle a dû être témoin de discussions orageuses entre son père et Pierre, et peut-être même était-elle présente quand le héros de 14-18 a prié Pierre de sortir et de ne plus remettre les pieds chez eux.

— J'ai envie d'aller à l'opéra un de ces soirs, dit Augustin comme ils sortent pour dîner. Viens, on va regarder ce qui se joue.

Sarah se laisse conduire par la main à travers la place de la Comédie dans la lumière dorée du couchant. Elle n'aime pas particulièrement l'opéra mais elle est heureuse qu'il envisage d'y aller avec elle. Il ne lui a pas expliqué que la Violetta de *La Traviata*, interprétée par Callas, le ramenait au chagrin de sa mère, à ce désespoir qui lui vidait le cœur, mais simplement qu'il avait découvert cette musique sur le tard et que, depuis, il ne pouvait plus rien écouter d'autre.

Ils s'approchent du Grand Théâtre, ils se tiennent par la main, et déjà Augustin tend le cou pour apercevoir l'affiche suspendue derrière les colonnes quand deux femmes qui descendent d'un taxi leur barrent le chemin sans le vouloir.

— Oh ! fait-il en reconnaissant Sabine.

Il y a un instant de flottement dû à son embarras, cependant que le regard de Sabine se pose sur Sarah.

— Bonsoir, se reprend Augustin, pardonnez-moi, j'ai été surpris. Je vous présente mon amie Sarah. Sabine Verbois, la dame chez qui je travaille, ajoute-t-il à l'intention de Sarah.

Alors Sabine laisse échapper un rire léger qui le surprend et l'idée l'effleure qu'elle se moque de lui. Mais non, les deux femmes se saluent d'un aimable sourire et il se sent aussitôt rasséréné.

Puis Sabine saisit le poignet de celle qui l'accompagne et avec beaucoup de naturel, comme si tout cela allait de soi, elle énonce ces quelques mots qui laissent Augustin pétrifié :

— Astrid, je te présente mon cousin Augustin dont je te parlais justement l'autre jour.

— Non ! s'exclame Astrid. Mais quel merveilleux hasard !

Elle s'illumine, tend une main avenante à Augustin.

— Je suis ravie de faire votre connaissance.

— Astrid est ma grande amie, ajoute Sabine pour Augustin.

Elle le fixe tranquillement de ses yeux gris. Lui sourit-elle ? Il n'en est pas certain. Et comme il demeure paralysé, essayant de calculer très vite les conséquences du désastre qui se déroule sous son nez – *Elle sait qui je suis, je suis découvert, de surcroît ridicule, je dois dire quelque chose mais quoi ? Depuis quand le sait-elle ? Elle s'est bien foutue de moi. Et maintenant, qu'est-ce que je vais faire ? Qu'est-ce que je dois faire ? Dieu du ciel, aidez-moi s'il vous plaît ? etc., etc.* –, Sabine poursuit la conversation, feignant de ne s'apercevoir de rien.

— J'ai prêté à Astrid votre dernier livre, Augustin. Voilà des années que je lui parle de vous mais, pour une raison mystérieuse, elle ne se décidait pas à vous lire.

— En fait, explique Astrid, sans paraître le moins du monde embarrassée, je vous ai entendu un jour sur je ne sais plus quelle radio et je ne vous ai pas trouvé du tout sympathique. J'ai pensé que vous étiez le genre d'homme éternellement en colère et je pense que nous avons suffisamment de sujets de contrariété sans y ajouter ceux de tel ou tel. Comme quoi, hein...

— Pourquoi dis-tu « comme quoi » ? la reprend Sabine. Parce que, aujourd'hui, tu le trouves sympathique ? Après seulement cinq minutes de conversation ? Enfin, si on peut appeler cela une conversation...

Son rire clair et léger, de nouveau, tandis que son regard va et vient d'Astrid à Augustin.

— Mais non, ne sois pas stupide, lui rétorque vivement Astrid, c'est qu'aujourd'hui je le lis ! Je vous lis enfin, Augustin – je peux vous appeler Augustin, n'est-ce pas. Et j'aime beaucoup. C'est parfois impudique, mais très sensible. Une belle écriture. Du coup, je crois que je vais lire vos autres livres. Par le style, vous me rappelez un peu...

— Je les ai tous à la maison, l'interrompt Sabine. Bon, ma chérie, si on ne veut pas être en retard, il faut y aller maintenant. Dites-moi,

Augustin, accepteriez-vous de venir dîner un de ces soirs ? Tenez, voici mon téléphone, appelez-moi. Avec vous, Sarah, bien entendu. Allez, bonsoir.

Ils demeurent un instant silencieux, regardant les deux femmes franchir les portes du théâtre.

— Elles sont bien bordelaises, mais plutôt gentilles, non ? observe doucement Sarah, reprenant la main d'Augustin qu'elle avait lâchée. Pourquoi tu n'as rien dit ?

— Sarah, tu n'as pas compris que Sabine sait qui je suis ? Je me suis fait embaucher chez eux comme ouvrier, sous une fausse identité, et cette conne m'a reconnu.

— Oh mais oui, je n'avais pas réalisé... Quelle idiote ! Sur le coup, je me suis demandé pourquoi tu tirais cette tête.

— C'est une catastrophe. Tu penses bien qu'ils se doutent que je suis là pour écrire sur eux. Ils vont me virer. Merde ! Merde ! Merde !

— Tu vas leur expliquer que tu veux écrire sur ta mère.

— Je peux bien leur expliquer tout ce que tu veux, il n'empêche que je me suis introduit chez eux comme un voleur et qu'ils auraient bien raison de me virer. À leur place, en tout cas, c'est ce que je ferais.

— Viens, ne restons pas là. C'est embêtant mais ce n'est peut-être pas si dramatique. Tu as vu, elle veut t'inviter à dîner.

— Pour se foutre de moi, oui.

— C'est bien possible. J'ai senti qu'elle s'amusait. Mais elle ne m'a pas semblé t'en vouloir.

— J'ai son téléphone portable, je vais l'appeler ce soir. Attends, j'ai besoin d'une cigarette.

Il l'entraîne vers une terrasse de café. La place, qui grouillait de monde et de taxis un moment plus tôt, s'est vidée d'un seul coup avec le début du spectacle. Il a eu le temps de voir qu'on donnait *La Somnambule*.

— Et puis non, dit-il une fois assis, je vais me pointer demain comme s'il ne s'était rien passé, ce sera l'occasion de les voir tous. Ça fait pratiquement deux semaines que je bosse chez eux et je ne connais que Jean et Sabine. Elle a dû les prévenir : pour une fois, je les aurai tous en face de moi, ces enfoirés.

Il dort d'un sommeil agité cette nuit-là, rejouant inlassablement la scène de son retour. L'un des dix rejetons de la branche pourrie revenant au château régler ses comptes, un demi-siècle après les faits. Bande de gros salauds, qu'est-ce que ça vous aurait coûté de nous faire seulement rétablir le gaz et l'électricité ? Disons l'équivalent d'une de vos soirées sur le bassin d'Arcachon, puisque j'ai lu dans la feuille locale qu'on se bousculait au mois d'août pour être reçu chez les Verbois. Disons qu'un soir vous auriez annulé la réception en pensant à nous. À votre chère Suzanne, une bougie à la main, errant hagarde sous le plafond bas de son HLM au milieu de la nuit, une vitre sur trois remplacée par un carton, n'est-ce pas, j'aurais voulu que vous puissiez voir ça. Murmurant qu'elle voulait mourir, suppliant le ciel de lui donner la force de s'ouvrir les veines et «le petit baron», comme vous l'appeliez, «le petit baron» qui vous faisait tant rire la poursuivant en pleurnichant – «Viens te coucher mon petit, mon Minou, je t'en conjure, demain il fera jour, tu verras la vie autrement, ce n'est qu'une mauvaise passe, l'affaire de quelques semaines tout au plus, je te promets qu'avant le printemps tu auras ton appartement boulevard Suchet, un quatrième étage traversant avec vue sur le bois de Boulogne et deux salons de réception, je n'attends plus que les clés, c'est l'affaire de quelques jours». Et le lendemain, votre chère Suzanne hurlant à la mort pendant que le Campingaz, qui venait de se renverser, foutait le feu à la cuisine et que les petits, inconscients du danger, continuaient de ramper au sol en jouant avec les flocons de poussière. J'aurais voulu que vous puissiez voir ça aussi, tous les voisins dehors criant au feu, les femmes en bigoudis, les hommes en marcel, et les pompiers ceinturant votre chère Suzanne pour l'emmener chez les toqués avant de s'apercevoir que l'appartement grouillait d'enfants et qu'il y en avait même de coincés sous les meubles. Qu'est-ce que ça vous aurait coûté de nous payer seulement le gaz et l'électricité, bande d'enfoirés? Ou supposons que plutôt que de renoncer à une de vos célèbres soirées sur le bassin d'Arcachon, vous auriez mis en vente les quelques pièces d'argenterie que je vois là... Augustin bouillonnant de colère, s'endormant, puis se réveillant, s'imaginant à présent leur balançant à la gueule tout ce qui lui tombait sous la main : le sucrier, la théière, les carafes en cristal, les couverts d'argent et de vermeil de la veille Bobo, les soupières, les tasses à thé Minton, les porcelaines de Chine, et finissant le travail en catapultant à travers la double baie vitrée du salon le buste en bronze du vénérable Gustave Verbois, grand esclavagiste et fondateur de la famille. Au matin, cependant, le corps agité de soubresauts, Augustin traverse un long moment de lucidité : pourquoi se positionne-t-il en défenseur de sa mère, lui qui a été le premier à tenter de l'assassiner ? Même Gwenaëlle avait renoncé à lui tendre la main. Seul Toto ne l'a jamais lâchée, inlassable amoureux, si l'on excepte son Odette – « Mon vieux, ça nous arrive à tous de faire des conneries dans la vie » (la pauvre Odette avait dû se retourner dans sa tombe). Augustin lui-même avait renoncé à aider sa mère après seulement vingt-quatre heures de sacerdoce, dont deux de vaisselle, et la promesse (évidemment non tenue) de lui apprendre à conduire. Pourquoi se positionne-t-il... Mais non, ce n'est pas qu'il la défend, c'est qu'il n'aime pas les autres, voilà tout. Enfant, déjà, ils se méfiaient d'eux, de leurs rires, de leurs sous-entendus, les femmes avec leurs longues narines et leurs bijoux grelottants, les hommes avec leur culottes de cheval et leur pull-over jaune. Oui, songe-t-il, mais ceux-là sont tous morts aujourd'hui, l'oncle Édouard et son Odile, la tante Germaine et son Albert, l'oncle Arnaud et sa Rita, l'oncle Louis et sa Monique, tous ces vieux salauds ont été bouffés par les vers depuis longtemps, ce sont leurs petits-enfants qui occupent à présent le château et les petits-enfants ne sont pas responsables de la cruauté de leurs grands-parents. Les petits-enfants... Finalement, comme le jour se levait dans la chambre, Sarah l'avait pris dans ses bras, elle avait commencé à l'embrasser et ils avaient fait l'amour, ce qui l'avait bien détendu.

Elle entre sur le chantier d'autorité, sans frapper. Par chance, il n'avait pas le nez dans le placard.

— Bonjour Augustin, je me demandais si vous alliez oser revenir. Merci de l'avoir fait. Arrêtez donc cette histoire stupide, je trouverai un ouvrier pour terminer les travaux, et suivez-moi s'il vous plaît.

Il juge que le mieux est de ne rien dire, renonce à ouvrir son sac de plâtre et la suit docilement. Ils descendent un étage, parcourent un long couloir, descendent encore quelques marches, prennent sur la droite, franchissent une double porte qu'elle referme à clé derrière eux après s'être effacée pour le laisser passer. Ils pénètrent plus avant dans l'appartement et Augustin reconnaît au passage, par la porte restée ouverte, le bureau où Jean l'avait reçu le premier jour.

— Voilà, dit-elle en le priant d'entrer, ici personne ne nous dérangera.

La pièce de Sabine, manifestement – un large bureau encombré de papiers, quelques fauteuils recouverts de tissus râpés, des livres aux murs et d'autres en pile sur une table basse.

— Asseyez-vous, je vous en prie. Café ?

— Avec plaisir.

Il l'entend glisser la capsule, faire couler le café. Rien ne s'est donc passé comme il l'avait prévu : pas de comité d'accueil, pas de procès, aucune occasion de les insulter.

Elle dépose les tasses sur la table basse, s'assoit à son tour, cherche son regard.

— J'aurais aimé vous rencontrer dans des circonstances plus agréables, commence-t-elle. Il y a deux ou trois ans, vous êtes venu signer chez Mollat, n'est-ce pas ? J'avais prévu de m'y rendre pour vous parler, et puis au dernier moment j'ai eu un empêchement.

— Me parler de quoi ?

— Est-ce que vous nous prenez tous pour des crétins incultes, Augustin ? Quand vous avez publié votre premier roman, tout le monde l'a lu, ici. Moi, je ne suis qu'une pièce rapportée, je venais d'épouser Jean, mais ses sœurs avaient entendu parler de Suzanne et Toto, bien entendu, et elles se sont jetées sur votre livre. Je vous ai découvert à ce moment-là, chez Bernard Pivot, et j'ai appris en vous lisant cette histoire invraisemblable. Mon beau-père, Gaston, était furieux que tout cela soit étalé au grand jour. Quand j'ai essayé de l'interroger il m'a simplement dit que les Verbois n'avaient rien à se reprocher, que votre mère était la seule responsable de ce qui lui était arrivé.

— Sans doute. Mais nous, les enfants, n'étions pas responsables non plus et les Verbois nous ont regardés tranquillement nous noyer.

— Si je comprends bien, vous êtes là pour régler vos comptes.

— J'en ai rêvé, en tout cas, parce que je n'aime pas ces gens. Enfant, déjà, je sentais combien ils étaient impitoyables. Mais ça ne ferait pas un livre.

— Alors qu'est-ce que vous voulez, qu'est-ce que vous cherchez pour en arriver à vous faire embaucher comme ouvrier dans votre propre famille ?

— Je n'avais rien prémédité. Je voulais juste revoir le château, et revoir Gwenaëlle aussi.

— Vous ne saviez pas qu'elle était morte ?

— Comment l'aurais-je su ? Je voulais d'abord revoir le château, et d'ailleurs votre mari m'a surpris alors que je tournais autour.

— Et vous vous êtes fait passer pour le petit neveu de ce chauffeur, Joseph, dont je n'avais même jamais entendu parler.

— J'ai dû improviser. C'est la seule idée qui me soit venue sur le moment.

— Seulement moi, je vous ai reconnu à la minute même où je vous ai vu, en dépit de votre barbe et de votre look impossible.

— Vraiment ?

— Regardez sur l'étagère, au-dessus de votre tête : tous vos livres sont là. Je vous écoute à la radio, je vous regarde à la télévision. Il y a six mois, vous étiez chez Busnel. Comment voulez-vous...

— Votre mari aussi m'a reconnu ?

— Non. Jean ne lit pas de romans et il se fiche de ces vielles histoires.

— Et vous ne lui avez rien dit ?

— Je n'ai rien dit à personne. J'ai pensé que vous aviez quelque chose en tête et que je ne devais pas vous empêcher de l'accomplir. Un livre, sans doute. En même temps, j'ai eu peur : peut-être veniez-vous pour vous venger, et aussi bien vous alliez mettre le feu...

— Alors pourquoi m'avoir confondu hier soir si vous vouliez me laisser aller au bout ?

— Je ne sais pas. À cause de mon amie, peut-être. Je lui parle souvent de vous, et d'un seul coup vous étiez là !

Il acquiesce, ne relève pas.

— Sinon, reprend-elle, j'aurais sûrement attendu encore quelque temps.

— Est-ce que Gwenaëlle vous parlait de moi ? demande-t-il à brûle-pourpoint.

Elle lève un instant les yeux au plafond.

— Mon petit cousin.

— Pardon ?

— Je l'ai entendue dire à trois ou quatre reprises « Mon petit cousin » en se plantant devant vos livres. Mais jamais rien de plus.

— Ah.

— Sur elle et vous, j'en ai plus appris en vous lisant qu'en l'écoutant.

— Et Pierre, son ex-mari, vous le connaissez bien ?

— Jean l'aime beaucoup. Et puis nous sommes très proches de leur fille, Stéphanie, qui a mon âge à peu près.

— Ils ont divorcé très vite, n'est-ce pas ?

— J'étais enfant quand c'est arrivé. Une fois, j'ai entendu Pierre expliquer à mon beau-père que Gwenaëlle n'était pas faite pour le mariage, mais je ne sais pas trop ce que ça signifie.

— Gwenaëlle l'a aimé, cet homme ?

— Sûrement ! La connaissant, elle ne se serait pas mariée si elle ne l'avait pas aimé. Elle disait qu'elle n'avait pas su le rendre heureux. Je crois qu'elle ressentait une grande culpabilité à son égard – sans regretter pour autant son engagement auprès des petits de Bombay.

Il y a un silence durant lequel Augustin se demande comment utiliser ce qu'il a découvert dans les lettres volées.

— Ma mère prétendait que Pierre et son père, Henry Verbois, s'étaient violemment disputés pendant la guerre. Savez-vous à quel propos ?

— Ah non, je l'ignorais. La seule chose que je peux vous dire, c'est que Pierre a été résistant et qu'il est passé à deux doigts de se faire arrêter par la Gestapo en plein Bordeaux, c'est une histoire connue ici, parce que beaucoup de gens ont été témoins de la scène, on raconte même que des lycéens se seraient mis en travers des agents de la Gestapo pour permettre à Pierre de les distancer. Je sais qu'après ça il a disparu jusqu'à la Libération.

Augustin en reste un moment méditatif. Si Pierre a été résistant, rien de ce qu'il a échafaudé ne tient plus. Il réfléchit vite.

— Je pensais qu'au contraire il s'était compromis avec les Allemands, avance-t-il.

— Pierre ? Ah pas du tout ! Pierre a toujours été un gaulliste convaincu, et je dirais même acharné. Dans le cas contraire, il n'aurait sûrement pas fait cette carrière. Je ne sais pas si vous l'avez su, mais Pompidou lui avait proposé le Quai d'Orsay.

— Ah bon.

— Il a préféré Moscou. L'ambassade de Moscou.

— Je ne savais pas qu'il avait été en poste en ex-URSS.

— Si, après son divorce. De 1971 à 1974 ou 75, je ne sais plus. Il faudrait le lui demander.

— Pensez-vous que je pourrais le rencontrer ?

— Ah ça... Pourquoi aimeriez-vous le voir ? Je ne crois pas qu'il accepterait de vous parler de Gwenaëlle. Même avec nous, qui le connaissons bien, il a toujours été très discret à ce sujet, très secret. De toute façon, ce n'est pas un homme qui se livre facilement. Et puis à quel titre vous recevrait-il ?

— Petit cousin de Gwenaëlle, lâche en souriant Augustin.

— C'est la première fois que je vous vois rire, observe Sabine. Vous voulez un autre café ?

— Pourquoi pas ? Je m'étais imaginé que vous alliez me mettre à la porte.

— Tous les Verbois ne sont pas des monstres, vous savez, dit-elle en se levant et en le toisant. Vous serez sans doute surpris d'apprendre que Jean est socialiste, ce pourquoi d'ailleurs Pierre et lui s'engueulent gentiment.

Ils se taisent pendant que Sabine prépare les cafés.

— Petit cousin de Gwenaëlle ne vous aidera pas, reprend-elle en revenant s'asseoir. Je crains même que cela joue contre vous. Pierre n'a jamais entretenu que des liens superficiels avec les différentes branches des Verbois, tous ces oncles et tantes que vous avez connus enfant. À vrai dire, je doute qu'il ait eu beaucoup d'estime pour la plupart d'entre eux.

— Et pour Henry, mon grand-père ?

— Henry est celui qui a perdu un pied en 14-18, n'est-ce pas.

— Oui, ma mère en parlait comme d'un héros. Lieutenant dans l'infanterie, décoré par Weygand... Si je dis à Pierre que je cherche des renseignements sur lui.

— Je ne savais même pas qu'ils s'étaient connus, c'est vous qui me l'apprenez.

— Violemment disputés, c'est plus intéressant que simplement « connus ». Je pourrais expliquer à Pierre que ma mère a été témoin de l'événement et que j'ai besoin d'en comprendre les raisons profondes.

— Mais dans quel but ? Pour un livre ? Vous ne m'avez toujours pas dit ce que vous êtes venu chercher ici.

— J'aimerais écrire sur ma mère, Suzanne Verbois, que j'ai toujours connue excédée, malheureuse et excédée. Comment peut-on passer ainsi à côté de sa vie ? J'aimerais savoir ce qui lui est arrivé, enfant, en tout cas avant ma naissance et celle de mes frères et sœurs, pour qu'elle se soit enfoncée dans ce cauchemar ininterrompu en nous y précipitant tous. Et pour cela retrouver des témoins de cette époque. Mais je suis bien conscient que je m'y prends sans doute trop tard.

— Mon beau-père, qui ne l'aimait pas, prétendait qu'elle avait fait son malheur en épousant un incapable – pardonnez-moi de vous rapporter la chose.

— Mon père n'était pas un incapable, il avait de multiples qualités, du courage en particulier, mais malheureusement pas celui de tenir tête à sa femme.

— Oui, Gaston prétendait qu'il aurait fallu à votre mère un cavalier de la trempe de son oncle Édouard qui remportait tous les concours hippiques avant la guerre sur sa jument Daphnée ! Vous voyez un peu. Enfin, les Verbois, quoi. Il vaut sans doute mieux en rire.

19.

Aimez-vous La Traviata *?*

— Ah, je vous attendais, monsieur. Donnez-vous la peine d'entrer, dit en s'effaçant le vieil ambassadeur pour laisser passer Augustin.

Puis après avoir refermé sa porte, s'emparant sans façon du poignet de son visiteur :

— Venez par ici, approchez-vous de la lumière que je vous voie.

Et tandis qu'Augustin se tient impassible sous la haute fenêtre cintrée du vestibule :

— Oui, un curieux mélange des deux. Le regard de Théophile, mais quelque chose de votre mère dans le bas du visage. Eh bien...

Augustin a conscience qu'il ne doit commettre aucun faux pas s'il ne veut pas être éconduit dès le premier quart d'heure. Le souvenir de sa conversation téléphonique avec l'ex-mari de Gwenaëlle, la veille, lui donne le sentiment d'être un miraculé. «Pierre de Brive, à qui ai-je l'honneur ?» Ni allô ni bonjour. Prévenu par Sabine des réserves de son interlocuteur à l'égard des Verbois, Augustin s'était présenté comme un écrivain régionaliste désireux d'obtenir des renseignements sur le lieutenant Henry Verbois, « héros injustement oublié de 14-18 ». « Je ne peux rien vous dire sur lui, je n'étais pas né en 14-18. — Mais vous l'avez connu, n'est-ce pas. — J'ai connu l'homme, mais je n'ai pas connu le soldat. — Accepteriez-vous de me parler de l'homme ? — Sûrement pas. — Ce que vous pourriez me dire de lui éclairerait sans doute le portrait du soldat. — Je ne comprends pas : sur quelle époque travaillez-vous ? — La Grande Guerre. — Eh bien, en ce cas, monsieur, vous me faites perdre mon temps. — Permettez-moi d'insister car Sabine Verbois m'a dit que vous étiez le mieux placé... — C'est Sabine qui vous a donné mes coordonnées ? — Voilà, oui. — Mais qui êtes-vous ? — Je m'appelle Augustin Revel, je suis le fils de Théophile et de Suzanne. » Il y avait eu un silence. « Êtes-vous l'un des dix enfants ? — Oui, monsieur. — Lequel exactement ? — Augustin. — J'ai bien entendu, mais quel numéro ? — Quatrième. — Bien, bien. Alors vous êtes un petit-fils d'Henry Verbois. Pourquoi ne me l'avez-vous pas dit tout de suite ? — J'ai cru comprendre que vous aviez eu des différends avec les Verbois, j'ai eu peur que vous me raccrochiez au nez. — C'est stupide. Passez me voir demain à quatorze heures. » Il avait donné son adresse à Augustin, rue d'Aviau, « côté jardin public », avait-il précisé.

Maintenant installé au salon, Augustin constate que les fenêtres de l'hôtel particulier donnent en effet sur le parc. Il n'a encore rien dit, il attend que le vieil homme revienne avec le cognac qu'il est parti chercher.

— Est-ce que je peux vous poser une question ? commence-t-il, tandis que Pierre de Brive verse l'alcool sans trembler.

— Je vous écoute.

— Hier, au téléphone, vous avez semblé nous connaître. Enfin ma famille, les dix enfants je veux dire.

— Eh bien ?

— Je ne voudrais pas être indiscret... Gwenaëlle vous parlait-elle de nous ?

— Cela lui arrivait. De vos frères et sœurs, et de vous en particulier, Augustin. Mais laissons cela, vous vouliez m'interroger sur votre grand-père, n'est-ce pas.

— Sur mon grand-père que je n'ai pas connu, oui. Ma mère le décrivait comme un homme admirable, toute sa vie elle nous l'a donné en exemple pour son courage et sa droiture.

— Votre grand-père était un homme entier, certainement courageux et droit, mais il n'a rien compris aux événements qui se déroulaient sous ses yeux durant la Seconde Guerre et cet aveuglement l'a conduit à commettre de très lourdes erreurs.

Comme il s'interrompt, Augustin se garde de le relancer. Pierre de Brive semble être le genre d'homme à suivre sa pensée, que les questions agacent.

— Courageux et droit, reprend-il, ce sont des qualités nécessaires mais pas forcément suffisantes pour s'engager du bon côté de l'Histoire. En

14-18, si, car le choix ne souffrait aucun doute : on partait se battre comme un seul homme contre l'Allemand. En 1940, les choses se sont présentées de façon beaucoup plus complexe, je ne vous apprends rien, et croyant faire le choix de la morale, votre grand-père en est venu à cautionner les pires exactions commises par Vichy.

Il s'interrompt de nouveau, boit un peu de son cognac. Augustin ne le lâche pas des yeux : un héron au long bec emmanché d'un long cou, songe-t-il, ce cou flottant dans un col blanc cravaté aux longues pointes, comme c'en était la mode sous le président Coty.

— Henry Verbois avait servi sous Pétain comme lieutenant, poursuit-il, et il n'a pas cru une seconde à la trahison de son chef. Il l'a suivi, il l'a soutenu jusqu'au bout, comme en 14-18. C'est pourquoi je vous disais que le courage et la droiture ne suffisent pas toujours à vous protéger de leur contraire : la trahison et l'indignité.

— Ma mère nous racontait qu'il quittait ostensiblement toute manifestation publique si des officiers allemands ou des personnalités de la Collaboration s'y trouvaient.

— Et alors ? Quand le port de l'étoile jaune a été promulgué pour les Juifs, il n'a rien dit. Quand les premières rafles ont commencé il n'a rien dit. Il n'aimait pas les Allemands et les collabos qu'il regardait comme des voyous et des opportunistes, c'est entendu, mais il n'a jamais douté de la politique de Pétain. Pardonnez-moi de vous le dire abruptement, mais votre grand-père était un homme au raisonnement court, et pour ne rien arranger inflexible et rigide.

— Vous l'avez donc connu sous l'Occupation.

— Oui.

— Mais dans quelles circonstances ?

— Comment cela, dans quelles circonstances ? Vous ne savez rien ? Votre mère ne vous a rien dit ?

— Qu'aurait-elle dû me dire ? Je ne comprends pas.

— J'ai supposé que vous saviez, car outre votre mère qui aurait pu parler, la chose a été largement commentée chez les Verbois – avant d'être classée secret de famille.

Il se lève, fait quelques pas à travers le vaste salon, grand échassier au dos voûté, d'une parfaite élégance dans son costume croisé à la mode d'autrefois, et ce n'est qu'à ce moment-là, parce qu'il peut enfin souffler, qu'Augustin remarque les lourds rideaux de velours grenat, les appliques et les miroirs, le précieux mobilier, tout ce faste du Louis XVI. Maman aurait adoré, songe-t-il. Cette idiote et son Louis XVI !

— Pardonnez-moi, reprend son hôte, mais je souffre d'un début de sciatique et la position assise ne me convient guère.

— Je vous en prie.

Cela dure, le vieil homme semble s'être perdu dans ses pensées.

— Votre mère ne vous a donc jamais parlé de moi ?

— Jamais. C'est hier seulement que j'ai entendu prononcer votre nom pour la première fois.

— Elle et moi nous sommes rencontrés quelques mois avant la déclaration de guerre. À un bal, chez les Sèze. Elle était très proche de Clotilde de Sèze, qui par ailleurs est ma cousine. « Venez Pierre – je me rappelle encore l'empressement de Clotilde –, j'aimerais vous présenter mon amie Suzanne. Suzanne Verbois. » Votre mère était d'une grande beauté, les yeux d'un vert extraordinaire. Nous avions à peu près le même âge et je me rappelle m'être dit en lui baisant la main : « C'est elle ! Elle sera ma femme. » Vous savez comme on s'enflamme à vingt ans, n'est-ce pas. Nous nous sommes revus, je me suis déclaré et, quelque temps plus tard, j'ai décidé de solliciter sa main. Ses parents m'ont reçu très aimablement. Ils se sont montrés favorables à notre mariage, ils n'avaient aucune retenue quant à ma famille qu'ils connaissaient, bien entendu, leur seule réserve portait sur mon âge : j'étais en première année de médecine, il me restait au moins quatre années d'études avant d'embrasser une carrière, ce qui remettait notre mariage à plus tard. J'en suis convenu, mais à partir de ce jour, nos familles ont fait plus ample connaissance, et votre mère et moi avons été considérés comme fiancés.

Augustin ne respire plus, tous les sens en éveil, car le vieux diplomate, il le pressent, est en train de lui livrer la clé de l'énigme qui n'a pas cessé un instant de l'intriguer depuis qu'il a posé ses yeux d'enfant raisonnable sur le couple de ses parents :

elle fascinée par la grandeur et le luxe; lui qui aimait à siffloter sur son Solex et dont le plaisir aurait pu se résumer à aménager sa fourgonnette de représentant en installant à l'arrière deux solides planches de sapin pour y transporter sa « marmaille ». Par quelle aberration de la vie ces deux-là s'étaient-ils retrouvés ensemble ?

— Il est certain que, sans la guerre, j'aurais épousé votre mère, lâche Pierre de Brive.

Planté au milieu du salon, il fixe son visiteur, mais Augustin parierait qu'il ne le voit pas, retourné soixante-quinze ans en arrière dans le souvenir d'une femme et d'une époque qui ont embrasé son cœur.

— Nous nous sommes retrouvés après la débâcle. Nos plus belles journées, nous les avons vécues au mois de juin 1940. J'attendais votre mère sous les Quinconces et nous partions nous promener sur les berges de la Garonne. Elle prétendait passer l'après-midi chez Clotilde pour s'affranchir du joug de son père et je me souviens qu'elle n'avait pas droit au rouge à lèvres. Nous nous donnions la main et je parlais pour deux. Suzanne n'était pas bavarde, ses parents m'avaient averti qu'elle avait souffert d'épisodes de mélancolie, mais je peux vous assurer qu'avec moi elle semblait heureuse. Je lui peignais notre vie future, et elle abondait. À l'époque, j'ambitionnais de devenir chirurgien et c'était un métier qu'elle admirait. Elle me donnait le sentiment d'apprécier que je décide pour elle, de pouvoir se reposer sur moi.

Il fait quelques pas, puis revient s'asseoir.

— Encore une goutte de cognac ?

— Avec plaisir.

— Vous n'allez pas me croire, mais je n'ai jamais entendu l'appel du général de Gaulle. Ce jour-là je devais être avec votre mère, nous passions nos après-midi les pieds dans l'eau, ou allongés dans l'herbe, comme tous les amoureux. C'est mon ancien professeur de littérature, rencontré par hasard, qui m'a convaincu que l'armistice était une félonie. Tout mon destin s'est joué ce matin-là, en une petite heure de conversation sur un banc public. Avec cet homme et quelques ex-camarades de Tivoli nous avons constitué la première cellule de résistance contre l'Occupant et le gouvernement du Maréchal qui lui ouvrait les bras. Ça n'allait pas bien loin : des tracts que nous collions discrètement dans les tramways et sur les murs.

— Tivoli. Vous avez donc fait vos études à Tivoli, chez les jésuites ?

— Comme tous les enfants de la bourgeoisie bordelaise.

— Mais alors vous avez dû croiser mon père.

— Bien entendu. J'ai connu votre père l'année de nos quinze ans et nous avons été dans les mêmes classes jusqu'au bachot. Théophile de Pranassac. Lui et moi avons perdu nos pères respectifs l'année suivante, et à peu près pour les mêmes raisons : le sien avait été gazé en 14-18, le mien avait été touché au ventre et il avait de très graves problèmes de santé qui ont fini par l'emporter. Théophile et moi n'étions pas amis, mais je l'aimais bien.

— Vraiment ? Je suis touché de vous l'entendre dire.

L'expression paraît surprendre le vieil homme qui, du coup, marque une pause tout en scrutant Augustin de son œil décoloré et cependant alerte.

— C'était un garçon un peu à part, qui ne sortait pas à ma connaissance, habillé de vêtements souvent trop courts qui donnaient à sa personne quelque chose d'étriqué. On devinait sans mal qu'il n'avait pas d'argent, et sans doute guère d'amis. Mais un bon camarade, toujours prêt à rendre service. Je vais vous dire une chose dont je ne suis pas particulièrement fier sachant la suite des événements : c'est grâce à moi qu'il a connu votre mère.

— Ah bon ! Je croyais que c'était à l'occasion d'une rencontre entre Henry Verbois et Adèle de Pranassac, ma grand-mère, qui avait été son infirmière en 14-18. Ma grand-mère a bien soigné Henry Verbois pendant la guerre, n'est-ce pas ?

— Je n'en sais rien, mais je peux vous assurer que Théophile et Suzanne se sont vus pour la première fois chez moi, un soir de juillet 1940. J'avais réuni quelques amis à la maison pour leur présenter Suzanne et aujourd'hui encore je ne m'explique pas comment votre père s'est trouvé là. Il n'était pas invité. Je suppose qu'il a été amené par quelqu'un... Pourquoi souriez-vous ?

— Parce que papa était très fort pour s'introduire chez qui il voulait sans y être invité. C'est d'ailleurs grâce à ce talent particulier qu'il est devenu représentant de commerce.

Pierre de Brive semble de nouveau perplexe, sans doute surpris d'être interrompu pour une chose aussi futile et qui ne présente aucun intérêt à ses yeux.

— Je crois que Suzanne et lui n'ont pas échangé trois phrases ce soir-là, Théophile est resté dans son coin avec le même air de chien battu qu'il avait chez les jésuites, mais je me rappelle mot pour mot la conversation que j'ai eue le lendemain avec votre mère à son propos : « Qui était ce garçon qui n'a pas ouvert la bouche ? — Pranassac. — Tu ne lui as pas adressé la parole de toute la soirée. — Ce n'est pas un ami, juste un camarade. — Je l'ai trouvé très romantique. — Qu'est-ce que ça veut dire, romantique ? Est-ce que je ne suis pas romantique, moi ? — Non, toi tu es comme mon père, tu ne te poses pas des tas de questions. — C'est ce que tu crois. — Ça se voit sur ton visage. Tandis que lui est malheureux. Il a un peu le regard d'Humphrey Bogart, tu ne trouves pas ? — Pas du tout ! » La comparaison m'avait agacé, jusqu'ici personne n'avait eu l'idée saugrenue de comparer Pranassac à Bogart. Et puis quoi encore ! Mais la suite a prouvé que le « romantisme » de Théophile avait plus profondément touché votre mère que je ne l'avais imaginé.

— Pour leur malheur à tous les deux, rétorque vivement Augustin. Pour leur malheur et le nôtre.

Le vieil homme le considère un instant silencieusement.

— C'est également mon sentiment, reprend-il plus gravement, même si votre mère, que j'ai revue bien des années plus tard, avait un fort attachement à votre père pour des raisons qui me demeurent obscures.

— Mais comment vous êtes-vous perdus, ma mère et vous ?

— La guerre, je vous l'ai dit. Au fil des mois, je me suis trouvé de plus en plus engagé dans la Résistance. Tout en poursuivant mes études de médecine, j'ai commencé à mener des actions clandestines plus risquées comme d'organiser des attentats sur le passage d'officiers allemands lorsqu'on avait pu s'assurer qu'ils se déplaçaient sans escorte – pour aller retrouver une poule la plupart du temps, passez-moi l'expression. Suzanne n'était au courant de rien, bien entendu, jusqu'au mois de mai 1941 où un camarade arrêté a donné mon nom. Je disposais de quelques heures pour disparaître et ne voulant pas impliquer Suzanne j'ai décidé d'avertir son père. La rencontre a été orageuse et c'est d'ailleurs la dernière fois que nous nous sommes vus. Il ignorait que j'étais résistant, et quand il l'a su il est entré dans une colère noire. Il m'a traité d'irresponsable, puis de traître, estimant qu'avec nos actions nous compromettions le redressement de la France voulu par le Maréchal. Je lui ai fait remarquer que je n'avais guère le temps de discuter et lui ai demandé d'avertir Suzanne que je devais fuir. Quand il a compris que je pouvais être arrêté d'une minute à l'autre, il s'est calmé et m'a proposé d'appeler son ami Weygand. « Vous n'y songez pas sérieusement ? — Il est le seul à pouvoir vous sortir de là.

— Weygand a été ministre du Maréchal, monsieur, il a choisi de pactiser avec les Allemands, si lui et vous n'êtes plus en guerre, mes camarades et moi le sommes encore. » C'était sans doute aller trop loin, mais le temps pressait. Votre grand-père m'a prié de sortir immédiatement en me hurlant au visage que je n'étais qu'un voyou et un terroriste.

— Mon Dieu !

— J'ai commis l'erreur de repasser chez moi pour détruire quelques papiers et j'ai constaté en ressortant que j'étais suivi. C'est un groupe d'enfants qui m'a sauvé la vie. Ils allaient en rang quelque part, au parc probablement, et sans le vouloir ils se sont mis en travers des agents qui me suivaient. J'ai pu sauter dans un tramway, les portes se sont refermées et le machiniste a démarré. Grâce à un ami qui travaillait à la préfecture, j'ai pu passer en Espagne, puis gagner l'Algérie par le Portugal, et finalement l'Angleterre. C'est ce même ami, Xavier Courchel, qui m'a permis pendant quelques mois de rester en liaison avec Suzanne, puis Xavier a dû quitter la région bordelaise à la fin de l'été 42 et je n'ai plus eu aucune nouvelle de votre mère. Jusqu'à la Libération. Je suis arrivé à Paris en août 1944, chargé, avec d'autres membres du cabinet du général de Gaulle, de préparer son retour dans la capitale. Quand j'ai appris que Bordeaux venait d'être libéré, j'ai pu me procurer une auto et avec un ami nous avons pris la route. Trois jours de voyage et des difficultés dont je vous passe les détails. J'avais hâte de retrouver les miens, ma mère et ma jeune sœur, et naturellement Suzanne dont je ne savais plus rien depuis deux ans. C'est ma mère qui m'a appris son mariage avec Théophile – quelques semaines plus tôt.

Les années ont passé mais le vieil homme semble encore sous le choc.

— Je me suis fait répéter la nouvelle, dit-il sourdement, car je ne parvenais pas à y croire. Comment Pranassac, ce garçon timide et sans relief, n'est-ce pas, avait-il pu séduire Suzanne Verbois ? Pardonnez-moi de parler ainsi de votre père, mais c'est ce que j'ai pensé, l'exacte vérité. Et puis comment Suzanne avait-elle pu m'oublier si vite, alors que durant les premiers mois de notre séparation Xavier me rapportait qu'elle attendait chaque jour un signe de moi ? J'ai compris par la suite que le poids des Verbois, tous fervents maréchalistes, avait dû peser sur sa décision. J'ai su qu'à l'initiative de son père on ne m'appelait plus au château que le traître, ou le terroriste, quand ce n'était pas le petit voyou. Henry Verbois aurait convaincu sa fille qu'à mon retour je serai jugé, et très vraisemblablement condamné à mort. Qu'en somme elle n'avait aucun avenir à espérer avec moi.

— Tandis que mon père, vichyste de la première heure, leur est apparu plus présentable.

— Sûrement. Même si par la suite ils se sont moqués de lui. J'ai su tout cela plus tard, quand j'ai rencontré Gwenaëlle.

— Attendez, j'aimerais que vous me disiez encore une chose sur ma mère. J'ai sur moi une photo d'elle dont je ne me sépare plus. Une photo de juillet 1942, si je me fie à ce qui est inscrit au dos, prise dans le parc du château. Elle semble infiniment triste, et sachant ce que vous me dites aujourd'hui, je comprends mieux.

Tout en parlant, Augustin a sorti son portefeuille dont il extrait maintenant la photo.

— Tenez, la voici.

Pierre de Brive s'en empare, la regarde, se lève et disparaît. Augustin se figure qu'il va chercher une loupe, mais non, il revient un moment plus tard avec la même image.

— Voyez, dit-il, je l'ai également. C'est une photo qui a été prise à mon intention par mon ami Xavier Courchel. Elle m'a été envoyée à Londres par un canal compliqué. Comment l'avez-vous obtenue ?

— Je l'ai trouvée chez mes parents.

— Eh bien, je suppose que Xavier en avait fait tirer deux exemplaires. L'écriture au dos est la sienne. Je crois pouvoir vous assurer, si c'est l'objet de votre préoccupation, que votre mère est ici dans l'attente de mon retour. Et cependant, elle va croiser votre père quelques mois plus tard et accepter de lier son destin au sien, comme si je n'existais plus à ses yeux.

— Vous n'avez pas essayé de la revoir à la Libération ?

— Pourquoi l'aurais-je fait ? Non, j'ai rejoint Paris et me suis engagé dans l'armée Leclerc dont j'ai été libéré au printemps 45 pour entrer quelques mois plus tard à l'ENA, qui venait d'être créée.

Après ça, j'ai été nommé secrétaire d'ambassade à Ankara et je n'ai plus quitté la diplomatie.

— Vous me disiez que vous aviez revu ma mère des années plus tard.

— Oui. Et, entre-temps, les Verbois avaient dû se résoudre à me rouvrir leur porte, si j'ose dire.

— Parce que vous épousez Gwenaëlle.

— Je la rencontre par hasard à l'ambassade de France à Londres dont j'étais le premier secrétaire et où elle avait obtenu un stage. Moi qui suis agnostique, j'ai pensé ce jour-là qu'il y avait un démiurge quelque part. On me parle d'une demoiselle Verbois dans nos murs, je demande qu'on veuille bien me la présenter, et ma foi le reste ne vous regarde pas.

— Un peu quand même, car moi aussi j'ai été très amoureux de Gwenaëlle. J'ai d'abord rêvé l'avoir pour mère, vers six ou sept ans, puis j'aurais voulu qu'elle soit ma femme, mais à ce moment-là elle était déjà la vôtre.

Comprend-il qu'Augustin s'amuse ? En tout cas, il ne semble pas goûter la plaisanterie et reste un bon moment méditatif, se frottant le front d'une main exsangue.

— Gwenaëlle avait de l'affection pour vous, les enfants, dit-il soudainement, mais votre mère avait fini par décourager ses meilleures intentions.

— Maman en voulait à la Terre entière.

— Peut-être plus particulièrement à ma femme.

Augustin se tait, il attend une réponse à sa dernière question.

— Quelques mois après ma séparation d'avec Gwenaëlle, reprend le vieil homme, j'ai reçu un appel de votre mère. C'était au milieu de l'hiver 1972, cela faisait donc trente et un ans précisément que je n'avais pas entendu le son de sa voix. J'étais alors en poste à Moscou. Elle s'est très vite mise à sangloter sans parvenir à m'expliquer la raison de son appel. Puis j'ai compris que Théophile l'avait quittée, Théophile qu'elle continuait d'affubler de ce surnom ridicule de Toto. « Toto » l'avait donc abandonnée pour une autre, la laissant seule avec vos jeunes frères et sœurs. Je l'ai écoutée sans l'interrompre. Elle n'avait plus de quoi nourrir ses enfants, ni de quoi payer les factures, elle allait donc s'ouvrir les veines et voulait me dire adieu. Je l'avais laissée à vingt ans au seuil de sa vie de femme, et je l'entendais à cinquante m'expliquer qu'elle avait tout raté et allait se tuer. Il y avait un côté théâtral qui m'a un peu embarrassé, je vous l'avoue. Mais elle pouvait parfaitement mettre fin à ses jours, je ne savais rien de son degré de résolution, et mon premier devoir était d'éviter à tout prix cet épilogue dramatique. Dans le même temps, je n'étais pas insensible à l'idée de la revoir. Nous avions été à deux doigts de lier nos vies, et voilà qu'elle me rappelait. Ce n'était pas seulement pour me dire adieu, naturellement, elle attendait de ma part un réconfort, une main tendue. C'est à l'issue de cette brève réflexion que je lui ai proposé de me rejoindre. « Écoutez-moi, Suzanne, lui ai-je déclaré, je vous ai bien entendue et je vous défends de faire une bêtise. Vous avez un grand besoin de repos, de paix, alors voilà ce que je vous propose : je vais vous envoyer une certaine somme d'argent pour parer au plus urgent ainsi qu'un billet d'avion pour Moscou. Vous resterez ici tout le temps que vous voudrez. Ce sera peut-être pour nous l'occasion d'évoquer le passé, mais rien ne nous y oblige. Pour ma part, je serai infiniment heureux de vous revoir, sachez-le. — Si vous voulez, ai-je entendu. — Suzanne, essayez de le vouloir également, que ce séjour vous soit bénéfique. — Je n'ai plus la force de vouloir quoi que ce soit. — Vous avez eu celle de m'appeler ! » Ce dernier argument l'a convaincue et un soir de février, ou de mars, je suis allé chercher votre mère à l'aéroport.

Pierre de Brive s'interrompt. À moins qu'il estime en avoir assez dit. Augustin l'observe à la dérobée, songeant que si le vieil homme se lève soudain pour le congédier il n'en saura jamais plus.

Alors il se lance.

— Je me rappelle parfaitement la disparition de notre mère, commence-t-il. Elle a laissé les petits, elle est partie du jour au lendemain sans dire à personne où elle allait. Après quelques jours, mon père a commencé à se faire du souci et il a envisagé de prévenir la police. Et puis, un dimanche matin, il m'a appelé pour m'inviter à déjeuner à la maison et j'ai compris qu'elle était revenue.

— Elle ne vous a donc rien expliqué ?

— À nous, les enfants, rien. Mon père avait l'air ravi de l'avoir retrouvée, je me souviens qu'il lui tournait autour de telle façon que c'en était gênant. Elle n'était plus la femme que j'avais vue juste avant son départ, au bord des sanglots, amaigrie et tremblante. Elle semblait apaisée, le visage détendu. Je me souviens avoir pensé qu'elle rentrait d'une retraite de chrétienté.

— Une retraite de chrétienté ! reprend vivement le vieil ambassadeur. Eh bien, ce n'est pas précisément comme cela que je résumerais le séjour de votre mère à Moscou, si je puis me permettre.

Les deux hommes se dévisagent et Augustin voit pour la première fois une lueur d'amusement dans le regard de son hôte.

— Très bien, très bien, je préfère, dit-il précipitamment pour ne pas laisser s'installer un quelconque embarras. Je n'ai jamais partagé l'attirance de mes parents pour les couvents. D'ailleurs, il me revient que ma mère portait une robe noire très élégante qu'elle n'aurait sûrement pas trouvée chez les bonnes sœurs.

Pierre de Brive acquiesce, mais ne relève pas.

— Aimez-vous *La Traviata*, monsieur ? reprend alors Augustin.

— Quelle drôle de question ! J'aime *La Traviata*, oui.

— Au troisième acte, quand Violetta chante « Addio del passato » – « Adieu les joyeux rêves des jours passés, le rose à mes joues a déjà pâli, l'amour d'Alfredo me manque... », vous souvenez-vous de ce passage ?

— Je vous avoue que non, je ne parle pas bien l'italien.

— À ce moment-là, je pense chaque fois à ma mère car il me semble que c'est elle que j'entends pleurer et se lamenter par la voix de Violetta. Jusqu'à aujourd'hui, je ne mettais pas de visage sur son chagrin. Maintenant je sais. Vous avez été son Alfredo, son grand amour, n'est-ce pas, et elle a sans doute passé toute sa vie à vous regretter. À vous regretter et à vous espérer.

Voilà, c'est fini. Augustin sent que quelque chose se détend en lui et pour la première fois depuis le début de sa rencontre avec Pierre de Brive, il se laisse aller à s'adosser. Il savait, il a toujours su, bien sûr. Tandis que son hôte semble parti dans ses pensées, Augustin se rappelle soudain avec quelle curiosité il a écouté Colette lui raconter comment elle avait laissé tomber son fiancé, Emmanuel, parce qu'il avait choisi de déserter plutôt que de faire la guerre aux Algériens. Avec quelle curiosité et quelle excitation, n'est-ce pas, comme si son histoire trouvait un mystérieux écho en lui. C'est que sans rien savoir de Suzanne, Colette avait marché sur ses traces. Elle avait aimé Emmanuel, l'avait regardé partir pour l'Algérie, l'avait attendu, mais quand elle avait appris qu'il avait choisi de déserter, elle l'avait rapidement lâché, à la fois pour obéir à son père et par manque d'audace, ou de conviction. L'homme qu'elle aimait était devenu du jour au lendemain « une tête brûlée », comme Pierre « un petit voyou ». Quelque temps plus tard, croisant le regard de Robert, elle en chips Flodor, lui sur le podium d'Hagondange, elle avait décidé que ce serait lui.

De la même façon, Suzanne avait décidé que ce serait Toto, parce qu'il avait le romantisme de Bogart, les cheveux fous de Lautréamont, et qu'après quelques mois seulement elle avait complètement cessé de croire en Pierre.

Cependant Pierre avait cru en elle, et ainsi, rentrant de Londres, peut-être avait-il été le premier à découvrir qu'on ne pouvait pas compter sur la mère.

20.

L'écriture est son territoire

En sortant de chez Pierre de Brive, Augustin se sent maladroit et légèrement comateux, comme un homme qui tomberait du lit. Il s'est laissé prendre au récit du vieil homme, et quand celui-ci a raconté que Suzanne et lui se donnaient rendez-vous sous les Quinconces, il s'est figuré sa mère en robe d'été, le rose aux joues, les narines palpitantes, et pour la première fois il l'a trouvée désirable. Il aurait aimé que Pierre l'entretienne dans ce rêve troublant, lui parle plus longuement de leurs après-midi allongés dans l'herbe, lui penché sur elle, ébloui par tant de beauté, et posant par instants ses lèvres sur les siennes, mais il n'a pas osé demander. Il redescend la rue d'Aviau sans savoir où ses pas le mènent, le soleil l'éblouit, il a la sensation de grelotter en dépit de la chaleur, puis il traverse le cours de Verdun et se retrouve bientôt sans l'avoir voulu sur l'esplanade boisée des Quinconces. Mon Dieu, songer qu'arrivant de la rue Esprit-des-Lois, exactement à l'opposé, elle est passée par là, a foulé cette allée ombragée, pressant le pas, priant secrètement pour que Pierre soit déjà présent et que personne ne les surprenne. Il se fige, comme si elle allait surgir sur sa droite, les cheveux ondulés et relevés sur le front à la mode de l'année 1940, peut-être la taille prise dans une ceinture de cuir souple du même rouge cerise que les pois de sa robe. Alors il se souvient combien sa mère détestait l'esprit cancanier de Bordeaux, louant Paris où l'on ne courait aucun risque « de croiser une connaissance », disait-elle. Gardait-elle sur le cœur d'avoir été dénoncée tandis qu'elle échangeait un baiser avec Pierre ?

« Sous les Quinconces », a-t-il dit. Augustin se remet en route et, en effet, il y a là, au bout de l'esplanade, un large escalier qui permet de descendre sur le quai de la Garonne – et de se tenir embusqué à l'une ou l'autre extrémité, pour peu qu'on attende son amoureuse. C'est donc à cet endroit qu'il patientait. Après s'être assurée que personne ne pouvait les voir, se dressait-elle sur la pointe des pieds pour se suspendre à son cou et lui offrir ses lèvres ?

Elle n'a pas toujours été la femme excédée qu'a connue Augustin. Elle a sans doute été pour Pierre ce qu'a été Agnès pour lui : la promesse que plus rien ne serait comme avant, puisqu'ils allaient être deux désormais. Ce merveilleux rêve porté par l'éveil soudain des sens, les premiers baisers, les premières caresses. L'année de leurs vingt ans. Comment a-t-il dit ? Ah oui : « Elle me donnait le sentiment d'apprécier que je décide pour elle, de pouvoir se reposer sur moi. » La mère avait dû se sentir contenue dans les bras de Pierre, dans les mots de Pierre. Elle avait découvert un homme de la trempe de son père que ses accès de mélancolie laissaient de marbre. Il parlait déjà pour deux, il déciderait pour deux, et la mère, rassurée, se laisserait conduire.

C'est donc ici qu'ils se retrouvaient, à quelques pas du cours de la Garonne. Si Pierre avait été moins vieux, Augustin lui aurait demandé de refaire en sa compagnie la promenade sur la berge, jusqu'à l'endroit où tous les deux s'allongeaient pour s'embrasser. Il s'assoit sur une marche, il allume une cigarette. Pierre n'aurait jamais dû la laisser toute seule plus de quelques mois, songe-t-il, comment n'a-t-il pas vu qu'elle allait perdre pied ? Comment n'a-t-il pas vu ? Et saisir la première main qui se tendrait. Ç'avait été celle de Toto, sans doute l'un des rares hommes de la ville de Bordeaux à n'avoir pas compris que la France était en guerre, à s'être affranchi de tout engagement, de toute responsabilité, pour continuer de siffloter sur sa bicyclette.

Une nouvelle fois, Augustin s'étonne du temps qu'il lui a fallu pour parvenir à se formuler que son père était un planqué. La conscience lui en était venue très lentement, au fil de l'adolescence, tandis qu'il découvrait un à un, à travers des livres empruntés ici ou là, les événements terrifiants de la Seconde Guerre mondiale dont jamais ses parents ne parlaient : la collaboration, les rafles des Juifs et des Tsiganes par la police française, la Résistance, les fusillés et la torture, Stalingrad, le Débarquement, les camps d'extermination photographiés par les soldats américains, etc. À l'âge de quinze ans, il ignorait encore que six millions de Juifs étaient morts dans ces camps. Toto semblait n'avoir rien su de cette guerre et la mère en être restée à celle de 14-18. Il se rappelle son excitation – et surtout sa fierté – durant les quelques heures où il s'était surpris à croire que Toto avait été le complice d'une action clandestine. Il devait avoir seize ou dix-sept ans cette année-là. L'affaire s'était immédiatement dégonflée, certes, mais elle n'en demeurait pas moins une profonde déception dans son souvenir.

Un jour qu'il fouillait dans une malle de vieux bouquins remisée à la cave (Barrès, Maurras, Drumont, etc.) il était tombé sur une chemise marquée « Journal de guerre, 1939-1945 ». En l'ouvrant, il avait constaté qu'il s'agissait d'un manuscrit de Pierre Drieu la Rochelle, et tandis qu'il le feuilletait, il avait lu cette phrase, jamais oubliée depuis : « J'aime mieux le suicide que l'ennui de me cacher quelques jours pour ensuite me livrer et figurer dans un procès imbécile où je n'aurais envie que de garder le silence hermétique. Quant à la Suisse, non. J'y suis allé en novembre dernier, cela m'a paru immonde. Se réfugier chez ce petit peuple grotesque de portiers d'hôtel, non, plutôt crever. » Augustin savait depuis peu le collabo qu'avait été Drieu la Rochelle et aussitôt il s'était imaginé une amitié secrète entre lui et son père. Quand celui-ci était rentré de sa tournée du jour en porte à porte, comme tous les soirs entre onze heures et minuit, il l'avait donc coincé dans la cuisine.

— Tu as connu Drieu la Rochelle, papa ?

— Je l'ai lu avant la guerre, oui.

— Non, mais pendant la guerre, je veux dire.

— Pendant la guerre, mon petit vieux, Drieu était un type très important, proche des Allemands, d'Otto Abetz et de toute sa clique. Moi, j'étais à Bordeaux, chez Peugeot, au service du personnel, je ne risquais pas de le croiser.

— Ça t'ennuie de me dire que tu l'as connu parce qu'il était antisémite et collabo ?

— Ah pas du tout, si c'était le cas je te le dirais. Drieu est un homme dont j'ai pu partager les idées mais qui a préféré se suicider plutôt que d'affronter un procès, et ça, c'est moche, si tu veux mon avis.

— Si tu ne l'as pas connu, pourquoi j'ai trouvé ça dans tes affaires ?

Augustin avait brandi le manuscrit et pendant un moment Toto avait semblé tomber des nues.

— Qu'est-ce que c'est que ce truc ? Journal de guerre, journal de guerre... Où as-tu déniché ça ?

— Dans une malle, à la cave.

Il avait vaguement tourné les pages, et soudain la mémoire lui était revenue.

— Ça y est, j'y suis ! Benoist-Méchin ! C'est lui qui me l'a passé. Fichtre, il y a bien dix ans. Oh oui, on était encore à Neuilly. Ça alors, ça m'était complètement sorti de l'esprit.

— C'est qui Benoît Machin ?

— Pas Machin, Méchin, pomme à l'eau. Jacques Benoist-Méchin. Un historien, un type épatant, du reste. Je sais qu'il a beaucoup fréquenté Drieu pendant la guerre, ils étaient du même bord. Je l'ai eu dans ma clientèle quand j'étais chez Tornado. Je me rappelle maintenant qu'il avait insisté pour me donner ce texte, une copie de l'original, je suppose : « Lisez ça, mon vieux, ça vous donnera une idée de l'homme qu'était Drieu. À ne pas mettre entre toutes les mains. » Je t'avoue que je ne l'ai pas ouvert, j'avais d'autres chats à fouetter que lire les élucubrations de Drieu la Rochelle.

Secrètement déçu que son père n'ait définitivement joué aucun rôle pendant la guerre, même pas la sauvegarde d'un manuscrit clandestin, fût-il issu d'un collaborateur, Augustin avait commencé à lire distraitement le texte avant d'être captivé par ce qu'y relatait Drieu. Jamais il n'aurait pu soupçonner qu'on pouvait être à la fois fasciné par le communisme et par Hitler, ami d'Aragon et de Malraux, grands résistants, tout en déjeunant une fois par semaine avec Otto Abetz, ambassadeur de l'Allemagne nazie à Paris. Mais ce qui plus que tout avait retenu son attention, c'était la fin du journal, quand reclus dans une soupente de l'avenue de Breteuil, et sachant qu'il va se tuer avant d'être arrêté, Pierre Drieu la Rochelle continue imperturbablement d'écrire. Il entend le départ des troupes allemandes qui défilent et chantent « Heidi, heido, heida » sur l'avenue de Breteuil, il s'attend à l'arrivée imminente des chars américains, et cependant il ne quitte pas sa table.

Il avoue parfois qu'il est traversé par la peur, pourtant un moment plus tard il se remet au travail.

« Je viens d'avoir deux ou trois jours de faiblesse, de ridicule, écrit-il ainsi le 2 juillet 1944, trois semaines après le Débarquement. Des gens bien intentionnés ou mal, pleins de pitié ou perfides, m'ont pressé de me sauver, de m'en aller en Espagne ou en Suisse. J'ai un peu flanché, j'ai été voir des ambassadeurs qui m'ont promis des visas. Mais Dieu merci, on ne se refait pas, tel qu'il vous a fait, il vous laisse : la paresse et l'horreur d'aller dans des bureaux pour faire appliquer ces visas sur un passeport que j'avais d'ailleurs déchiré par distraction m'empêchera de mettre suite à ce honteux projet de foutre le camp. »

Il n'abandonne son manuscrit que pour sortir marcher une heure ou deux à travers les larges avenues silencieuses de Paris, l'après-midi, sous le brûlant soleil de cet été 1944.

« Je goûte tout, jusqu'à la dernière minute, écrit-il encore. Délicieuses promenades le long de la Seine, dans les Tuileries, le long de l'avenue Gabriel. Quel promeneur parisien j'ai été. Je ne me tirerai pas un coup de revolver parce que je veux me voir mourir. Admirable fin que d'aller audevant de la mort, et non pas de la fuir jusque dans les culottes d'un vieillard qui fait dedans. L'acte le plus libre pour moi qui ne crois pas à la liberté. Mais maintenant je suis libre puisque déjà je suis Dieu. »

Il s'interrompt le 12 juillet, le temps d'un ultime déjeuner à l'ambassade, chez Otto Abetz, en présence de Jacques Benoist-Méchin justement (futur acheteur du Tornado haut de gamme Typhoon 380 sur coussin d'air) et d'Alphonse de Châteaubriant, écrivain et collaborateur de la première heure.

« Je fais une scène épouvantable, écrit-il, de retour dans sa soupente. "Ainsi, vous êtes partis dans une grande épopée, vous autres Allemands, vous avez conquis l'Europe, mis tout à feu et à sang pour nous proposer comme modèle d'humanité cette saloperie... etc." Tout le monde était stupéfait, je tapais sur la table de la salle à manger et j'avais les larmes aux yeux. »

Oui, le monde est à feu et à sang, Drieu sait qu'il va bientôt mourir (il se rate de peu le 11 août 1944 mais s'empoisonne et meurt le 15 mars 1945), et cependant chaque jour il continue d'écrire. L'écriture est son territoire.

Tant d'années après, Augustin dirait qu'il est devenu écrivain en lisant le journal de Drieu la Rochelle. Sur le moment, adolescent, il n'a pas conscience qu'il découvre chez cet homme la posture qui va le sauver de la dépression, lui, Augustin, et peut-être même de la mort. Dans un monde à feu et à sang, la seule position tenable n'est-elle pas de se réfugier dans une soupente et d'écrire sur ce monde, sur ce que ce monde nous inspire ? C'est ce qu'Augustin a fait, dès l'âge de vingt ans, dans la première chambre de bonne qu'il partageait avec son frère, à peine sorti de l'invraisemblable chaos généré par le couple sans queue ni tête de ses parents. Puis il a continué, s'aménageant chaque fois dans les différentes maisons qu'il a occupées un coin reculé pour écrire, pour ne jamais cesser d'écrire, sous les combles, de préférence.

C'est bien plus tard, en 1992, quand les Éditions Gallimard ont publié pour la première fois le *Journal* de Drieu la Rochelle que, le relisant, Augustin a soudain compris tout ce qu'il lui devait.

Où est-il, d'ailleurs, son Drieu ? Toujours assis sur les marches des Quinconces, il sort petit à petit de sa rêverie. Probablement avec ses autres livres, dans le garde-meuble infect d'Aurillac, en train de cuire sous le toit de tôle ondulée. Il aurait dû l'emporter, comme il aurait dû emporter Rilke et Hamsun, Brautigan et Bellow qui lui manquent tellement certains jours. Oui, mais alors il aurait aussi fallu qu'il prenne Dagerman et Duras, Malaparte et Conrad, Kertész et Bernhard, autant dire tout le monde, quoi. Il imagine la Peugeot traînant sur les routes de France une lourde roulotte pleine jusqu'au plafond de tous ses vieux livres, en plus de ses deux vélos, des petits souvenirs des enfants, de ses albums de photos, de ses vêtements et de tout son merdier, n'est-ce pas, et cela brusquement le fait pouffer de rire. Il se détend, rallume une cigarette, allonge ses jambes. Comment aurait-il pu supposer, à l'instant où il perdait sa maison du Pertus, que ses pensées le ramèneraient un jour à Pierre Drieu la Rochelle ? Il est tenté de courir chez Mollat racheter le livre, mais alors il s'imagine errant dans cette librairie immense, obligé de le demander finalement, puis d'expliquer qu'il n'habite pas Bordeaux si le vendeur, ou la vendeuse, propose de le lui commander, lui qui déteste devoir parler, sans compter que l'un ou l'autre pourrait parfaitement le reconnaître et que tout recommencerait comme à Verdun... Merde, il voudrait qu'on lui foute la paix, il ne veut plus devoir expliquer quoi que ce soit à qui que ce soit, jamais il ne pourra se remettre à écrire si on continue de le harceler, il a besoin d'être seul, il a besoin de ne plus voir personne, il a besoin...

Et brusquement il sait. Il ramasse son paquet de cigarettes et son briquet, son cahier et son stylo, et il se met à courir en direction du Grand Hôtel. Il sait exactement ce dont il a besoin – comment n'y a-t-il pas pensé plus tôt? D'ailleurs, il se sent capable de faire un esclandre si on le lui refuse, et déjà il sent monter la colère. Seigneur, c'est bien sa chance, la réception est prise d'assaut par un groupe de touristes anglais qui ne cessent de rire et de piailler – cette langue anglaise qu'il ne supporte pas, qu'il n'a jamais réussi à parler. Il est hors de lui, en vérité, mais il s'efforce malgré tout de sourire car il n'aimerait pas qu'on le prenne pour un déséquilibré.

— Pardonnez-moi, monsieur, nous vous avons fait attendre. Que puis-je pour vous?

Un des préposés de la réception, affable et souriant.

— Je voudrais vous louer une chambre sous les toits.

— Vous souhaiteriez échanger votre chambre contre quelque chose de plus modeste, c'est bien ça ?

— Pas du tout, non. Je souhaite garder ma chambre, mais je voudrais en plus une petite pièce sous les toits.

— Ah monsieur, je crains...

— Je viens de faire le tour de l'hôtel, j'ai vu qu'il y avait de minuscules fenêtres au-dessus de la corniche. Ce sont bien des chambres, non ?

— Sans doute, monsieur. Sans doute.

— Alors louez-m'en une, j'en ai besoin pour travailler.

— Je crains malheureusement qu'elles ne soient pas à la disposition de notre clientèle.

— Eh bien vous ferez une exception. J'en ai absolument besoin. Demandez au directeur s'il vous plaît.

— Très bien, monsieur, très bien, je me renseigne. Patientez un instant.

Il s'attendait à devoir se bagarrer, et d'ailleurs il parle beaucoup trop fort, mais curieusement l'homme qui est apparu ne le contredit pas.

— Je comprends, monsieur Revel, je comprends, j'entends parfaitement votre demande. Si vous voulez me suivre, je vais vous montrer ce que je peux vous proposer.

Ils parviennent au dernier étage, empruntent un couloir étroit qui dessert des dizaines de portes, toutes uniformément peintes en gris. Ici, l'air est immobile et lourd, chauffé par le toit, et le plancher craque sous leurs pas. Enfin le directeur ouvre l'une de ces portes.

— Voilà. Entrez, je vous en prie. Est-ce le genre d'endroit qui vous conviendrait ?

La pièce est vide, mansardée, et la lumière y pénètre par une étroite lucarne sous laquelle une araignée a tissé sa toile.

— C'est exactement ça, oui. Vous me la loueriez ?

— Ça ne me pose pas de difficulté. Je vais donner des instructions pour qu'on vous la prépare. J'ai bien compris que vous vouliez un bureau, mais désirez-vous un lit également ? Étant donnée l'étroitesse du lieu, je ne pourrai vous proposer qu'un lit une place, naturellement.

— Oui, un bureau et un lit, ça serait parfait.

— Eh bien laissez-moi deux petites heures et vous trouverez la clé à la réception. Chambre 26, n'est-ce pas. Le numéro est sur la porte. Je vous raccompagne ?

Maintenant assis au soleil, à la terrasse du salon de thé, Augustin se demande s'il n'a pas tout inventé. S'il a vraiment *vu* ce directeur, s'il ne l'a pas plutôt sorti de sa tête pour découvrir un moyen de s'installer à l'étage des chambres de bonne sans avoir à en demander la permission. C'est le genre d'histoires qu'il se raconte quand il est au volant de sa Peugeot et qu'il s'inquiète pour son héros. *Le directeur de l'hôtel surgirait et il ne verrait aucun inconvénient à lui louer une soupente.* Et puis quoi encore ? En Azerbaïdjan peut-être, ou au Burkina

Faso, mais certainement pas en France où tout est compliqué, et encore moins au Grand Hôtel de Bordeaux. A-t-il vraiment *vu* ce directeur? Mais oui, un petit homme avec une cravate bleu ciel comme ils en portent tous aujourd'hui. C'est le genre de détail qu'il n'aurait pas pu inventer. Et sous le raffinement, une force bienveillante, quelque chose de construit, de convaincu. Comme s'il avait compris le problème d'Augustin et qu'il considérait de son devoir de lui faciliter les choses, mais en s'efforçant de ne rien en dire, de ne pas se dévoiler. Si ça se trouve, songe Augustin, ce type écrit aussi, la nuit, quand il en a fini avec ses clients. Si ça se trouve, il travaille dans une soupente voisine de la sienne. «Le monde est moins cruel que vous l'imaginez, lui a souvent répété Curtis, et contrairement à ce que vous croyez, certaines personnes gagnent à être connues.»

Il commande une bière, il allume une cigarette. Il ne souffre plus, soudain. Il est bien. Demain matin il montera écrire, et quand il aura trouvé sa première phrase, il appellera ses filles.

La photocomposition de cet ouvrage
a été réalisée par
GRAPHIC HAINAUT
30, rue Pierre Mathieu
59410 Anzin

Imprimé en France par CPI
en août 2016

Dépôt légal : août 2016
N° d'édition : 55429/01
N° d'impression : 136928